悄吟文丛（第二辑）

古耜 主编

在我和我们之间

指尖 著

中国言实出版社

图书在版编目（CIP）数据

在我和我们之间 / 指尖著 . —— 北京：中国言实出
版社，2020.12
（悄吟文丛 / 古耜主编 . 第二辑）
ISBN 978-7-5171-3616-3

Ⅰ . ①在… Ⅱ . ①指… Ⅲ . ①散文集—中国—当代
Ⅳ . ① I267

中国版本图书馆 CIP 数据核字（2020）第 254376 号

出 版 人　王昕朋
责任编辑　赵　歌
责任校对　冯素丽

出版发行　中国言实出版社
　　地　　址：北京市朝阳区北苑路 180 号加利大厦 5 号楼 105 室
　　邮　　编：100101
　　编辑部：北京市海淀区花园路 6 号院 B 座 6 层
　　邮　　编：100088
　　电　　话：64924853（总编室）　64924716（发行部）
　　网　　址：www.zgyscbs.cn
　　E-mail：zgyscbs@263.net
经　　销　新华书店
印　　刷　北京中科印刷有限公司
版　　次　2021 年 1 月第 1 版　　2021 年 1 月第 1 次印刷
规　　格　787 毫米 × 1092 毫米　1/32　9.25 印张
字　　数　180 千字
定　　价　59.00 元　　ISBN 978-7-5171-3616-3

目录

梨树下

很小的时候，我就对预测和猜想别人的命运充满兴趣。五六岁时，夏天，梨果稠密，繁盛的虫子蛰伏在果叶中间，贪恋地噬食果树家族成员，毫不收敛自己的得意，在夜里发出狰狞的讥笑。早上起来，无数伤叶子和未成熟的青果，带着大大小小黑色的伤疤掉了一地。人们似乎对此漠不关心，只是取来扫帚，将一半黑一半青的果实和有窟窿的叶子归拢在一起，装到筐里，倒入河沟。河沟里布满恶臭，绿植腐烂的气味，和虫子繁殖的气味交杂在一起，让人忍不住干呕起来。

尽管河沟里布满梨果和梨叶的尸体，梨树依旧茂密如初，阳光根本穿不透密匝匝的叶屏障。

我跟小伙伴禾苗，每天都要通过一个快要散架的梯子，爬到屋顶上去，那个梯子所传递出的危险气息，让我们隐隐有一丝冒险的兴奋，乃至两个人在梯子上的时候，还会故意摇晃几下，尖叫几声，幻想它瞬间散架，我们可能会跌落了下去。

屋顶是用灰渣抹成的，浅白粗糙的灰渣，经过阳光暴晒，人站在上面，脚心都是热的。梨枝压在屋顶上，密密麻麻的叶子中间，藏满了青色的小果子，许多果子上，布满黑点。我们都知道，那是虫子们的杰作。有时，摘下的梨果里，一条青色的虫子，会从黑色腐烂的地方慢悠悠地爬出来，伸个懒腰，然后将头扭过来，貌似恶狠狠地盯着我们看。一条虫子丑陋的样子，总是令人厌恶的。禾苗通常会很决绝地将虫子用手在果子上捏死，或甩到地上，用脚踩死。一只死去的虫子有时是一摊绿色的黏液，有时是小半团黏液沾着半个渐僵的身子，过不了多长时间，那半条身子就会变成灰渣的颜色，跟屋顶上的杂草、石子、尘灰一样，让人忽略，忘掉。

比起果子来，我们更热爱每颗果子上的梗，无论是好果子还是烂果子，它们的梗大体相同，深色、有韧性、完好无损，一掐，里面会有汁液流出，让我们的手心渐渐变绿，变黏。一只虫子，能让一颗果子烂掉，流出黑水，却无法伤害到果梗，这就让我们对果梗更加信任，充满崇拜，也对接下来它要承担的运数，更加期待。一枚近二寸长的果梗，暗藏着某人生命的轨迹，在它身上，不只隐藏着某人的性别秘密，同时还隐藏着其命运秘密。当然，我们赋予一枚果梗的意义，总是简之又简，似乎只有这样，它才更具预言的权威性和真实性。而对待果梗要说出的预言，我们从来都是虔诚的，充满期待的，并将它当作一次极其神圣的仪式。比如，在之前，我们会商量，指定某个人作目标。首先，这个人不能是令人厌恶的，其次，她本人得有一个由头值得我们去用果梗冒险。似乎这也是天机的一部分，虽然幼小的我们，并不知晓，此时此刻，我们是在试图掀开天机或者泄露天机，但我们充满悸动，无名的抽搐感，令我们大汗淋漓。同时天生所具有的对事物偷窥的欲望，又助长着我们的勇气和胆量。这时候，我们全然没有了小孩的轻浮和毛躁，变得沉稳而有条理，模仿或复制着印象中大人们的经验：唾口唾沫，搓搓手心，在衣襟上仔细擦干净，将果梗放在手心，闭上眼睛，默念一会儿，然后，把果梗的一头，放在嘴里，用牙齿嚼嚼。来自果梗的苦涩味道，很快就遍布口腔，那是种令人警醒的味道，陡然一震，瞬间觉得自己变得庄重起来。并无笑意，两个人肃然而沉默地扯住果梗的两头，轻轻地、缓慢地、谨慎地、满怀讶异地撕开了它。

一枚果梗就是一个人的一生。那个夏天，在那些稠密的枝叶、腐烂的梨果和虫子中间，幼小的我们窥见了别人的影子，一个尚在阴暗之处藏匿的未来之人。他或许并不知道，自己早已作为一个目标，被无意间暴露，就像藏匿在树叶和梨果中的虫子，我们已经提前看到它蠕动的身体，也看到它贪恋而无情地咬噬着果树家族成员，令树木摇晃，发出一些暧昧的味道，无法抵抗。他是一个男婴或者女婴，在不久，会降临于世，光天化日下哭笑。他将作为一枚果核的预言，真切地呈现在世界的眼幕之中。而他同样也不会知道，在他出生之前，曾被某种带着苦涩之味的卜具，所指定、猜出。

后来我们玩一个叫东南西北的折纸游戏。这是种简单容易的折纸，我虽然比较笨拙，但也在很短的时间内学会，且叠得四角对称，齐齐整整。一下课，我们就围聚起来，五下东、十下北地开始玩。之前，你不会知道对方手里的东南西北上都是些什么人物、植物或用品，那可是八个之多啊。每次都能猜到意愿里的人或物，是很难的。小孩有种奇怪的心理，就是做事太较真，总觉猜出的那个名字，就是自己本身的样子，所以很抵制不好的人和动物出现。大部分人都会在东南西北上写一到三个坏人，或像老鼠、黄鼠狼等不好的动物。如果是孙悟空、猪八戒、沙僧、白龙马、如来、玉皇大帝、观音菩萨这组里面，肯定有一个白骨精来相配，有的不具体写谁，只写个妖怪。如果你连续几次猜到妖怪，那么很可能在接下来的一段时间，妖怪就成了你的现实诨号。但这种事由不得人，似乎被注定，就像梨果里面钻了虫子，我们总是无能为力。如果你是猪八戒，或者妖怪，心里虽然像住了条虫子般愤愤不平，异常沮丧，但我们更加相信，是命运安排了虫子捣乱，是果梗偷偷透露消息，且让你的手上沾上晦气，而非对方故意。

这种带有赌性质的游戏，暗藏着一种莫名的指向，好果子、烂果子都有可能，不可能皆大欢喜。即便如此，大家却要试它一试，万一次次都是孙悟空呢，或者加个沙僧白龙马之类，那样心情也会大好。

男生恶作剧，会写一些比如疯子、傻子、茶子之类的，或者是寡妇、光棍这些。还有人写地主、长工，狗、青蛙、蜥蜴或者狐狸、老虎、狮子之类混杂在一起的。有次某个男生在惶惶中竟然猜出两次猫头鹰，巧的是，他母亲在村里的诨号就是猫头鹰，一群人笑得前仰后合。这种跟现实极其吻合的结果，让人在兴奋之余不免心怀忐忑，仿佛是堆积在河沟里的、渐渐发出臭味的腐物，真切得令人手足无措。这个男生不见得不知道他母亲的诨号，于是眼里渐渐就涌出了一汪热泪。后来狠狠擦去，捡了块石头，举手就打那个折纸的人。围着的人看到这狠架势，竟一哄而散。折纸的人，失去了周围人拥戴，愣是让对方在头上打出个血口子。

女生就柔弱得多，东南西北上选写的人，多是些《红楼梦》《宝莲灯》《白蛇传》《追鱼》这些从年画里看到的人物名字。但要是正好猜到王熙凤、二郎神、法海、假牡丹这些我们眼里的坏人，又会不大舒服。为了次次能猜得如意，我们常常让那个折纸的人开很多下，试图用时间来改变运势。有人竟然要对方开了九十九下，到后来，干脆我们一起数数，那是段无比漫长的时间，我们心里都盼望结局是好的，似乎只有好结局，才配得上沉默而冗长的时间。可惜九十九下开出来的，竟然是个臭黄花。我们唉声叹气，提出九十九下的人气哼哼地跑回教室。

比起来，谁也愿意当那个手持东南西北的人。我也是。我有时在上面写上跟他们一样的人物，但有时全写坏人，也有时全写好人。全写坏人的时候，看着她们愤愤不甘心的样子，心里总是在笑。我也看见过对方仇恨的眼神，我虽然也在笑，但心里却满是歉疚。最好的当然是大家都心满意足，她们会将自己的石笔送给我，或者带我踢毽子，在茂密的梨树下，我们皆大欢喜，一切不快都消散。但我们心里都会否认这样的结局，知道它是假的。

其实在许多时候，我是脆弱的。我总是害怕家门旁那条小路，无数次在幻想着"小鬼"驾着一团火球，在那条路上滚来滚去。我害怕磨面房那个人的眼神，里面混杂着陌生的、残忍且猥琐的东西。我怕某个男生的拳头，看着它挥来挥去，打在其他人身上，发出的声音总是让我心跳加速。我害怕做梦，梦里最亲近的人变得冷酷无情，她不再认识我或弃我而去。这些我害怕的东西，就像一条条虫子，钻进我的身体里。虽然大人会喂我宝塔山，但结果更令我害怕，我会看到真实的，来自我身体之内的虫子。你看，我害怕的是那么多，需要很多的玩伴，让她们替我遮蔽和驱除那些恐惧，似乎从不出现却终要出现，与生俱来的，或者说隐约感觉到的恐惧。显然，皆大欢喜的假结局能很好地让我的计谋得逞。

但小孩又有好动易变的天性，过去不长时间，大家渐渐不再玩东南西北了。一些好的坏的预言和断言，都消失在折纸里，被遗弃。大约谁的生命秘密都不想透支太多，我们既不想坐在梨树底下等待被猜出，似乎也不想做好果子和烂果子的梗。从东南西北再往下折，会折出小衣服、小裤子、小帆船、小鸽子。在一张纸上，画下一个小孩的头发和五官，然后剪下来，安在衣服和裤子上，一个纸人，虽然不会笑，但也不会唾骂、恐吓，不会被虫咬，更不会腐烂的假人，在很长一段时间里，成了我最亲密的伙伴。它坐在船上，或者骑在鸽子的翅膀上。

好在，小孩的游戏总是层出不穷，且不断变换，一种游戏的截止，预示着下一种游戏的开始。最初，"打赌"是我们的口头禅，我们频繁地用在生活场景中。站在梨树下，有人猜从下面往上面数，第几个或者几十个果子里有虫子。另一个不信，这个就说不信就打赌，谁输了让对方弹颅颅（脑袋），另一个人就应了。为了证明对和错的可信度，人们千方百计地将那个梨果弄下来，看它表面是否光滑，或者是否有黑点，有时虫子并不会出现，甚至有时虫子会藏在一个表面光滑的果子里。没有谁每次都赢，但也没有人每次都输。女孩之间也打赌，比男孩稍斯文些，不去猜梨果，而是去猜石竹的花开了几朵。打赌输掉的一方，要给对方一根石笔或半块橡皮。

冬天，梨树上的叶子被风吹光了。藏着虫子或疑似藏着虫子的果实，被人们放到地窖子里。林林跟小海打赌，谁要是敢爬到这棵大梨树的顶端，谁就赢了对方的弹弓。傍晚放学后，我们都围在树下，看林林往上爬。说实话，平日里他们也爬树，林林的灵巧度要远远低于小海，所以现在，小海胸有成竹地站在树下，为了表示自己爬树技艺高超，他让林林先爬。于是，林林笨拙地抱住树干向上爬去。怎样通过梨树粗壮而笔直的树杆爬到枝丫处，对他是个考验，林林费了好大劲，才爬出半米远，伙伴们都哈哈地笑他，但这样带有羞辱成分的笑声，显然触碰了林林的自尊，激起了他的愤怒，在歇息几次后，他终于爬完大约三米的直杆，顺利抵达第一个枝丫上。到了上面，似乎要容易得多，因为我们看着他从第一个枝丫转到第二个枝丫，转眼就到了第四个枝丫。从底下看，那里的树干细了很多，林林爬的时候，感觉像在一根扁担上爬，树枝也开始摇晃，但他似乎憋着一口气，一直爬到第六个枝丫，他低头看着我们，嘻嘻地笑，那张脸，像一片树叶，一个梨果，在天空的映衬下，摇摇晃晃，虚虚实实。当他从树上溜下来时，已经满脸彤红，满头大汗。轮到小海了，他往手心里唾了口唾沫，用力搓了搓，噌噌就爬上去了，好像走路一样，有人在下面给他加油，他在上面就大声回应。看这样子，小海是赢定了的。他骑在第三个枝丫上，对林林说，你看吧，我总要超过你，从现在开始，我只用手，不用脚也能赢你。接着，小海就像猴子一样，开始在上面吊来吊去，让我们发出羡慕之声。我们正看得津津有味，早忘了他们这是在打赌。但是，小海的得意和卖弄很快就让他吃了苦头，在他爬到第五根枝丫上时手滑脱了，噼噼啪啪地往下溜，身体和头不断地磕碰在树枝和树干上，滑过那些被虫子爬过残留着恶心的黏液和尸体的臭味的地方，这时他更像一条虫子，被虫子们曾经盘踞的地方所吸附。我们惊叫起来。好在小海灵巧，眼看着就掉下来时竟就抓住了第一个枝丫。但他再没敢往上爬，估计早已胆战心惊。下来后，衣服破了好几个大口子，这样回去是要挨大人骂的。但笑嘻嘻的林林显然并不想这样放过惊魂未定的小海，伸手大声说："弹弓"！小海只得从保管弹弓的人手里拿过弹弓，恋恋不舍地递到林林手里，嘴里还不忘提醒林林不要弄坏了。

　　"打赌"这两个字，并没有人教我们，可是我们说得如此顺溜，并付诸行动。许多人曾在打赌的过程中舍弃了自己的珍贵之物，并永远也无法追回。仿佛有只无形的大手将你的东西残暴地夺过去，塞进别人的手中。然后它还低下头，不怀好意地看着你，看你眼里的遗憾，当然还有赢得的人的激动和兴奋。仿佛在看一个好果子，一个烂果子。虽然后来小海又做了好几副弹弓，但他总说，没有输给林林的那副好。有人偷偷看见，小海竟然跪在庙里的神像前，祈求把自己的弹弓拿回来。这事传到林林耳朵里，他此后再不用那副弹弓了。那副被小海念念不忘的弹弓就这样被林林东丢西扔消失不见了。这是我们从未料到的结局，带有某种毁灭、破坏和腐朽的意味。

当小海知道林林把弹弓弄丢了后，试图要找到弹弓。他去菜园子里寻二保老汉。二保老汉是一个孤老汉，他有用测字或打卦的办法替村里人寻找丢失的牛羊和物件的本领，并广受推崇。当小海找到他，且说明来意，二保老汉用手捋着自己的白胡子，哈哈哈哈地笑个不停，笑得小海心里发毛，脸上发烧。后来二保老汉不笑了，拉着小海的手，拍了拍，劝说小海不要再找了。

小海并没有如愿。他预想中，自己也会像大人们一样，得到二保老汉的帮助，并通过某种工具，诸如果梗、石头或签具来找到失去之物，但二保老汉并未成全他，这成为小海少年时期的遗憾。

不朽的信物

　　直到许多年以后，母亲不经意打开柜子，伸手从包袱底下摸出一个小布包，极为踌躇地打开，我才想起，祖母曾将一件带有她的气息、记忆和温度的物件，亲手交到我手里过。

　　布包里的银质手镯，泛着清白而阴暗的质地，一脸漠然地面对着我们。那是一个阴天，并没有温暖的阳光努力洞穿门窗，辗转在屋内的角角落落。阴天给人的感觉总是幽晦难挨的，即便屋里并未冷到那种程度。母亲清寡的脸上，微微闪过一丝迟疑。我摊开的手中，卧着一只镯子。并没有疑义，或者我本质上就是一个对钱物没有概念的人，总之，从那刻起，我才真正意义上，拥有了一只来自祖母的镯子。

　　之前长达十年或更久的时间里，那对手镯的归属一直在悬而未决。但它们肯定记得，某个阳光灿烂的上午，院子里的花都开了，我家的黄猫卧在花墙上乘凉，它头顶，一群蜜蜂嗡嗡嘤嘤，要不是旁边那两盆黄月季挡着，它肯定要成为蜜蜂的攻击对象。祖母的窗户大敞，外面的亮光，如一束火炬，点红了半面炕，炕上蓝漆布晒得发软，上面的那片橘花，颜色渐渐变深。祖母趴在那里，一直翻腾她的柜子。那是一个年代颇久的黑木柜子，附在上面的铜质叶形锁盖暴露了它的年纪，与之相配的是一把泛光的铜钥匙。这把钥匙，被祖母用细绳系在大襟里面。因为紧贴肉身，它常年温热，每次，它都被祖母从大襟里掏出，插在被掀起来的锁盖下面，一声吧嗒后，柜盖仿佛极不情愿地开启，像开启一道通往未知的门。现在，那把黄铜钥匙极其意外被祖母从襟前解下，胡乱地扔在了炕沿边，钥头在阳光的火炬里燃烧，钥尾的圆环和连接它身体的蓝线绳却在阴暗里藏匿。来自柜子里幽然的陈年樟脑丸香气，已经在屋里弥漫许久。祖母将两个包袱摆在了炕上，又探下身子，在柜子里寻翻，不久，她将那个白瓷糖罐拿了出来，又挑出一些书籍和本子，泛黄的鞋底和几个同样颜色的大小鞋檀。

在我印象中，村里年纪不一的女人们，对包袱有某种迷恋。我常常在不经意间看到女人们掀开柜子，将里面的衣物或其他物品翻出来，重新整理或者摩挲一遍，仿佛在进行一场极其庄严而不可忽略的仪式。有意思的是，每个小女孩对自己母亲或其他女人的这种行径无比迷恋，乃至羡慕和渴望。我们眼睁睁看着那些崭新的小手绢、布匹和平展展的花衣在年纪不一的妇人们的手里展开，折叠，摞成一个正方体或者长方体，然后将包袱四角交叠，用别针仔细别好，重新放回形状不同的柜子里，总有散戏般的失落和遗憾萦绕心头。而与之相反的是，每个将物品重新锁回柜子的女人脸上，会露出微微的羞赧和满足，秘密和喜悦让她们泛着红光，好像刚刚完成了一件隐秘的、不为人知的事。

祖母的柜子比旁人要大很多。每次，她都会说，这是婆婆她进门时，婆婆为她新打的，仿佛是发生在昨天的事。但那个柜子，无疑是我少年时的百宝箱。每次生病，祖母总要从里面取出糖来给我吃。夏天，是浅黄的冰糖，冬天，是褐色的红糖。那里面，还有我父亲和姑姑的作业本，上面有密密麻麻的算式和涂抹过的痕迹，泛着微黄微淡的色泽。四月里唱戏，祖母从柜子里拿出包袱，找到那件鱼肚白衫子，穿在洗刷干净的身上，背上有深深折叠过的井字痕迹。秋天看戏，祖母又找出品蓝夹衣。冬天，那件青色棉衣便会被祖母穿在身上。在我的记忆里，似乎祖母一年四季的衣服，也就这几件。但显然又不止这几件，只是这几件宝贝似的衣服，跟她的寿衣、寿鞋，还有包在手绢里的钱，都放在柜子里，想来，是她所珍视和看重的物品吧。

大柜子里，还有个小匣子，祖母不常取出，但此时，她竟然也将它摆在了炕上。她喊我过去，我看到掀开的匣子里，放着一些首饰，耳环多些，还有几个戒指、铜钱，等等。有对蝴蝶耳环特别好看，翅膀都是镂空的，端在手里，颤巍巍抖动着，翩然欲飞。

我问："奶，你为什么不戴这个？"

祖母摸摸耳垂上毫无趣味的圈状耳环说，这些花样年轻人戴才好看。边说，边将一个纸包掀开。

是我第一次见到祖母的银手镯，圆身、光面、开口，两个套在一起，泛着白亮的光。

这个是你爷爷从奉天府带回来的，送给你吧。

我犹疑地看着她。来自手镯沉甸甸的重量，让我的双手忍不住下坠。

从祖母身边快速跑开，怀着难以言说的喜悦和庆幸，掀开母亲的帘子。我没有察觉到身后祖母带着湿漉漉水意的目光，怎样洇染开来，又怎样收敛回去。我蹦蹦跳跳进了母亲的屋子，小声对母亲说，祖母给了我这个。母亲飞快地拿过来，眼里闪过热烈的光晕。

我交到母亲手里的这对手镯，经过十多年暗淡沉朴的岁月，此刻已经锈迹斑斑。

祖母于前几年离世。自她将手镯送给我的那个上午起，再没有问起过手镯的下落。仿佛，她已全然忘记了它们，那对曾经带着她体温和气息，心思和寄愿，乃至见证过她的岁月和经历的手镯。也仿佛，她之前的种种，都消失了痕迹，变成一片空白。

虽然母亲将一只手镯交还给我的同时，把另一只送给了妹妹，但我一直觉得，我担负了手镯的所有重量，那种沉甸甸悬在手腕上的感觉，或在举手之间不经意与衣服或身边物体碰撞发出的沉闷声音，总是让我心生警觉和悔愧。

想来，当日祖母是对我失望了的。她或许臆想过，在我接过手镯的时候，我会托她重新保管，到我长大或她离世。但我为什么却在第一时间，将她的赠予转交给了母亲？如今想来，讨好的成分要大过其他。但这个举动，极大地伤害了我的祖母，但她却无可奈何。

这对椭圆形的没有一点瑕疵的手镯来自遥远年代。那时，我年轻的祖父告别新婚的妻子，赶着马车出门，去往陌生的远方。在那里，他做过怎样的苦工，受过怎样的委屈，祖母从未提起过。也或许，是时过经年，现世的安稳让她逐渐忘记了昨日的愁苦？也或许，是我爷爷太过短命，他们之间短暂的夫妻情分，不足以让她如枷般牢记？我已无法向祖母求证了。而我父亲如我般迷茫不知。他记忆里的父亲形象，远不如他的叔叔更生动，更令他念念不忘。

我祖父留下的唯一的念物，就是来自奉天府打造的这对银镯子。

据说，这是祖父用两块银圆打成的。

我常常会陷入假想：我年轻的爷爷，他消瘦疲惫的身影，出没在浑河码头的货船之间。他也替人喂马，夜里望着寒冷的星空，想念远在黄土高原的母亲和妻子。他被鞭打、被呵斥、挨过饿、受过伤，但所有这些于他都是可忍受的。他终于拿到了俸禄，第一时间，他想到的是给妻子打一对手镯。于是，他走进一个叫"鸿兴"的银匠铺。在这里，他受到了小伙计的接待，对于一个苦力来说，这种关怀备至的问询让他感到人世的暖意。他一定查看过作坊里的样品，那些麻花镯，火车道，圆身的、扁身的、雕花的、刻龙凤的、光面的、开口的、闭口的……但对于他来说，结实的，就是最好的，也最满意的，所以他最终选择了一个常下的圆身开口样式，简洁、光滑、圆润、用料足，看起来更厚实坚硬。但也不排除另外的可能，那就是，这种样式的加工费是最低的。他从怀里掏出带着体温的银圆，无比虔诚地递上去，仿佛把自己的性命和心意全部递将上去般庄严。

这注定是一对永远携带着体温和怀念的镯子，从它定型初期，一直到今天。如果镯子能说话，怕会讲出更多让人诧异的传奇吧。物体所具有的长久性，是人类远远无法估量的。而它从银圆变成镯子，从交流的货币，变成人予人的信物，这种形质上的转变，使其具有了精神和气相。

寒冷的冬天，我的祖父冒着飞天大雪，踏上了归程。在长达一个月的行程中，他将那对镯子贴身紧紧揣在怀里，用自己的身体供养和温暖着它，直到，它终于被戴在一个女人的手腕上。

在那个年代里，镯子并非穷苦人家的常见物，我年轻的祖母，皓腕上戴着光闪闪的镯子，喜笑颜开、心满意足。当然，但这有什么关系呢，经过火的烘烤，旧气息都将被燃烧的火焰吞噬。像凤凰一样，通过涅槃，浴火重生。我年轻的祖母，干干净净的，她的镯子也干干净净的，像初生的朝阳，也像初绽的嫩叶。

在我记忆里，我们村的老婆婆们，并没有谁苍老枯瘦的手腕上，曾出现过一只闪光的镯子。也或许，她们像我祖母一样，将这个东西深藏起来了吧？但这对镯子，肯定曾吸附过无数女人们羡慕和嫉恨的目光，乃至会效仿，得到一对一模一样的镯子也是有可能的事。

在其后年月，我的祖父再未出过远门，直到他死去，他都日夜不离地守着家，守着他的妻儿。仿佛，那次远行，只是为了去寻回那对属于我们家的镯子，让它叶落归根。

作为担负着传家职责的物件，银镯子的质地有易保存和易传承的特性。在邻村，一直流传着一个财主的故事，据说他在没落之前，将所有的银圆都装在几个瓮子里，埋在了宅子下面，他临终时，曾告诉后代说，银子是永远不会腐烂的宝贝，它们在地下，会长久地供养后世人的生活用度，使他们不受战争和天灾的影响。在更远的村里，另一个财主拥有一座银窖，就是将所有的银圆通过烘烤焊成一团银疙瘩，直接埋在地下。所有这些传说都在说明，银子是庄户人家最珍贵的宝藏，它既有让活着的亲人享受的功能，同时也有传袭的功能。

按照常理，祖母这对镯子的传承人应该是她的儿媳——我的母亲。她明明非常清楚关于传承的规矩，却要将镯子转送与孙女，这是件很令人费解的事。

而我的母亲，在保管这对镯子期间，完全可以将它堂而皇之地占为己有。但她并没有这样做，而是怀揣不舍和不甘，重新将它归还于我，遵从并延守了祖母当初的意愿。

祖母和母亲，像村里大多数婆媳一样，在年头岁尾，不停地吵闹。她们站在院子里，全然不顾自己的形象，披头散发，搜肠刮肚寻找最恶毒的语言，来咒骂对方，仿佛有无法解开的深仇大恨。那时，我家的院墙外，不止有看热闹的小孩，还有一些心怀鄙夷的男女，撇着嘴偷笑。

她们吵架的起因有时很可笑。比如，当我的祖母去走亲戚，回来进门后，来不及脱下自己的新衣，更来不及将它叠得整整齐齐，掀开铜叶子将钥匙插到锁孔里，等那吧嗒声。她忽略了所有这些美妙的过程，直接去往厨房，掀开锅盖，掀起黑瓷饭碗，像一条警觉的细犬仔细闻嗅。然后回到屋子，去看簸箩里的红面，在上面，有她的记号。掀开盖在酸菜瓮上的木盖，如果我恰巧跟在她身后，她会悄声问，中午你妈给你吃什么饭了？

童言无忌，我肯定会说真话。倘若我母亲并没有给我们吃白面，我的祖母会从容地脱下她的新衣，面带微笑。倘若我的母亲真的在祖母不在家的时候改善了伙食，那么，接下来，我家就会掀起一场风暴。

而我的母亲，仿佛在故意去挑衅祖母的极限，十有八九，她都要在祖母不在家的时候，给我们吃焖面，或者二合面河捞，所以，当祖母在厨房闻嗅的当儿，年轻的母亲就开始酝酿要说什么样的话，来对付祖母的暴跳如雷。

这事已经到了令我害怕的地步，导致每次她们争吵，我就躲在角落里哭泣自责。而她们之间的仇恨，似乎日益加深，有时半月二十天两人不说话，但生活并未发生变化。每天早上，母亲做好饭，祖母照样去吃，吃完她也照样洗碗。而中午，我母亲从学校回来之前，祖母已经和好了面。更有意思的是，如果这时候有来自外部的侵袭，比如与邻家发生矛盾，祖母和母亲会齐心协力，同仇敌忾，共御外邦，仿佛她们之间从天地初生就是一块的，并没有隔阂和嫌隙。

母亲生下我小妹妹后，祖母的失望更加明显，她变得沉默，也很少再跟我母亲吵嘴，即便吵，她也变得畏畏缩缩，远不是我母亲的对手，这事让母亲的确扬眉吐气。而今想来，我的祖母在晚年，不止失望加深，还有对儿媳传宗接代的功用的渐渐绝望，如此，她肯定不可能将自己心爱的镯子，传给儿媳。

我母亲十九岁过门后，曾经有一段极其艰难的岁月。这是一段长达两年之久的日子，白天做饭，做好饭第一碗端到婆婆面前，婆婆会说咸了淡了，很少满意过。年节下做糕，豆沙馅有两样，我母亲一直不知为何，直到有次趁祖母离开，她偷偷尝了一口，才发觉一半是甜的，另一半是淡的。但她胆小，不敢将它们混搅在一起，只是在吃糕的时候，贪婪地盯着祖母碗里黄澄澄的糕。而入夜，吃过饭，媳妇时间正式拉开，祖母要喝茶，吃烟，而她需要人来伺候做完这些。我母亲一直记得油灯下自己昏昏欲睡的情形，其时我祖母茶意正浓，浅浅的茶碗里，需要不停地斟入开水，我祖母严格要求儿媳要遵循茶七酒八的标准，不能倒太满，也不能倒太浅，一有差池，她会呵斥我母亲缺家少教。夜深人静，睡意频袭，母亲疲惫不堪，打盹的当儿，祖母的烟袋锅就会朝她身上敲来。她惊恐地睁大双眼，小心翼翼，战战兢兢。

世人之间有特别微妙的关系，陌生人初见，总有占上风的一方。我母亲对祖母的怨恨应该来自于此，当然，她在怨恨的同时，还有惧怕的成分。这种惧怕在日后生活中，以另外的方式呈现，比如，偷偷炒豆子给我们吃，做好吃的给我们吃，或者强撑着惧怕，跟祖母不停吵闹。但当她面对银镯子，面对这对来自祖母身体佩戴过，弥散着祖母的体温和气息之物时，那种熟悉的恐惧让她将它再次出让。她不是不敢吞侵，而是不想沾染祖母的气息，不想获取一个死去之人来自深处的笑话和谴责。

后来我想，也或许并非如此，当我家生活条件渐渐转好，母亲曾经戴过好几块手表，梅花牌的、凤凰牌的。在那个年代，银镯子是件土气的饰物，人们更愿意追求时尚之风，来显示自己的美和价值。

由于祖母的举动，让镯子的意义发生了极大变化，它将不代表家族的传承，而仅仅是一件信物存于世间。这应该是祖母斟酌再斟酌的结果。而我们，也不过遵循和演绎着这个结果。

　　我将暗淡的，带着艰涩锈迹的镯子戴在了手上，仿佛有人紧紧攥着我的手腕，又仿佛有人死死拉着向前，一个物件的重量，让我不再觉得身体轻盈。但即便如此，我也没有将镯子弃置一旁。有三个原因，一是我真心喜欢这个简单而圆润且具有重量的镯子。二是这么多年对它的忽略，怕故去的祖母失望。三是我需要一件物品，来掩盖左手腕上的疤痕。

　　那是一条锁住我青春时光的枷锁，或是我生命的图腾，更像一只隐形手镯，被我携带了很多年，并在年月中痊愈成淡淡的一条白痕，现在，因有镯子的掩盖，我就可以直接忽略掉它的存在。在度过最起初的疤痕和镯子互相摩擦互相排挤的不适感后，那些红痒的过敏反应便消失了，从此它们之间和谐一体，同时掩盖和接纳着彼此，并努力同化成我身体的部分。

　　我曾幻想，如果祖母将镯子送给我母亲，那应该是一个极其完美的结局。那时，她们之间的嫌隙和怨恨，会被镯子的信任和接连而真正消融，如此也免除了日后地下重逢时的尴尬。而作为传家之物，镯子的意义也将更加深远。但这种假想，永远不可成真了。

　　"物品接受着世界的全部混乱，吸收了渐渐冷却的过快的人的热气，承受了人们抛弃一切熟悉东西时的绝望心情，无数双手触摸过它，那些抚摩过它的手都对它寄予过无限的深情和剪不断理还乱的思绪。"这是一件带着思想印记的信物，一件完全背离了目标和含义的信物，它的永恒和不朽，来自时间的漫长和世间生物的周而复始，生生不灭。

比较蹊跷的是，妹妹那只镯子，无论颜色、光泽还是圆润度，都停滞在从母亲包袱下刚刚出来的那个时间里，它青涩而害羞，一直在留恋怀念过往，一些可爱的、可痛的时光。也或许，它是被旧时光的泥沼陷住了，无法跋涉出行。妹妹不止一次用羡慕而遗憾的口吻对我说，怎么我这只永远亮不起来呢。是啊，明明是一样的材质，一个银匠，一炉火，一把锤，一人赠予，为什么，它们要有不同的呈相？这是令人费解的地方。一些夜里，我会暗自祈求祖母，请她原谅母亲将一对镯子分开。我想跟她说，即便镯子分开了，即便我和妹妹替不同的人家传宗接代，死后埋葬在他人的坟前，请她看在我跟妹妹是她的骨血后代的情分上，将妹妹的镯子还给她吧，还给正常的时间秩序，让它在被珍藏怀念的同时，也成为好看的饰物。

母亲手腕上的手表后来又经历过电子表、石英表时代，但随着时间的推移，也渐渐落幕。她偷偷在老凤祥购买了一只镯子，不是翡翠的、纯金的，而是银质的。新银子有亮眼的白芒，她将它藏在衣袖下，并不显露。直到夏天，我们才真正见识她的镯子，扁条的开口镯，上面雕着龙凤呈祥的图案，经过两个季节的贴身陪伴，它依旧带有灿新的艰涩感，仿佛镯子跟身体两两相隔，即便时间和性命，都无法教它们握手言和，彼此接纳之外的物品。

跟母亲闲坐，她幽幽地说，自己的镯子是假的。

见我疑惑，就让我将左手的银镯摘下，她拿着镯子在沙发布上一阵摩擦，浅色沙发布上，出现了一道青痕。而后，又将自己手上的镯子在沙发布上摩擦，沙发布依旧清爽干净。

你看，真的就有银锈，假的就没有。

我笑了，说以前的银子不纯，所以会有青印子，现在提取工艺更先进，所以更纯，就没有青印子了。

她将信将疑地将镯子还给我，有些迟疑地说，想买只金手镯。

我说可行啊，回头咱们去看看。

她叹口气道，人死后，可以戴耳环、戒指，但不能戴手镯。这是老辈人留下的规矩，破不得。停顿了一会儿，她又说，你看，你祖母那么金贵的那对银镯子，不也没有带走吗。

窗外的暮色，一点点渗进屋子，先是离窗户最远的饮水机暗了，再是沙发，电视墙，最终窗前那把椅子也暗淡得不成样子。拉百叶窗的时候，手腕上的镯子一下一下地撞着我。

齿 缺

祖母的牙齿是从门牙开始掉的。跟前的大大奇怪地问：婶子，你怎么跟别人不一样呢？

祖母将笑意从脸上抽去，瞬间神情迷离。

据说人老以后，牙齿是先从后槽牙开始坏掉、烂掉，然后再一块块从嘴里吐出来的。而现在，祖母像小孩一样掉了门牙，我还傻傻地以为，那掉下来的牙齿跟小孩的牙齿一样，扔到屋顶，埋到土里，牙床上还会长出新的牙齿。祖母说我憨，哪有老人还长牙齿的道理，莫不成了妖怪？我嗫嚅不止，内心极度纠结。

其实祖母之所以跟别人不同，原因只有我知道。我曾想，如果那天可以重新来过，我定会阻止祖母突如其来的决定。可惜时间比风还跑得快，一切结果，都有一个根本来不及思忖考量的起因。

那是去年冬天的事。雪停后，巷道两边的积雪凝成了青色冰坨，我不停躲闪着，才歪歪扭扭从外面跑回来。祖母正将蒸好的馒头往篮子里面放，抬眼对我说，去换件衣服，咱走亲戚去。我愣愣地看着祖母。按以往的习惯，祖母走亲戚，不怪乎两个原因，一是时年八节，二是跟我母亲吵架后。但这回显然都不是，应该是临时起意。但有什么关系呢？五岁的我是很爱走亲戚的，喜欢一切新鲜陌生的事物，基本是随心所欲。在路上，如果喜欢一朵花，祖母就会停下来摘给我。如果正好路过一个村庄，她会向人家讨碗水给我喝。我走不动了，她就将我背在背上。多数时候，她一手提着篮子，一手朝后托着我，气喘吁吁，直冒热汗。当我用袖子替她擦去汗珠时，她会低头亲亲我的手背，"我这劳碌的命呀。"

　　姑姑家离我们村有五里多路，出村，爬上小南梁，穿过几片庄稼地，再绕过两条沟，就能看见她们村的水库了。我跟祖母一出门，就遇见了邻居三哥，他肩挑一担水，走得颤悠悠的，边走边大声问，婶子这是要去哪里走亲戚呀？祖母微笑答，去闺女家看看。一群小伙伴在草垛那边玩，灰头灰脑的，看见我跟祖母穿得新崭崭的，一时露出羡慕的目光。在村里，每个小孩都极其渴望有走出去的机会，而村庄仿佛一座坚固的碉堡，它牢不可破的规矩和禁忌让这种机会微乎其微。小孩被家里人小心地藏匿，仿佛金贵物件，捧在手里怕坏了，含在嘴里怕化了。

　　在爬小南梁的沙坡时，我心急迫，乃至走到前面，还不忘回头提醒身后拄着拐杖的祖母走快点。祖母面色微红，喘吁吁地说，小祖宗，慢点慢点，一会儿就走不动了。小孩从不规划以后的事，他们更在意当下。小路蜿蜒蜒蜒，两边杂草丛里的雪，还傻呆呆留在原地，它们身后是深深的沟壑，在那里，枯草在积雪中苦苦挣扎。

果然不久，我对枯燥无味的庄稼地完全失去了兴致，梁上大风呜咽，鸟雀全无，我渐渐被祖母甩在身后。寒风瑟瑟，让人睁不开眼睛，迷蒙中祖母的背影融进宽阔的天地，面前变得空空荡荡，好像眼前世界全部消失。绝望袭上心头，我蹲下来，等待祖母回头发现。显然她满腹心事，对我的存在不闻不问，更未察觉到我已停下。祖母的身影越来越远，也越来越小，她就要下到沟里了。她将再也看不见我。我会被饿狼吞食，或活活冻死？想象的画面一幅幅在眼前拉开，恍惚我已成为一张皮，在苍茫的田地里，被积雪掩埋。我惶遽地开始向前跑，边跑边喊。朦胧的视线里，祖母停下，慢慢转身。突然，她消失不见了。天地那么空，那么大，我是那么小，那么弱，而抵达祖母身边的路，是那么漫长，我紧张而害怕，心跳如鼓，唇间冰冷，拼命跑着，直到眼前突然出现祖母的篮子和举篮子的双手，我才发觉她整个身体陷入一个窄而深的土坑里，我哇的一下哭出声。

祖母灰头土脸，头巾不整，脸颊和嘴唇上的血迹正在缓慢渗溢。我手足无措，只有哇哇大哭。我把祖母的篮子拿开，并试图从洞里将祖母拉上来，但即便使尽全身力气，还是没法将祖母拉出来。祖母的那根拐杖，已经掉到旁边的沟里，沟很深，拐杖像根草歪斜地插在积雪中。我无助地跑到光秃秃的庄稼地，什么也找不到。祖母说，找石头吧。大石头我搬不动，小石头又没用处。要不是祖母指派着，失了主张的我，怕是永远也找不到一块适合的石头。我将石头从祖母身体和土坑的缝隙中滚下去，祖母用脚在下面扒拉着垫在脚底，连蹭带爬，我在上面连拉带拽，好不容易爬出来，我们拍打了半天。这样子，再去走亲戚，似乎也不大妥当，虽然已能隐隐约约望见姑姑村的水库。

一回家，祖母就将篮子里的馒头摆到了神祖牌位前，跪下来，肿胀的嘴唇轻轻翕动，默默祷告。

祖母脸上的擦痕结了痂，好几天才下去，痕迹从黑红到淡红，我们渐渐忘记了那件不顺意之事。但现在，随着季节的过去，祖母的门牙却掉落了，或许，这远不止是那次意外带来的伤症，更可能是老天对她冲动的惩罚？

缺了门牙的祖母，笑起来极力抿住双唇的样子使她显得很滑稽，一旦抿不严，会让人想起过年村里起社火，扮小丑的人拿白纸染了墨汁贴到门牙上，嘴里黑洞洞的。祖母的缺齿让她的嘴唇瘪回去，脸色塌陷，不多久看起来就像一个很老很老的老太太了。从此以后，她的牙齿部队失去了严明的秩序，开始东倒西歪，掉队的掉队，失职的失职。那颗门牙，不，是那次意气的出行，就像一个缺口，更多苍老寂灭的气息，源源不断从她的身体之中淌出来。

在祖母生前的最后几年，我去了一个遥远的城市。寒冷的冬夜，雨点敲击瓦楞发出吧嗒吧嗒的声响。跟我同屋的伙伴差不多一周只回来住一次。我坐在桌前，没完没了地写信。给母亲写，给朋友写，更多的是给一个想寄信给他的人。远离故土的孤独感，蛇一样冰冷地缠绕着我。性格的缘故，我总是很轻易感知到旁人的厌恶和嘲讽，那种高高在上的姿态，让我不得不逃开。似乎没有一种姿势可以极其合适地契合到她们中间，我总是突兀的自卑且多余。

有个同事恰巧是老乡，但她打小就没有在故乡住过一天。她无比可怜我借调和远离父母的窘境，仿佛我是乞丐。她施舍给我饭票和旧围巾，我竟然恬不知耻地接收了。有一回我们去看电影，在电影院遇见一个熟人。似乎是个很有地位的人，穿风衣戴围脖的男人，年轻帅气，他们打招呼的时候，她回头看了我一眼，目光中充满厌恶。我很知趣地走开。第一次产生无比强烈的罪恶感，我更像一个暴露她出生和身份的缺口，让她高贵的地位发生动摇。我低头看着自己在这个城市里买的第一双高跟皮鞋——为了让她们认同，也为了撕去身上农村人的标签。那双鞋，也曾被她们耍笑说擦得贼亮。言下之意，我一直有乡下人的拘谨和土气，没见过世面，即便装，也装不像。

那是我第一次也是最后一次跟美丽老乡看电影，之后，我故意远离她，即便工作中不得不交集，我也总是匆匆忙忙，在她们的哄然大笑中离开。

单位里有一个跟我一样的人，他来自南部的县域，拗口难懂的方言，常常招来她们的嘲笑。她们指使他取信件或者替自行车充气、补胎、搬东西，但他似乎并不在意。有一天，我进门的时候正巧他出门，想来刚被她们戏弄过，脸涨得通红，门牙紧咬着下唇。他的左门牙缺了半边，这就使他的下唇从哪个缺口里凸出一块，他慌慌张张推门出去。我想，他是快哭了吧。

这个叫小王的人，从未跟我说过话。作为同类，或许我们该有许多共同话题的。但显然他又有某种优越感（他的一个亲戚跟单位的领导关系亲密），所以我的存在，不止提醒他的出身，镜子般找出他的可怜和自卑，也更让他厌恶。

这种情形下，我不自量力地偷偷爱上一个人。我跟他很少有机会单独相处，更多的时候，是一群人的聚会，他口若悬河地演讲，我如痴如醉地沉迷。有一次我们相跟回家，路过老城墙，稀稀的阳光照在斑驳的旧墙上，我们的影子是那么近，甚至连胳膊都重叠到一起。那是我们靠得最近的一次。

当冷雨终于变成大雪，春天来了，我打电话想跟他告别，每次都是忙音，不知是电话坏了，还是他一直在不停地跟人通话。就像我那些标了编号的信件从未寄出过一样，他的世界坚壁无缝，没有一丝晃动的迹象。对于年轻的我来说，机遇就是堤坝的缺口，而经验和年纪的制约，会让人错失时机。

离开他的城市，我的牙齿突然疼痛难忍，镜子里，我的牙齿光滑洁白，完整得像一枚枚小瓷器，可是它们却在疼，从槽牙开始，一直到门牙，火辣辣地疼，我整夜整夜失眠，想念他的心，微微颤抖。明知无望，还要深陷，像个傻瓜。苦熬半个月，牙床肿胀，双颊变形，疼痛丝毫没有减轻。有天夜里，我将自己写给他的信件全部翻出，一字一句读完，然后放在脸盆里，用火柴点燃。那些最终被焚烧的心思，以烟缕的形式，飞出黑夜的窗口，他从未收到过，也不必收到。第二天，我去了小医院，医生将我的一颗槽牙拔了下来。牙齿从皮肉中剥裂开来的过程是疼痛的，它们所产生的细微而持续的感受也是疼痛的，就像决意要离开粘连的过去时光和他的存在般，一颗牙齿的离去，在某种意义上挽救了我的人生，尽管感觉自己的肉体和心脏，同时也仿佛被撕开一道口子。牙齿缺口打开，暗喻之门自动开启。我远没有祖母幸运，在最美好的年华，却陡然进入老年。

夜里，梦到正在吃东西，突然，被石子硌了一下，牙齿便开始往下落，没有预料，没有声音，没有痛感，嘴里，不断地吐出牙齿，一颗、两颗、无数颗，仿佛身上的骨头全变成牙齿，有时那些牙齿会变成小石头，有时就是牙齿本身，跟我当年被医生拔下的牙齿一模一样，它们完整无缺，有牙冠、牙颈、牙根。

父亲年轻时拥有一副好牙，他的牙齿可以嗑开核桃，将啤酒和维尔康的瓶盖咬下来，他就像一个牙齿大力士，咬断胶布、咬断草绳、咬断一切对我们来说比较无力解决的物件。六十岁，人生一甲子。按父亲的说法，这是一个坎，一条分界线，父亲开始牙痛。那时县城里只有两家牙科医院，我的亲戚在一家私人诊所做医师。父亲抱着对熟人满满的信任感走进简陋的诊所，并毫不迟疑地躺在手术椅上。医师成功地用银汞合金将父亲的龋齿填满，让父亲重新体会大快朵颐的快乐。可是时间不长，另外的牙齿又开始频繁松动、疼痛，他的脸颊肿得老高，夜里辗转反侧，难以成眠。白天神情委顿，动不动大发雷霆。我们都劝他去人民医院看牙，说了好几次，他都不松口，直到母亲说，还是找亲戚吧，父亲才点头，开始在通往诊所的路上不厌其烦地往返。在不断修正和尝试的过程中，亲戚医师将父亲的牙神经挑断，坏牙拔掉，咬了牙印。缺齿的那段时间，父亲一个人坐在阳台上，背朝着我们，连吃饭都一个人在阳台上解决。他是怕我们笑话他吧？或许是怕我们看见一个缺齿老人的困窘？缺齿的人，说话走风漏气，嘴巴成为一个风箱似的器皿，风呼呼地出来进去。有一天，他稀罕地坐在椅子上看电视，屏幕里，一个个篮球运动员肌肉结实，弹跳有力，电视前我的父亲，一个口罩将整张脸遮挡了个严实，口罩上方的眼睛周围，褶子似的皱纹层层叠叠，他的眼神，是那么暗淡、那么灰暗。好在不久之后，一个可以自行操作的牙套，成功地让父亲重新拥有了三十二颗牙齿。

　　小时在村里，人们喜欢攀比，包括牙齿数量。据说人的全牙数量是三十二颗，如果一个人拥有全牙，那么他的命相就会兴旺发达。但更多的人，只有二十八颗牙齿，这也好牙是个中等命相。现在，父亲忘记了缺齿的事实，假象蒙蔽了理智，他感受不到苍老的风声正呼呼地通过牙齿进入身体，他更得意自己的全牙，觉得在步入老年时，拥有一个好命相，是最庆幸不过的事。他又开始笑，露出一口闪亮的牙齿，让我错以为，他依旧是我五岁时一年见到一次的他，那时，我躲在厚厚的门扇后面，偷偷地看他，牙齿洁白，明亮闪光。

县城突然新冒出差不多十个牙科医院，它们无一例外更欢迎少年去整牙，一套下来，要好几千块。母亲羡慕说，现在的社会真好，再也没有牙齿不好的人了。你看街上的孩子们，牙齿整得整整齐齐，再丑的人也变得好看了。我抿着嘴笑笑。我从未跟母亲说过，我是缺齿的人。我似乎很享受这种带有疼痛记忆的缺齿人生，害怕圆满带来的负担和更大的缺陷。我知道，这样的想法是错误的。

夜里做梦，牙齿晃动，梦里的人吓得心惊胆战。醒来牙齿隐隐作痛，心想原是因为疼才做到这样的梦吧。不料电话响起，是妹妹，先说了句你不要着急啊。然后才慢慢说，爹住院了。

去往医院的路上，我在脑海里快速搜寻着最近的梦境，在确认并没有梦到不吉之梦后，步伐才不至于那么沉重。街道两边，摆满红红绿绿的纸衣裤和鲜花，突想起今天是中元节，我的心瞬间如战鼓般跳个不停。那种生怕失去的痛意和恐惧不断地袭击着我，我觉得自己就要窒息了。

我像一个胆小鬼，战战兢兢、鬼鬼祟祟地进了医院大门。

父亲在病床上睡着了，气色还好，液体匀速地滴进他的静脉。旁边柜子上的纸杯里，放着他的假牙。它们像一种貌似坚固的假象，跟我们一起，试图抵挡和拒绝生命的衰老，乃至隐约的死亡气息。

争斗游戏

当战争成为和平年代的传说故事，一些当年常见的武器被闲置下来。我们在柴房堆砌的杂物中，不停地发现一些蒙尘物件：打破的灯盏，坏掉的竹筐，废弃的尘掸，破旧的凉鞋，被老鼠啃噬过的旧书本子……一支生锈的红缨枪在这些东西后面，以一根棍棒的模样，漠然呈现。显然枪上的缨穗在时间中已化为齑粉，但残留在枪头和木头接缝里可怜的丝缕，依旧提供出它们以战为生的依据。曾有人将红缨枪的枪尖用锤子卸下来，拿到铁匠埔，进行一番改造，变成闪着精光的镰刀。这种将武器变为工具的行径，既忽略了红缨枪的前世，也否定了它的今生，来自一把镰刀的锋利显然要比一把红缨枪敦厚实用得多。我们也偶然遇见一些废弃的手榴弹，带着木把子的完整手榴弹，拿到手里沉甸甸的，但又轻飘飘的，带着呛人的气息。更多手榴弹上的木把子早已不知去向，或许腐烂成泥，也或许被当了柴火，总之，留下来的在暗淡光线里郁郁寡欢沉默度日的手榴弹头，像一个不停流失记忆和温度的人，仓皇间睁眼时，只剩下自己的残骸，被人们遗忘，也被它本身遗忘。在村里，有人家的墙上挂着一把宝剑，它的职责是镇压一些邪气的侵入，并驱散噩梦的到来。剑鞘上厚厚的铁锈，更像是邪气和噩梦的黏附，长年累月，渐渐增厚，并淹没着宝剑的锋利，让它自动剔除自己的记忆和最初的功能。没人见过宝剑出鞘，更未聆听过清亮悦耳的"呛啷啷"之声。有次我在别人家看到一把大刀，绿锈像黏痰般将它的刀刃紧紧裹住。武器逐渐从人们生活和视野中消失，男人们之间的对峙变得隐秘乃至消弭，寻常下，他们慈祥而寡言的面貌，让人看起来异常平和、安静、宽厚，值得信赖。只有在一条牲口面前，他们才会稍露自己的触角，寒冷而锐利，带着本性中好斗和征服弱小的一面，仿佛冰山一角。我们猜测，在深夜无人参与的梦境深处，男人们会拿起自己的武器，于他人开战，搏杀，流血，然后从梦里醒来，惆怅，或者开怀大笑吧。

那些没有长成男人的男孩子，刚刚八九岁的样子，大人们爱说："七岁八岁惹人嫌，惹得狗也不待见。"此时的他们，远未见识生活残忍而无情的一面，更未经历成人之礼以及风霜磨砺，所以并不像成年男人那般有城府，懂得掩藏的道理。他们总是像一只好斗的公鸡，顶着彤红的鸡冠，脖子上那圈黑色的羽毛动不动就支棱起来，霸道地在街衢穿梭，并成功利用危险地带，比如墙头、粪堆、悬崖和河流，上演着作为男人天生所具有的无畏无惧和所向披靡。当我们跳绳跳乏了，结伴从某家院子里走出来，常常会遇见这些狗也不待见的男孩子，在街上、学校里、庙院里，有时是砖窑那边，一个人在前面跑，后面一群人在追。如果前面这个跑得太急，跟后面之间的距离拉得太远，他会慢下来或者停下来，笑嘻嘻地喊，快追呀、快追呀。跌倒了，膝盖流了血，顺手挖一把黄土盖在伤口上，又往前跑，躲到土墙或树干后面探头探脑。仿佛村道上一块又一块的石头，既不会生气，也不怕疼。

不止如此，他们还喜欢在手里紧握一根长棍子，一根带着春天嫩皮的枝条，不很粗，也不很细，带着一股鞭挞万物的激昂和韧性。敲在石头上，不会蹦断；敲在流水上，不会沉落；当它敲在人身上时，会有深深的痛意，并留下一道或深或浅的印痕。我们小女孩总是惧怕着男孩子手里的那根棍子，像怕打雷和放炮一般，每每遇见，都靠着墙怂忐地迈步，或者远远躲开。

更多时候，男孩子们总是梗着脖子大声说话，跟同样梗着脖子大声说话的另一个男孩子抬杠，天上地下，墙角旮旯，抬杠的内容无数不在。

倘若他们腰里别着弹弓，遇见一只鸟在树上警觉地蹦跳，两个人便会说，来比赛，谁输了谁就挨罚。

几个？

十个。

说来就来，谁怕谁。

两个人同时掏出弹弓。一只弹弓用柳树枝丫做成，系着黑皮筋；另一只弹弓是用双股铁丝做的，系着红皮筋。这是来自两个不同家庭的武器，它们携带和发散着各自家庭的独特气息，在使用武器者手里，将两块出自同一处的石子，放在皮筋中间那块深色皮质上面，并借助它，将自己的臂力发挥到极致。总有一块石子就要打中那只小鸟的翅膀，或者它身边的树枝、爪下那片晃荡的叶子。也有时候，空中的两块石子，像被某种东西突然纠合在一起，从各自的轨迹迅速脱离，赴死般像对方撞去，发出巨大的"叭"声，然后奋力弹开。那时，两个男孩子的脸上，都会涌现出一股失望，乃至两个人又要不停地寻找下个目标，展开一场新的搏杀。更多时候，那个打在鸟羽或者鸟身近旁的石头，会极其明确地表明自己胜利的态度，让来自弹弓的拥有者沾沾自喜。弹弓的质地，根本左右不了结局，就像武侠小说里写的那样，运用者靠的是那股真气，而非武器本身。战败的小孩，通常会嬉皮笑脸，但不求饶，也不说软话，只做出满不在乎的姿态，来逃避或试图逃避即将到来的惩罚。倘若没有别人再来搅局（诸如我们要做另外的游戏，而他们必得参与；或正好两个人的家长路过，两个人搂着肩，做出一个好样子给大人们看。但这种时候并不多见，我们总是喜欢看热闹的那种小孩，又胆小、又害怕，不敢走出来阻止，又不敢指责其中一人的霸道），胜利者就会将拇指指尖压在食指指尖上，张开嘴巴，对着指尖联盟狠狠地吹气。两个叠在一起的指尖接收到来自主人的命令，似乎也增加了凌厉的分量，毫不犹豫朝战败者头颅弹去。战败者也会躲闪，但又不是真躲闪，反正随着指头弹到脑壳上，他会哎呀哎呀地叫唤起来，而站在旁边的我们，会帮忙数数，一、二、三，越数声音越大，越数声音越多。

身边的女伴，眼里全是幸灾乐祸。恐怕我也是吧？但心里充满恐惧，恍然间弹脑壳的手，一下一下弹在自己脑壳上，头顶阵阵发麻。那些观看的男孩眼里闪着亮晶晶的光，龇着大板牙，笑嘻嘻地数数，还监督弹得够不够狠。

弹脑壳，我们乡下土话叫"弹颅颅"，村里男孩子没有谁躲开过一场意气争斗中的输局，也没有一人躲开过"弹颅颅"的惩罚。他们身体里，藏着巨大的能量，大夏天冒着烈日在街上打闹，大雪天脸冻得通红，手上全是紫色的冻疮，也要到温河里搬冰吃。二林咳嗽得惊天动地，依旧不停用偷拿出的铁镐砸冰，送给这个，又送给那个。后来觉得无聊，便说，我们数数吧，谁吃到第七块，谁就跟我打赌。男孩子们当然不怕。据说男孩子们头上都长着反骨，火气大，既如此，便都响应了，谁吃不到第七块，就弹谁的"颅颅"。男孩子们大呼小叫聚在一起，最终，总会以这种方式收场，仿佛大幕一旦拉开，就得决一胜负，方才尽兴。

倘若在学校，男孩子们也会畏惧老师，因为老师的"颅颅"弹得比他们响，比他们疼，更熟练，也更自如。在老师面前，我们当然甘拜下风。但他们还是有办法随时挑起一场争斗。那时乡村小学都是复式教学，五个年级，不到二十个学生。当老师给某年级讲课时，另外四个年级的同学写作业，这就给了我们做小动作的机会。

争斗在光天化日下暗暗拉开序幕，也不必烽烟，男孩们自己就是烽烟，也不必发令枪，他们就是发令枪。烽烟起，枪声响，我左边的二林跟右边的海海便挑起了争斗，刚开始，他掐他一把，他捅他一下，我在无形中成了他们共同的敌人，但他们不能对我下手，因为女孩子都是爱哭鬼，一旦我哭了，老师并不问缘由，直接从讲台上下来，打他们中的任何一个。后来两个人的头，凑到我的石板前，商量着如何开战，最终，两人确定，老师在黑板上写下的那道五年级的算术题，看谁能猜准得数。二年级的学生，看五年级的数学题，其难度可想而知。

另一个问，输了怎么办？给一根石笔。

行。

两个人各就其位，将题抄在石板上。一个鬼得很，装出做题的样子，两只扇风耳一闪一闪地动，那是悄悄听老师讲呢。一个在石板上，大大写了一个35。另一个虚虚写了一个45。一会儿，老师将列在黑板上的数式写完，白粉笔写下48。我看见写45的这个，悄悄用石笔将5改成了8。不用等下课，输了的一方就将一根白白的圆石笔递过去。拿到石笔的这个，得意扬扬地笑了。老师的粉笔头，蹦一下，打中他的脑门，他低下头，咧着嘴还在笑。

村里要演电影的消息，是中午大喇叭里传来的。一到学校，男孩子们就聚在一起，他说要演《甜蜜的事业》，另一个说要演《小花》，他们身后都有一帮拥趸，极其忠实地坚守着各自的战线，毫不妥协。只有一种方式，能让这场争论走向一个明朗之地，那就是商量一下输得一方要出什么？是脑壳，还是物件？还是替赢家做事？

村里不常演电影，有时候，我们会跟随大人去往温河对岸的邻村看电影，但也不常去。因为温河常常发大水，过河时，得求人背，这对于我们的母亲们和我们来说，都是件特别为难的事。只有姐姐们在河边不用开口就有人蹲在她前面了，但多数时候，姐姐们宁愿等待那个一直不肯走到自己跟前的小伙子，也不愿轻易爬到蹲下来的脊背上。那时，我们总觉得姐姐们太作，于是，就飞快地爬到那张背上。有时，这张背并不情愿，乃至直直地站起来，让小孩自己从背上溜下去了。但更多时候，小伙子们也不好意思拒绝一个小女孩的热望，他们轻飘飘地背着我们过河的时候，心里有巨大的失望。

现在，村里要演电影，这件大事让小孩们兴高采烈，一放学，不回家就到庙院里占位子去了。没有板凳，我们就搬石头、搬砖头、找木头，反正等大人们吃晚饭出来的时候，前面都被我们占满了。那是深秋的傍晚，夜里很冷了，胡乱地吃完饭，母亲翻箱倒柜找大衣，她穿件小大衣，我穿件戴帽子的灰色猴大衣，妹妹还小，当然不能出去看电影，早早被母亲哄着睡了。祖母将煤油灯放在了窗台上，锁了门，一家就去看电影了。在场院，我坐在小孩中间，跟他们一样兴奋。不只是要看电影，最重要的是，男孩子们那个暗自生效的争斗，在半天后，马上就要有结果了。我们期待什么？并不知道，只觉得这事极其刺激而让人满怀欢喜。

第二天，四五个男孩子早早就去了赢者家里，抬着猪食桶，替人家喂猪食。那些猪，好像认人般，哼哼唧唧不好好吃食，也或许它们也在看输家的笑话吧。

我小时在村里，所有小孩的口头禅都是打赌。仿佛这两个字，是一个葫芦，挂在每个小孩的嘴边，一张嘴，它就晃荡出来了。女孩子之间有时也会打赌，但不及男孩子用得自如，赢得兴奋，输得舒展。现在想想，可能女性天生就有怕疼和小气的毛病，动不动生气，又怕失去拥有的一点东西。在村里，妇人们动不动就会吵架，自家孩子被欺负了，自家鸡跑人家窝里下蛋了，或者别人家不小心把泔水洒到自家门口，反正只要这些小事发生，便不顾羞耻，跳将出来，叉腰挺肚，嘴里吐出极其恶毒的言言，去诅咒和奚落对方。显然，她们更愿意失去脸面而非物件。

其实，男孩子们输掉的，也不过自己皮肉的一时疼痛，"颏颏"弹过，不会留下痕迹，而一些小物小件的输资，不过诸如石笔、一把南瓜子、一块糖、一瓶开水等不值一提的东西。似乎大些的比如书包、衣服、帽子等，这些来自父母的赐予之物，小孩从未把它们当成贴己。仿佛有看不见的圭臬，从未有人敢逾规越矩。

　　记忆里唯一一次，来自小海和福牛，他们比爬树。河里有棵柳树，一半长在水里，一半长在岸边。小海当时新做了一个弹弓，是他大哥从煤窑带回的 8 号铁丝做的，关键是皮筋之间那张软皮，也是大哥从外面找回来的鳄鱼皮，为此他显摆个不停，弹弓也不往腰里插了，时时拿在手上，走起路来，拿弹弓的手臂都抬得高高的。那弹弓似乎也的确好用，在多次射击中，总是稳拔头筹。为此，他弹了别人好多"颅颅"。福牛是个不爱说话的男孩子，总是拿一双黑黑的眼睛盯着你看，笑的时候，黑眼睛里会涌出一层水，然后，眼睛渐渐弯起来，像月牙。他有个诨号，叫铁铃铛，就是因他眼睛得来的。现在，他非要跟小海比爬树，看谁爬得高。小海性子急，说话打雷下雨，根本挨不过铁铃铛的软磨硬泡，就答应了。小海占惯了上风，每次问"输了怎么办"的那个人都是他，这次当然也逃不脱。铁铃铛的黑眼睛，仿佛一汪深潭，就要吞下小海的大板牙了。但小海还是满不在乎。

　　什么也行？

　　废话，肯定的。

　　一时大家都愣住了。低头看他的新鞋。那是一双军用球鞋，曾让我们极其艳羡过，比我们脚下的布鞋，要高级好看得多。这样大的输资，在之前小孩的争斗游戏中，从未出现过。

　　但小海肯定是心动了，因为他舔舔嘴唇问：

　　"那我输了你要什么？"

"你的弹弓。"

小海不觉将弹弓往身后掖了掖。但还是豪气地说：

"君子一言，驷马难追。"

说完，小海将弹弓放在了小河口的石头上，铁铃铛的球鞋早已恭恭敬敬等在那里了。这个场景，在我脑海里盘桓了许多年，有时会想，那双球鞋，就像是在召唤弹弓的到来，并暗自施了某种法术，将它定在那里。更多时候我会想不明白，平日拙手拙脚的铁铃铛，怎么可能就赢了身体灵巧的小海呢？

当铁铃铛拿着小海的弹弓离开小河口的时候，小海满脸迷茫地盯着他的背影，表情之中，有惋惜，也有不舍，还有悲痛，感觉他就要流下泪来了。

在一些没完没了下雪的阴天，我们的父亲也会走出大门，冒雪去往另一个跟他从小一起长大的叔叔大爷家里，那时，我们会戴着一顶棉帽子，尾随而去。

叔叔家炕桌上，早放好了一个简陋的棋盘，上面放过茶壶，也放过酒壶，当过盖子，也当过笸箩，棋盘上的格子，被各种液体浸泡过，又经过日光晒干，留下暧昧模糊的印记。但这并不妨碍两个男人——长大了的男孩子之间的游戏。当然，此刻的他们，仿佛依旧惋惜年少时输掉的那副弹弓般，满含复杂的情绪，欲言又止。那方棋盘之中，同时也渗入了所有过往的时间和记忆，因为太多太稠密，他们暂时遗忘现实的存在，而更加专注游戏里自我的出击和守卫。争斗从来都是，你进我退，你退我守，伺机出动，适时收手。他们麾下的棋子，显然比当初那些伙伴要听话得多，它们不会反悔，也不会背叛，更不会讥笑。棋子之间的战争，没有温度，也没有感情。拱卒、跳马、支士、飞象、将军。硝烟起，硝烟落，所有的硝烟，都通过父亲的口唇散去或者吞下，一切随风，活着跟死去，有同样的姿态和方式。

隔壁的房间里，也有人在粉连纸上画下了一个完整的棋盘，楚河汉界，泾渭分明。那是我们的哥哥们，上唇间浮着一层稚嫩的胡茬，嗓子变粗，人突然高大起来。他们已不屑拿着棍子在风里奔跑，一群一伙，大声喊叫。即便冬天的温河冰面，这个之前他们最喜欢的天地中，也消失了他们的身影，他们更愿意躲在柴房里，找到生锈的铁钉，卸下红缨枪的枪头，替自己的弟弟做一个冰车。当村里的小孩们在热腾腾的冰面上飞翔的时候，他们抄起挂在墙上的扁担，替父亲去一里外的泉子沟挑水。在那里，他会遇见一个同样挑水的大姑娘，他替她吊水，然后沉默地走远。

现在，几位哥哥正学着父亲们的样子，用棋子来表达自己年龄所带来的成熟，和对游戏的狂热。犹疑中走一步，思谋半晌，后又悔棋重来。比起父亲们的棋局，他们要热闹多了，总是悔棋，总是被对方笑话，一局棋，用不了一袋烟工夫。

而那边，父亲和叔叔刚刚下完一盘，抬眼，外边沉阴依旧，再来一盘。

据说棋局就是赌局，有人用一局棋赢回了一个女人，还有人因为一局棋远走他乡。据说在很久前，有位外使跟皇帝下棋，每下必输，使臣不善饮酒，某次皇帝便以饮酒当输资，使臣沉吟后答应了。皇帝得意极了。

使臣问，若外臣赢了，皇帝输了，皇帝怎么办？

皇帝成竹在胸，哈哈大笑道，随你。

使臣便说，那若外臣赢了，皇帝要翻山跨海，去收复国家之外的整个天下，这样才公平。

皇帝想，不过一个常败将军，说话如风，刮一股而已，就爽快答应了。

他们下了三盘棋，三盘皇帝均以失败告终。君子一言，驷马难追，皇帝无奈之下，便遵守信诺，带领全部军队，渡江跨海，攻战他国。皇帝威名远洋，刚开始，那些小国不战而败，俯首称臣，但随着冬季来临，部队越往北走，天气越冷，士兵们无法适应气候，即便如此，皇帝觉得自己输了棋，就不能悔，所以并未有退兵之意。最终，在遥远的北方大雪之中，皇帝力竭而亡，全军覆没，成片的尸体被苍鹰、秃鹫、老鼠和蝙蝠们吞噬，连同他们肉体渐消渐失的，还有身后的家园和大好疆域。

一盘棋，有时可定国运、家运、人运。

男人们深谙其理，只下棋，不论输赢。想来，当日村里人的拥有也不是特别丰厚，无一国之力，无封疆之地，他们只有几亩薄田，有限的牲口，一方小院和家人，所以他们虽然难掩征战和意气之心，幻想一夜之间暴富，为王为相，但几十年的生涯，已经让他们明白，珍惜眼下，才是最正确的拥有。所以也只能在风雪中，通过虚假棋盘，冒着枪林弹雨，为夺得头筹而煞费苦心，在无边的幻想中你死我活。

他们根本没有察觉身边多了许多人，那些人帽子和肩头的雪刚刚融化，在温暖的屋子里冒着袅袅热气，他们自觉分成两派，像棋盘上的兵卒，一会儿大呼小叫，一会儿摇头落憾。这盘棋，直下得天幕渐落，大雪重来。

小孩焦急不已，不停地问，输了怎么办？输了怎么办？

他们尚未知，许多年以后，他们也会像面前的父亲叔叔们一样，为一盘没有输资的棋局，处心积虑，步步为营。

藏匿着的甜味

我以为世上最好的味道，是甜。

祖母的竖柜里锁着许多好东西，诸如花手绢、银耳环、毛票、新布，当然还有糖罐。

装糖罐的是个白色的粗瓷罐，长条身形，比暖瓶矮点，粗点。在我稀疏的记忆里，从未有祖母买糖的印象，但糖罐里似乎藏有永远也吃不完的红糖。多年后，问起祖母，糖是从哪里来的，她笑哈哈地说我笨，当然是鸡蛋换来的。清寡的肠胃，对油腻的食物有某种天生的排斥。比起糖，鸡蛋有一股腥味，乃至吃的时候会想到它的出处，心里总有怪怪的感觉。加上祖母吃素，所有带腥味的食物都忌讳，我们家养着十几只鸡，下的蛋差不多都换了食盐和煤油，但不知道，祖母还会悄悄地换了红糖。

冬天，朔风肆虐，寒意逼人，我急切地盼望生病，高烧或者咳嗽，这样的话，就能喝到一碗酽酽的红糖水。

在我有限的喝糖水经验里，糖水必须是滚烫的，喝到嘴里，满满的热甜，当它沿着喉舌被缓慢地咽下去的时候，那种甜暖会通过食管，一点一点暖到心底，不久，扩散到四肢、指尖和脚尖。这是一个既漫长又短暂，且充满矛盾的过程，渴望喝糖水的时间再长点，那种舒适的甜暖感也再长点。但每次喝糖水，都太着急，远未享受够糖水所带来的美妙滋味，也来不及细细品味，唇齿间就剩下了一缕余香。

放下碗，面前是祖母笑眯眯的眼睛，那些深长的皱纹里，充满了释然和关爱。她用手摩挲着我的额头，在那里，红糖水仿佛已渗出了我的身体，微微湿润起来。

我的祖母，在村里曾是很厉害的人，这跟我祖父去世早有关，但同时，也跟她好强的性情有关。现在，她虽然已经老了，不再跟队里人打交道，但她还保持着与人为敌的警惕。最明显的表现，是她跟邻居女人之间的谩骂，无论什么样的小事，都能挑起一场吵闹。有次她竟然试图去跟人家打架。诸如一些她家的鸡跑到我家院子吃食，她家孩子摘了我家的花这等小事，都是祖母谩骂对方的理由。当她们之间发生吵闹，我并不感到害怕和羞愧，相反，我很兴奋，和前来看热闹的小孩一起哈哈大笑。

祖母呈现在外人面前的，永远是强势的一面。可是，当她抱我在怀，她的声音会变得很柔和，她给我讲古话，讲父亲小时候的事，我常在她散发着青草味道的怀里睡去，也在她的怀里醒来。每当喝完红糖水，在我眼里的祖母更是这世间最慈祥可亲的人，因为她，幼小的我感觉到人间美好。

夏天，为了去暑，母亲买了白糖给我泡水喝。每次祖母总是说，少喝点少喝点吧。还对着我的母亲翻白眼。母亲似乎故意跟她作对，连续好几天中午，都给我喝凉透的白糖水。白糖水跟红糖水不同，它看起来虽然跟白水无异，但喝到嘴里，却有比红糖更甜的味道，它是凉的，让人在瞬间就凉爽下来。但不舒服的是，喝完白糖水后，嘴里会有一种酸味，嘴唇也黏黏的。我喝了三天白糖水，就开始咳嗽起来。母亲给我喝甘草片，那是世上最难吃的带有甜味的药，每次闻到，就有种想吐的感觉，而当它被我喝下，我真的会呕吐。

祖母在红糖里加了姜末，砂锅里熬好，然后倒入碗中，将姜末挑去，让我喝下。自此，我再不喝白糖水。即便是腊八的时候，在窗台上冻了一夜的放了糖的冰，我都不去沾一口。我以为，白糖是致我咳嗽的毒。而红糖，无疑是医我的良药。

我在伙伴们面前显摆，说祖母的柜子里藏着糖罐。有时趁她睡着，将她挂在衣襟的钥匙偷出来。下午伙伴们来，我会开了竖柜，偷点红糖出来，放到自己和她们嘴里，然后在享受甜味的给予中，偷笑。

许多年后，我的祖母与世长辞，整理她的东西时，家里人将那个藏在柜底的糖罐也搬出来了。我掀开那个熟悉的盖子，雪白的罐体中，未残留一丁点糖沫糖渣。仿佛，我的童年，童年里跟祖母度过的日子，喝过的红糖水，从未有过般，苍白而空旷地摊展在时间面前。

渐渐地，有甜味的食物，开始出现在我的生活里。

夏天，我跟禾苗去地里给她家的兔子拔草。据说兔子喜欢带奶的草，我们就在地里找燕儿衣。许多燕儿衣都开着小黄花，花茎呈灰绿色，上面还有一层毛茸茸的小毛。拔燕儿衣不能用手，得拿铲子挖。如果用手拔，草里的奶会溅出来，沾到手上，很难洗掉不说，还黏黏的不好受。禾苗竟然喜欢用力吸花茎里的奶汁，据她说是很好吃的，并怂恿我也吸着吃。还有一种开紫花的草，禾苗喜欢将花放在嘴里嚼，嚼的时候，极尽陶醉的表情很享受。她总笑话我胆小、没用，这很像她爹说她的话。我对陌生的事物，打小就有种排斥感。即便做游戏，没有做过的，也从不参与。来自陌生事物的恐惧和无法适应，使我产生深深的自卑感。

就像冬天每家窗台上晒着的胡萝卜干，因为我家没有，便从未敢尝过一口，即便她们给了我，我也装到口袋里，回家放到炕沿边上。不知道那些被放在炕沿边上的萝卜干最后去了哪里？在乡下，胡萝卜干是孩子们冬天唯一的零食。秋后，村里人扛着镢头，到河对面收过的萝卜地里掀翻，总是能找到不少被遗落的小胡萝卜，有时是一小筐，有时是半口袋。小萝卜在河水里洗得干干净净，回家在锅里煮熟透，然后放到屋外窗台上风干。这时候，满村都是煮胡萝卜的味道，空气中甜丝丝的，这味道，让人想笑。煮胡萝卜也有诀窍，锅里的水，要刚刚烧完，萝卜里的糖稀刚刚出来，那时，将萝卜倒出来，锅里的糖稀用水泡了，小孩争抢着喝。几场风，晾在院里的萝卜干就干透了，干透的胡萝卜是深褐色的，缩成小拇指长短，弯弯曲曲，上面有许多的皱褶，皱褶里全是土和沙。讲究点的人，吃的时候会吹吹上面的土，但一般人就那样放嘴里嚼了。按老人的话说，不干不净，吃了没病。还有说小孩是要吃点土，身体才硬朗的。咬开的萝卜干里面还是橘黄的肉，很有劲道，韧性也大，吃的时候，都用后槽牙咬着，手里用力拉，才能将它撕开咀嚼。

伙伴们会进行吃胡萝卜干比赛，看谁吃得快。女娃总是比不过男娃的。但有一次，一个男娃吃多了胡萝卜干，拉稀拉了好几天，脸都绿了。那时才觉得，即便是甜的、好的，也是不宜过多食用。

到了深冬，平山人推着柿子来换炭。柿子是我小时吃过的最甜的果子。夏天时，伙伴们偷军军家的桑葚吃，那个黑里泛紫色的果实，我也不敢去吃。禾苗说："真甜的，你吃吃。"我看到她的嘴唇已经被果子染黑了，她手里的果实，跟她的眼睛一样。直到有天中午，我们被军军爷爷抓住，在那之前我都不敢去吃一颗桑葚。我总觉得，这个黑色的果实里，藏匿着一些自己所未知的东西，吃掉它，会有一些无法预料的后果。而伙伴们在秋天不停地去摘这家的果子，那家的梨，并将它们吃掉时，更多时候我都在观望、等待。我等待的，就是柿子的到来。刚换的柿子是涩的，不能入口。祖母就做漤柿子，烧一锅水，放到容器里，晾一会儿，将柿子投进去，然后放置在灶台上，两夜之后，柿子虽然是硬的，入口却已泛出甜味。但这样的懒柿子我也是不喜欢吃的。我喜欢等着柿子们不经过任何加工，在时间中慢慢变软的过程，像藏了一团秘密的火，在手心里。吃柿子是这世界最美的事，将皮和柿汁先吃掉，让涩涩的皮，先入了肠胃，最好柿骨留到最后，柿骨到嘴里，滑滑的，咬在齿间，有清脆的声音。但每次吃完柿子，嘴里总是涩的、苦的，喝水也不行，吃东西也不行，你依旧只能等，仿佛时间彼此之间有了某种亏欠。

祖母总是将吃完的柿蒂粘在门后的墙缝里，等干透了，拿下了，捣碎，如果她咳嗽，就会用开水冲开喝。禾苗弟弟咳嗽，看了先生，说是百日咳，到处找柿蒂。村里有柿蒂的人家不多，而祖母毫不吝啬，将门口的柿蒂全掰下来，送给了禾苗妈。

我们家常住人口只有祖母，母亲和我，所以家里没有煮饭的大锅。每到端午节，家里包了粽子，祖母就到处借锅去煮。平日我们家因为有存粮，颇让人羡慕。到了春天，当别人家到处找野菜，或者借粮的时候，我们家的米缸还是让他们馋羡的。但到了祖母借锅时，别人就会笑话我们家人口少，连一口大锅都没有。祖母有时会瞪大眼睛，跟那老婆说，你不用笑，我们家很快就要添丁了。那时，我的母亲正怀着我妹妹，在祖母和母亲眼里，那应该是她们愿望中的男孩。粽子和月饼，在当时乡下，不是每家都可做的。只有稍微富裕的人家，才有闲钱买得起蜜枣和红糖。这两种食物，给他们带来生活的富足感，让人喜爱着，也让我一直以为，甜的就是金贵的，也是最好的。

初参加工作，工厂院子里栽满了果树，桃、梨、苹果、李子、山楂，还有一株木瓜树。这些树中，我最喜欢木瓜。所有这些树上的果实，只有木瓜没有被我和同事们吃过。有三个原因：一个是因为它是南方的果树，不适应北方气候，结果很迟；二是我们从没吃过木瓜，不知道怎么吃它；三是它结果很少，我们也舍不得吃。我们经历和见证了它从开花到结果的全过程，当那几枚可数的果实从树上掉下来后，我们总是小心翼翼地将它们摆到桌子上。如果外面的人来，还会跟他们炫耀说，这是木瓜，没见过吧。来人亦多是惊异无比的表情。

那时每个月能挣到 24 块的工资，除去买点书，其余的就上交给父母了。同事家庭优越，父母都是干部，所以她的工资由她自由分配。每次发工资，她第一件事是去工厂外面的村供销社买糖吃。当时供销社卖的多是水果糖，偶尔有橘子糖。但这些糖根本无法满足她。她家住在县城，所以回家的时候，总是去百货公司去买奶糖，然后带回班上来吃。那也是我初次见到尝到奶糖，连糖纸跟水果糖都不同。同事喜欢收藏糖纸，她将糖放到嘴里的时候，会将糖纸在桌子上仔细抹平，然后夹杂书里，过段时间，从书里拿出来，放到铁盒子里。奶糖跟水果糖的区别是吃完以后，嘴里没有酸味，而且口腔里有股鲜奶的味道。这种味道也让人产生知足和幸福。

不长时间，她跟男同事好上了，自此，她的糖果均是对方来提供，而来自对方的糖果，在她嘴里，比之前的要甜很多。有次她非问我，是不是更甜更好吃？当时我只能点头赞同。爱情的味道，应该是这世上最甜的味道吧。那是精神和肉体双重享受的味道，一种超越了食物糖分的味道。

后来，她又喜欢上了黄桃和山楂罐头，因为男同事的老家在农村，家里困难，工资大部分要接济家里。这样，她就有些生气。比起来黄桃罐头便宜，而山楂罐头要两块多一罐，所以男同事在供销社给她赊黄桃罐头吃，说这个更甜更好吃。她既享受爱情，又享受食物的甜味，渐渐地，也就不挑剔男同事了。

隔年，她调回县城，因为家庭条件优越，人也漂亮，不久又有人追她，对方跟她门当户对，关键是，对方每天给她买奶糖、果丹皮、蛋糕这些城市人吃的甜食，她很快就不在乎原来工厂的男同事了。

但她没料到，他们的分手仪式会成为别人的笑谈。因为要到县城办事，两人也好久没见面，男同事买了她喜欢的糖和山楂罐头去宿舍看她，没想到，她的宿舍锁了门。他就向其他人打听，别人并不知道他是她的前男朋友，就跟他说，跟她对象看电影去了。我这男同事一时间，怒发冲冠，将手里的网兜朝着宿舍的玻璃窗就砸下去，玻璃破了，罐头破了，糖果撒了，她的床刚好紧贴着窗户，整张床上，全是红艳艳的黏稠甜腻的山楂。一时引来全单位的人看，从此她的名声就不好了。而城里的新男朋友，听说她脚踏两只船，一气之下也跟她断绝了来往。太甜，原来也不是最好的爱。

许多年后，我又跟她成为同事。因为血糖高，她已不再吃甜食了，不是不喜欢，也不是甜味不诱惑她，而是，她的身体里再也盛不下糖分。"老天给你的东西都是有尽数的，年轻时，人傻，不懂得好东西是要慢慢来享用的。"她说这话的时候，眼里满是迷惘。

时至今日，我已很少去喝一碗红糖水了，总觉如今的味道跟童年有天壤之别，情境不同，感觉也不同了。如果身体实在不适，来自藿香的呛人之味，更让人心安。我喜欢白水、绿茶，咖啡也喝不加糖的，但这并不代表我不再接受甜味，甜味依旧存在于我的菜食中。我最喜欢做的菜里有烧茄子、糖醋鱼、糖拌生菜、宫保鸡丁、京酱肉丝，这些菜或多或少都存有糖的甜味。这味道，渐渐就养成了一家人相同的味觉系统，也成为一个家庭最显著又隐秘的特征，即便分开，也会在一个菜品中，找到家人的味道。这也是我如今最珍视的味道。我也会用这味道来招待与我相熟的人，这也是件充满神奇意味的事。因为有几次，几个朋友跟我说，这些味道所携带和藏匿的感觉，竟然是她们熟悉、喜欢的，言下之意，这是一种来自同气场的味道，欣喜之余值得安慰。上天自会安排气息相投的人来相聚，即便远隔千山万水。甜味，就该是组成生活的好味道吧。

冬天，坐了一夜火车，从大雪苍茫之地抵达姑苏，这里绿树茂密，鲜花盛开，暖如春日。我喜欢这个城市带给我的随意和舒适感。同时，还有它的食物中，南北交融的某种中和和缓冲。在这里，我随处能遇到糖和甜味，观前街的酒酿饼，山塘街的桂花糕，一碗放了四只胖乎乎的大汤圆，北疆饭店门口小超市的豆包，还有无数种团子、粽子、苏式月饼，到处都是甜味，那种热烘烘的糖的气息，带着安适，接纳，平稳和妥帖，所谓的红尘美好，在这个城市中独显无疑。连传说中的姑苏城墙都是用糯米所砌，来自米的香甜，仿佛在这个城市已氤氲了几千年。而过年必吃的糖年糕，也成为姑苏独特的标志。糖和米，就像梦想和诗歌，男和女，入口香甜，令人陶醉。夜里站在桥上，水鸟掠过河面，相门灯火辉煌，空气中隐约有桂花的香味，那也是来自糖的吧？糖，是多么美好的一种物质啊。在草坪上遇见合照的情侣，他们的眼神，像糖稀牵扯在一起。而街上一个老人注视一只小狗的眼神，也充满了甜味。来自遥远山间的一罐蜂蜜，携带了几千里山河的甜味，在热水里袅袅散开。诗人说，感觉自己被爱时，一定是甜的。我走在平江路的石板路上，身后响起叮铃铃的自行车的铃声，一闪声，入了桃叶铺，这是一间专卖甜品的小店，要了红豆、杏仁、椰汁双皮奶，冰镇的，入口清凉甜爽，仿佛整个世界全部消失，仅剩藏在味蕾中这点安心的暗喜和幸福。

儿子要尽地主之谊，带我们去十全街的小饭店，据他说，这里虽然小，但饭菜很地道。既然是地主，当然就由他来点菜了。二十分钟，菜均上桌。松鼠桂鱼、茄汁豆腐、酿南瓜等四个菜，有三道甜菜。我禁不住问，怎么全是甜菜。他认真地看看我，笑着说，你不是喜欢甜的吗？

那个冬日的中午，窗外阳光大好，我坐在一个充满甜味的城市小饭店里，觉得自己并不是在吃菜，也不是在品尝甜味，我是在享受糖的扩散和融入，享受爱和温暖。眼底和心里，同时充满和洋溢着甜暖的饱和感，我知道，这才是藏匿在这世上、这人间、这一生，最爱、最渴望，也最正宗的糖。

微 笑

　　据说，在人的所有表情当中，微笑是最好看的。树绿了、雨落下、雪飘飞，听见鸟声、鸡鸣、狗吠，嗅到花香，见到熟悉的人或一个摇摇晃晃学步的小孩……微笑，就像水面上的涟漪，一圈圈在面孔上漾开去。微笑，是人发自内心的美好，它不止带给施笑者以开怀，同时也让受笑者感觉到被关切、肯定和应和。

　　奇怪的是，所有人却用啼哭来表达自己初降人世的心情。传说里，初生的婴儿，尚有前世的记忆，世相杂兀，前世苍茫。哭声，是在对自己再次降临人世的一种无奈和悲怀，同时，哭声，也是告别和截止前世记忆的唯一方法。当然，科学解释并非如此，哭，是生命的本能，第一声哭，表示可以脱离母体胎盘，用自己的肺部呼吸了。一个能在很短时间内学会呼吸空气的人，基本就可以确定，他是一个懂得遂顺的人，也是一个情愿抛切一切向往新生的人。也有宝宝一出生，却不会哭，有生理原因，但可以肯定的是，他的意识里，可能对哭的敏感度跟普通宝宝有差异，助产士会用拍打背部的方法，让宝宝顺利地哭出来。

　　第一次听到宝宝的哭声时，我感觉到自己的内心充满喜悦。那喜悦，带着一种初为人母的羞涩和自豪，一点一点从心里渗出，绽放在我的脸上，那是一朵虚弱而持久的微笑。记忆最深的，是他的第一次微笑。有人说，宝宝的笑并不是他真的在笑，而是面部肌肉的一种随意拉扯。但我知道，并非如此。那是他出生第五天，将花椒盐熬好的开水凉温，拿棉布为他擦洗身子，先是头颈，然后是前胸、腋窝、上肢、后背、屁股、下肢、双脚，穿上干净的衣服，他一直嘟着嘴睁着眼，注视着屋顶上方。奶奶说，小孩的眼睛才刚睁开，是看不远的。我便凑到他面前，他似乎也真的不会注意我。后来吃完奶，他心满意足地闭眼睡了。婴儿都很嗜睡，每天醒来的时间很短，似乎出生于他来说，是件很费力气的事，也似乎，他提早料定人世的艰难和劳累，便用婴儿期的嗜睡，来积攒长大的力气。他睡着的时候，一缕阳光从窗户里照进来，照在他淡蓝色的花被上，很快，就漫到他的脸上，他脸色微黄，淡淡的眉毛，淡淡的嘴唇，所有这些淡淡的器官，使他看起来更像一个可有可无的人。那缕阳光停驻在他脸上的时间似乎很长。后来我曾无数次地想，或者，那是一次颇为艰难的召唤过程，是神透过光线与他的一次会晤和谈判，而结局显然是皆大欢喜的，因为，我第一次看到了他的微笑，一个婴儿在睡梦中，整张脸上，绽开一朵舒展而美好的微笑。那是胜利的微笑吧，就像一朵花经过艰难的日夜，终于在阳光下绽开了。那一刻，我惊呆了，内心热流涌动，冲撞着满腔满喉，仿佛整个世界，至我身边缓慢退去，只剩下眼中的他，他的微笑和我逐渐模糊的视线。我特别想跟人说说他的微笑，那种闪着光芒和爱意的微笑，但我却不敢动弹，生怕惊跑了这抹微笑。整个房间，寂静无声，我听到自己的呼吸是那么粗鲁，我屏住气息，静静地，享受他的微笑，还有通过他的微笑扩散到空间中的喜悦和满足。整个世界都在微笑，阳光，风，初春的大地和河流，藏匿的花朵和流云，乃至我面前的书籍和布偶，都美好无比。怀孕和生产所带来的愁苦、恐惧、疼痛一扫而光，这朵微笑，让我觉出生命的珍贵。

他的微笑，是神召唤出来的第一个表情，是其后而来的生气、惊讶、害怕、厌恶、羞涩等表情的生发器和助推器，人只有会微笑，才可能使哭泣更具意义和力量。初生儿的哭，是没有泪水的，没有泪水的哭，其实只是一种表达方式，不具备生气或者不满意的性质，它只是来提醒大人，有个人从此将成为你生活中的必需，他是你步入成年的标志，而你将成为父母，不能再怀贪玩之心。而他的笑，却是他初次感知到阳光、空气和所有美好的反应，比起来他爱人间的本能要超过父母的。

微笑，是生而为人必备的表情，没有人不会微笑，除非你面部神经坏掉。微笑其实很简单，嘴角微微上扬，一朵微笑，便开始在你的面庞上绽开。它不需要酝酿情绪或者特定环境场合，只要你愿意，便可轻易绽开。如果你遇见喜欢的人，就会不自觉地微笑。有时你们面对面，不说话，只是微笑，那时，你的眼睛里、眉毛上、鼻尖和嘴角，都染着微笑的韵味，在彼此眼里，你们都是美好的，世间无二。最爱笑的人，我觉得是芸娘，她的常态是"笑之以目，点之以首"，是"但回眸一笑，便觉一缕情丝摇人魂魄"。三白写道："芸作新妇，初甚缄默，终日无怒容，与之言，微笑而已。"她在三白眼里，就是一朵微笑的种子，她让三白的世界从此开满了微笑的花朵。可惜，人生无常，最终，花落人亡，天上人间。读《枕草子》，总觉清少纳言是个喜笑的人，比如男子告别女子前，并没有惜别之情，而是将"所带东西装进怀里，扎进腰带"，这样的可恨之事，在她描述中，都带着几分心酸微笑。她坐在细雨微风的长廊下，微笑着写下：玩耍要趁夜，对面不相识的时候。那时，她就如一朵落花，幽冷、矜持，却美好。

　　早几年，曾认识一个礼仪小姐，那时，我们都觉得她是那样端庄而美好，而她成天挂在脸上的微笑，更是给你舒适而放心的感觉。直到有次活动，晚上住在一起聊天，才知道，她的微笑，原来是训练的结果。于是，心血来潮，她开始示范给我。训练微笑必备的是咬筷子，上下门牙轻轻咬住，最大限度地嘴角上扬，但必须高于筷子。她说，现在想想，训练微笑的过程其实也并不难，只要内心平和，不含怨念，再借助筷子，几天也就很容易练成了。但有时，心情不好，即便含了筷子，嘴角也是下垂的，这时候，就要借助手，将嘴角往上推，直到推到要求的位置，然后拿下筷子，让嘴角继续保持上扬，这时候你能看到前面四颗上牙刚好露出，这就是最标准的微笑。在她说的时候，我的嘴里已经含了一只筷子，时间不长，嘴和嘴角的肌肉已经产生了酸痛感。但并不是一根筷子就可以让人学会微笑的，她说，你咬住筷子，发"yi"声，然后嘴角上下扯动试试。照着她的方法，看到镜子里的自己很滑稽。原来，微笑，既有天成的部分，也是训练的结果。但整个过程并未完结，因为她要我用双手托住脸颊不停地上推，并连续发"yi"声。实在是酸困难忍，我不得不结束对着镜子的练习。见我放弃，她当然不强迫，笑笑，目光之中带着一丝苦涩。几年后，另一个场合遇见她，她已经是个妈妈了。见了面，她拉着我的手，感觉她的微笑要温馨亲近得多。不待问询，她就说，终于不用戴着那个假面具微笑了，说完哈哈大笑。原来是她换工作了。所谓冷暖自知，微笑也是，只有自己知道，哪朵是真的，哪朵是假的。就像她说，你遇见喜欢和不喜欢的人，都可以微笑。而训练出来的微笑，是专门应付你的不喜欢和厌恶的。

　　年轻时，我曾经是喜欢笑的人，动不动就笑得一塌糊涂。遇见陌生人，为了表示友好有教养，便微笑给他。有次骑自行车摔倒，膝盖磕得流血，脚扭伤，忍住疼，爬起来，在人前微笑着推车继续走。但现在，在一些场合，要酝酿出一朵合适的微笑，会有非常疲惫的感觉。不得不承认，一个人，当他经受了岁月的反复锤炼，打磨，会变得谨慎、多疑，时时处于警惕和防备之中，装强大，装正经，装懂得，唯独不再装微笑。只有面对放心的人，亲近的人，有亲缘的人，才可能放心地笑出来。但有时也不能，恰恰是你最信任的那个人，会怨恨你，伤害你，乃至带给你灾难。一个人的微笑，也变得小心翼翼，言不由衷。还是喜欢对着我微笑的人，那时，我也会绽开一朵真心的微笑，当微笑遇见微笑，真心交汇真心，那种人世美好的感觉会重来，仿佛，许多年前，宝宝的那第一朵微笑般，让我对生命生出无限的眷恋。

　　一直以为，老人或已故去的人，是不会微笑的。老一点的人即便是笑，也是很矜持短暂的。记得我奶奶在外人面前，总是端着一个尊贵的架势，表情寡淡，说话的时候比平日要慢半拍。也很少见她大笑，即便笑，也是很轻微地扯动一下面皮。小孩子喜欢玩，我坐在她腿上的时候，就喜欢用手来扯她松沓沓的面皮，那是一张又薄又滑的皮，仿佛一用力，就能撕下来。她跟我的脸皮是不一样的，我扯的时候，她竟然亦无痛感。我总说，奶奶笑一个，笑一个嘛，但似乎她永远也笑不成我想看到的样子。小时候，家里一直摆放着太爷爷和太奶奶的画像，他们有相似的眉眼和表情，木讷、无悲喜、冷漠，因为年代久远，看起来泛黄而模糊，如果不是帽子不同，我恐怕永远也分辨不出他们的性别。许多年后的今天，有人问我，你照相的时候，不能笑笑吗？我苦笑着，不知如何答言。我翻阅着自己上百张照片，终于发现，如果不是抓拍成相，我的确很少微笑，更多的是一种傲然的冷漠，像许多年前我奶奶和故去的太爷爷太奶奶那样，有寂寞而流逝的味道。

事实上，从早期流传到现在的许多人物画像，我们很少看到一个微笑的人。马克·吐温曾说过，没有把永远定格的愚蠢微笑传给后代更糟糕的事情了。这是维多利亚时代人们的说法，那时，人们保持着对画像术和照相术的敬重，总觉得微笑是轻浮而失庄重的事情。在当时，流行一种照相，叫逝者摄影术，据说，其时幼儿死亡率极高，所以这种摄影术，更多地运用在死去的婴孩和幼儿中间。人们对突如其来的死亡现象显得无力而无奈，他们满怀对死亡的恐惧和对逝者的怀念，将死去的孩子穿戴整齐，摆放在花簇中间，然后成相，成为他第一张也是最后一张留存在世上的肖像。也有把逝者的眼皮撑起或者在眼皮上画上眼睛来拍照的，寓意着他的永生和家人对他的珍惜。后来，随着生活水平的提高，人们将照相术用于生活中，这时候照相者刚刚从肖像画家对面走出来，他们延续着长时间姿势表情不动的习惯，所以照出来的肖像也是凝重而木讷的。我见过一幅维多利亚时期街道的照片，感觉到镜头晃动，画面模糊，车辆，行人，都是重影的，但奇怪的是，街道拐角的擦鞋匠和站着伸出一只脚的客人，显然要比其他景物和人物清晰得多。这种困惑一只萦绕着我，百思不得其解，直到有次翻阅资料，才知道，维多利亚时期的照相术曝光时间要长达 10 到 15 分钟，这也就意味着，当快门按下，景物和人物依旧是移动的，所以那张照片中的汽车和行人都是模糊不清的，而不动的树木，认真工作的擦鞋匠及等待的客人，就会清晰得多。这也就说明，在当时，倘若一个人要照相的话，他最少得支撑15分钟左右的摆拍时间，如果一直保持微笑表情，显然是不可能的，只有面无表情，才可能熬完这漫长的曝光时间。直到1853年，摄影师才拍摄出一个男孩的微笑，也就是从那时起，微笑才开始在凝固的照片中出现，但前提是，此时的照相曝光时间已经缩短了许多。像现在我们的数码相机，从开机到按下快门时间只是一瞬，所以捕捉微笑，或者照相者用短暂的微笑摆拍成相，成为一件很容易的事。于是，我们有幸看到了镜头之中一刹那的影像，包括人类的微笑，兽类近乎笑的表情等，有人拍下过风吹过植物的某瞬间类似微笑的姿态，也有人拍下蜻蜓的微笑。除去人类的微笑，是我们所熟悉并认知外，其他物种的微笑，其实更像是人类的意愿，倘若世界有一张微笑的脸，万物该有多幸运的一生！

美术史上神奇的微笑，是在更早的文艺复兴时期，达·芬奇的惊世之作——《蒙娜丽莎的微笑》，几百年来，被后世人推崇、研究、效仿。事实上，吸引人的，不只是画作的用笔和色彩，最迷人的，恰恰是蒙娜丽莎迷人的微笑表情，那么文雅、安静、严肃、哀伤，乃至还有嘲讽和揶揄，这是迄今为止，最复杂的微笑，她超越了生命个体在某瞬间展现出来的表情。长久以来，研究其微笑奥秘的人不在少数，有人说，将她的嘴部挡住，你会看到她的目光满含冷峻，没有一丝笑意，而更有人用推测和假想画作背后的故事，造就着关于蒙娜丽莎的神话。20 世纪 80 年代末，我刚参加工作，订阅了一些文学杂志，当时的杂志封底就喜欢采用一些世界名画，我就是在这些杂志中，见识了一些画作，蒙娜丽莎的微笑，当年也在其中。当时，很多人并不知道蒙娜丽莎的微笑是一幅名画，他们以为这幅画跟家里贴在墙上的年画也没多大差别，唯一有区别的是，这幅画中是个外国女人，乃至有人说，外国女人连眉毛都没有，真丑。我的同事刚刚高中毕业，他会拉二胡，会写毛笔字，知道贝多芬，这在那个小工厂里，是多么值得人高兴的事啊，所以两个人成为聊天最多的人。他喜欢蒙娜丽莎的微笑，他说那是世上最迷人的微笑，无人能抵抗那朵微笑的诱惑。而在当时，我显然更喜欢《无名女郎》，高傲、自尊、冷眼审视，不屑一顾，不可攀摘，仿佛一声冷笑，就要从画中生出。他不以为然。值得一说的是，他其后在选择女朋友的时候，首先一点就是对方要喜欢微笑，他说，只有微笑的女子，才是着世上最美的女子。其实，蒙娜丽莎永恒的微笑，从来没有也永远不会在一个现实肉身之上实现，她的微笑，包纳着太多信息，这朵微笑，已经超越人世的藩篱。

若果微笑会老，那也只是人类自己的事。大部分人随着年岁增大，阅历的增多，真心地绽出一朵微笑的欲望日渐减少。并不是只有像我这样年纪大、微笑越来越少的人，才有嘴角下垂现象，更年轻的人，也踏入了嘴角下垂的行列。医学上说，嘴角下垂是由于嘴角肌肉过度紧张引起的。我的一位年轻的女友，因为嘴角下垂，笑起来吓人，而远赴韩国注射肉毒杆菌制剂，利用麻痹肌肉来达到失能性的萎缩的目的，当她可以重新微笑的时候，看起来真好看，那一朵一朵熄熄灭灭的微笑，让她平添自信，乃至大胆辞去公职，开始做自己喜欢做的事。

当初那个刚刚会笑的宝宝如今已长大成人，比起小时候，他的笑已经很少了。暑假，他守着电脑，面无表情地网游，昏天黑地，喊他吃饭，仿佛是从另一个世界往回拉。只有在他通过电脑或手机跟人聊天的时候，能看见他偶尔露出的一抹微笑。我们二十多年建立起来的交流体系，正在逐渐崩溃。我们用很稀疏的时间来交涉一些必要的事情，余下来，更多时候，我们将时间交给了网络。想起那时，当他学会了微笑以后，微笑就成为他的习惯，在整个童年，他从微笑发展到咯咯笑，他看见任何事都会笑。带他的哥哥就无数次告诫他，女人笑邪，男人笑荼。当时这话同样惹得我前仰后合，但这样的告诫并没有截止他的笑声。他乐呵呵的样子，让我的生活也充满快乐。

我突然明白，微笑，是天地万物最初也是最后的表情，当我们离世，虽会留下泪水，但那是我们一生中数万朵微笑汇聚而成的欣慰和释怀。

暗 号

村里有个眼瞎的婆婆，我们喊她二娃娘娘。她家院子里栽满了各种花，有常见的柳叶桃、甯枝莲、夜合梅、美人蕉、吊金钟这些，还有一些我们从没见过的花。到了夏天，村里人会去向她讨花种，她承许到秋天会将种子收集起来送她们，同时也会剪下一些花枝，送给来人，嘱咐她回去后，将枝条插到水里，待出了根须，再入土栽植。

令人惊奇的是她毫无犹疑剪下枝条的动作，那把黑铁剪子，大而重，即便是眼亮的人，都可能有失误。但她从没有。不止如此，还能绣花，且不用花样子。她绣的花色彩斑斓，各种颜色的丝线，调配得分明有序，格外好看，导致我们都怀疑她看不见的事实。

听老人们讲，她三十岁时眼睛生了病，几年寻医问药彻底失败后，眼睛从刚开始不停地流泪、模糊，直到失明。据说我出生时她来看我，把一块绣花手帕掖到了我的枕头底下。在村里，差不每个新出生的孩子，都能得到二娃娘娘的一个小礼物，这种探望和接迎的方式，令村里人对她生出好感，同时，也让人忽视着她残疾的事实。

五岁时，我已成了她家的常客。一到夏天，她家院子里花繁叶茂，披红挂绿，加上院门成天敞开着，无形中助长了小孩的莽撞和新奇，我们这些小孩像出入自家家门般，打着看花，或者看二娃娘娘的幌子，自如地来来往往。

种花的容器大小种类不一，有花盆，也有脸盆，还有破瓮子，连一片破瓦里都长着粉色的夜合梅……所有这些都是二娃娘娘栽种的。我们亲眼看见过她将土掬到花盆里，然后拿一个小铲子，竖着插进土里，再将花籽顺着铲子下到土里。一切都是有条不紊，不慌不忙。

女娃们都喜欢看花，有不认识的花开，就问："二娃娘娘，这是什么花？"

二娃娘娘当年也就六十岁左右，除去眼瞎，身体尚好，也不拄拐，顺着炕沿边走到门口，迈出高高的门槛，笑吟吟地走到院子里来，哪盆？禾苗说，就这个开黄花的。她顿了顿，我看到她薄薄的鼻翼忽闪了两下，说，是黄月季哦。

那这个呢。禾苗问的是一个小瓮子里的花，那个瓮子里盛满水，水面上，却开着高高低低的白花，禾苗并没有描述花的形状和栽花容器的形状，二娃娘娘只是朝禾苗的方向偏了偏脸，就说，是莲花。

我们一直以为莲花是一种假花，是绣在要故去的人的衣襟和鞋样上的一种来自他界的花，而现在，它却真实地开在眼前，心里便有某种激动。林林他们正在那边玩，听见说这是莲花，也跑过来看。

柔和的光线里，二娃娘娘白净的面孔上，两只眼睛黑洞洞的，仿佛深渊，但似乎也亮晶晶的，闪动着水光。

那天，在街上，林林不停地喊着"莲花、莲花"，水草涨红着脸，拿根秸秆在他后面不停地追打。莲花是水草母亲的名字，这样被不停地喊出来，带给水草一种耻辱感。

二娃娘娘会不会能看见呢？祖母笑了笑，一个人看不见的时间长了，自会找到其他看得见的法子。

我猜测，二娃娘娘的眉毛、鼻子、嘴、手和脚，都可能是眼睛的替代品。

那年秋天，小壮从城里来，他是村西头贾复生的外甥，因为父亲生病，被送到外公外婆身边照看。第一次跟我们去二娃娘娘家，二娃娘娘坐在檐前的台阶上，她喊住问，你是复生家的外甥吧？

小壮看着二娃娘娘暗如深井的双目，愣在那里。

她又说，复生是喂牲口的，这孩子身上带着草和豆子的味道。

我们才知道，二娃娘娘原来是通过嗅觉来辨认事物的。

那天，我们一群小孩，每一个都让二娃娘娘猜了个遍，她不止说出我们是谁，乃至能说出我们的父母和先祖。据说每一家都有某种特殊的气味，这种气味并不会被自家人嗅到，只有生人，才能闻见。

在当时，有一个比我们大几岁的闺女叫平平，轮到她的时候，二娃娘娘不假思索，就说出了她祖母的名字，但并用惯常的口吻，说出一些家里人的琐事或者特征，而是顿然疲乏，竟然微微叹口气，在平平的手背上拍了两下，说，小祖宗们，娘娘累了，要歇会儿，你们自家玩吧。

于是一群人散去，男娃们出了街门，女娃们留下，蹲在布满青苔的砖院里，吸着鼻子，试图能闻到一些来自自身和他人的味道。

秋天，我们躺在谷秸上，嗅到了谷子成熟的味道，那是一种香甜的，能带来饥饿感的味道，即便刚刚吃过饭，我们都会在谷秸里掀翻，盼望找到残留的谷穗。

按照大人们说，村里鼻子最好的还不是二娃娘娘，而是南头的金宝。如果中午他在村子里转一圈，就能准确地说出谁家在做什么饭。这也是令人惊奇的事。他在五道庙炫耀自己的鼻子比狗鼻子还灵的时候，脸色通红，鼻翼闪动，眼睛发亮，这种异于常人的特长令他骄傲。但村里年纪大的人并不屑他的说辞，似乎嗅觉远比不上视觉、味觉这些重要。一天中午，平平的祖母叉着腰站在五道庙大骂，据说她家蒸锅里明明蒸了 15 个馒头，现在却少了两个。白面馒头在当时是比较稀缺的吃食。显然，她的骂声是有所指的，在村里，能闻到她家蒸馒头的，除了金宝，没旁人了。平平的祖母，对着金宝家院子的方向，高声大骂，因为叉了腰，使她的臀部看起来更大，脚也更小。金宝那天钻在家里就没出来。但这件事仿佛一个标签，打在了他的声名里，人们都对他生出戒备之心，仿佛他随时就要偷走自己的东西。

那段时间，我们常常比赛谁能闻到更多的气味，我们依旧躺在谷秸上，透过谷秸，深嗅谷秸之外的味道。禾苗闻到了牛粪味，接着她又闻到了羊粪味，我们都哈哈大笑。后来田园说，她闻到了树味，还有草味，烧火的烟味。我闻到了河流的味，柴薪的味道，还有跃过河对岸杨树林里落叶的味道，后来，我竟然闻到了去年春天紫荆树的味道，当然，我怕她们笑话，一直没说。但那天平平说，她闻到自己的味道。我们不约而同地将鼻子放在手臂上，也想像平平那样，能闻到自己身上的味道。我闻见自己身上的谷秸味，禾苗和田园也说是，但平平说，不是，你们过来闻闻我，于是我们闻到了平平胳臂上的一种带有微酸微腐呛人的味道，我们面面相觑，不知道，瘦小的平平的身体，为什么会发散出这样的味道。

在小孩心里，一切有悖常规的事都是值得效仿的，在其后的一段时间，我们玩的都是关于味道的游戏。即便玩过家家，我们的台词中都频繁地出现我闻到了什么什么味道。这种专注的对味道的喜爱，使人很容易嗅到一些特殊的味道，比如母亲怀抱里，来自她身上淡淡的香味让我迷醉。而河水浣洗过的父亲的衣服，通过阳光暴晒，整齐地叠在炕上，依旧散发出父亲的味道，我会说，这是爹味。在跟父亲分别近一年的时间里，我通过味道来辨识父亲的用品，他用过的枕巾，戴过的怀表，我都能准确地闻到那股"爹味"。

　　深秋早晨，祖母踏着露水从田地里回来，她的裤管上沾满了草秸和谷粒，给我穿衣服的时候，我闻到了她身上挟裹着冷气、风、河水和庄稼的味道。更多的时候，祖母身上的味道是柴烟和寒风的味道，我似乎就是在那样的味道中长大的，乃至许多年后的今日，想念祖母时，总是会想起她的味道，带着冬天的风和流水的，又暖又冷的味道，其后，才会想起她逐渐模糊的容貌和她的背影，虽然还可以记起她说过的一些话，但她的语气却全无印象。如此说，来自嗅觉的记忆，的确深刻而难忘。

　　金宝被狗咬的消息成为全村人的笑谈，大人们说起来，总是吞吞吐吐不说完便笑起来。许久后我们才知道，原来金宝去邻村供销社买东西，路过一户人家，闻到人家里在做麻油，麻油的香味像一股无法抗拒的诱惑，牵着他走进了人家的院门。一进门，他就看到一条大黑狗，朝着他汪汪叫，他心里有点害怕，但麻油更浓郁的香气无法抵挡，他仔细看了看，黑狗被拴着，就大胆进去了。厨房就在街门口，里面一个俊俏的小媳妇在做麻油，已经关火了，亮亮的油在锅里散发着香气。金宝本是冲着麻油进来的，现在看到个俊俏的小媳妇一个人，便起了色心，他舔着脸说，妹子，我讨你点渣子吃。邻村上下的，抬头不见低头见，其实都面熟，也隐约知道对方点底细，小媳妇一看是金宝，便知道此人手脚不干净，便说，我这锅油还烫呢，渣子得待会儿才能出来。金宝说，不急的，我等，连跟你做个伴。如果他只说要油渣子，小媳妇或许也没什么，现在一说要跟人做伴，小媳妇便起了戒备心，加上金宝小偷小摸的名声，便对他起了恨意。面上当然也没有表露出来，只说，大哥，你坐院子里等等吧，说这拿了个板凳，放到院子里，金宝便凑过去，拉了拉小媳妇的袖子说，你跟我一起坐坐吧。小媳妇突然就大喊：虎子。院子里原本拴着的大黑狗，突然就挣脱了链子，猛地向金宝扑过来，吓得金宝跳出来就跑，那条叫虎子的狗就追。平时金宝挺灵巧的，那天却跑也跑不动不说，还被一块石头绊倒了，于是，黑狗一口咬在他的大腿上。要不是村里人帮他赶开狗，估计大腿上能掉一块肉下来。后来金宝的腿好了后，又去邻村供销社买东西，他原本就心虚，没想，那条狗好像早已嗅到他要来，竟在村口，张着个大嘴，也不吠，凶狠地看着他，吓得他再也不敢去了。

这事被当笑话在两个村里不断被提起，让金宝好几年抬不起头。人们总说，金宝鼻子好吧，能好过狗鼻子？

令平平寝食难安的，竟然是她自己的味道，仿佛一个无法揭开的秘密，在逐渐长大的岁月里，并没有停止让人去嗅她的习惯，来自她身体的那股呛人而怪异的味道，也随着她的年龄逐渐加深。在她可以下地劳作的年轻岁月里，她所有的零用钱，都用来买香皂和雪花膏，每天用大量的时间清洗自己的身体，还把雪花膏抹到了头发上，可是，即便那样，那味道并无减退。直到有一天，她发现这股味道来自腋下。

在乡下，身体有味的人，被人喊"臭骨头"。据说，臭骨头的人，长得会非常好看。邻村有个夫妻都是臭骨头的人家，育有两个儿子，长得确是顺眼，高高挂挂，白白净净，但到了谈婚论嫁的年龄，却无人上门说亲。他家二儿子后来当兵留在北京，在那里被部队领导看上当了女婿。按乡下人的说法，外面的世界太大，人也多，所以一两个"臭骨头"在杂兀不堪的气味中，是显露不出来的。据说当兵的二儿子回来探亲，身上带着一种叫香水的东西，每天都要在身上抹一些。没人见过香水的模样，所以都以为香水跟擦手油一样。

令人难堪和恼怒的是，"臭骨头"是一种遗传病，也就是说，一旦你是臭骨头，你的子代和亲代就有可能也同样有这样的臭味。平平的是家里唯一的女孩，她的兄弟们并没有她身体所携带的味道，村里人就猜测，她父亲和奶奶是"臭骨头"。而且她将来生下的儿子，也不能逃脱。

平平脸色红润，大眼小嘴，是个美人，但即便如此，我们村的后生们，都不动她的心思，连上工时，也躲得她远远的，似乎怕她的气味传染给自己。

在谈婚论嫁的时候，全村人都为她保守着秘密，似乎让她嫁出去，就去掉了整个村庄的一个心病。有人前来打听，大家都说好人家好闺女。于是平平欢天喜地地嫁过去了。

但不久就传来平平要被送回来的消息。据说两个人在一起的时候，平平总问，你闻到我有什么味吗？刚开始女婿并不在意，只觉得这媳妇太讲卫生，浪费水，当时紫罗兰袋粉在县城盛行，平平喜欢那种香味，买了不止擦脸，还擦身子，有一次刚好粉用完了，加上平平怀孕了，人有点懒散，就任自己的气味在女婿面前任意挥发，于是，女婿就闻到了一股怪味，刚开始他并没想到这些味道来自平平，他以为家里有了死老鼠，于是翻箱倒柜地找，当然，并没有找到。那是夏天，中午热，平平懒洋洋地摇着一把扇子，正好她女婿坐在下风口，来自平平的味道，便一股叠着一股朝他而来，但他知道平平不是不干净的人，就留了个心眼。回头就问他妈，说你闻没闻到平平身上的味？其实他妈早闻到了，一家人过光景，一日三餐在一起，再不济的鼻子，也能闻到那股怪味。但在乡下有个说法，两口子之间，是闻不到对方的邪味的，一旦要闻到，就得分开，如果不分开，有一方就会死。这也是平平女婿没有跟平平挑破话题的原因。这时候他来问他妈，他的心里也是很矛盾的，既希望他妈说实话，又怕他妈说实话。他妈听到他这一问，就怔住了，因为知道如果说真话，两口子就不能过下去了，但又觉得现在平平也怀孕了，那下一代的男娃肯定都要携带来自母亲的味道，那样的话，她家的后代，会带着这股难闻的味道一直传袭下去，那样的后果不堪设想。于是，她就说模棱两可地嗯了一句，接着做手里的活计。

平平女婿是聪明人，从他妈为难的表情中照猜出了一二。

他回到自家房里，跟平平说，这么热的天，咱洗洗吧。

于是打来水，让平平先洗。平平现在也不大在意在女婿面前脱衣服了，女婿说要给她搓背，她还是有点羞涩，还是答应了。于是女婿让她抬起手臂，一点一点地给她擦，那时，连她自己也闻到来自腋下浓郁的酸腐味。她看见女婿眉头皱起来。

洗完了，女婿说，要不你回娘家住几天吧。平平一听，也愿意，于是女婿就收拾平平的东西，收拾了一大包。

平平说，拿这么多穿戴干什么。

女婿笑笑说，多带点，你现在的身子，一会儿热一会儿凉的。

平平也没在意，当天下午，女婿就用自行车送平平回家了。当平平还沉浸在幸福中的时候，她不知道女婿已经走进了当初介绍两家做亲的媒人家了，他一进门就说，婶子，你害了我了。对方惊讶地张大了嘴，其实心里一清二楚。

平平家独特的这种味道，在不久成为周围村里话题。以前不大觉得，现在，人们在五道庙，只要她父亲端着饭碗出来，人们就会闻到，似乎，他家的味道就裹藏在风里，一丝一丝地飘着。这时候，我想起当日二娃娘娘拉着平平的手，拍着，叹气，略带惋惜的神情包含了许多东西。

那年春天，谷雨刚过，村里突然就有了黄鼠狼，它们在夜里出入鸡窝，咬死咬伤每家的鸡仔。人们描述，黄鼠狼的屁臭味熏天，一旦有人走近，它就会放出臭气，令人眩晕乃至昏迷。它们一般在柴草里、坟墓或者乱石滩和树洞里筑巢，村里人白天翻遍温河边上的树洞，发现它们的窝，就点燃干草，逼迫它们出来。但似乎黄鼠狼比人更聪明，按二娃娘娘的说法，它们的嗅觉比人类要灵敏得多，所以，它们老早就能闻到人类的气息，并成功逃脱。

平平被送回来不久，因为心情极度低沉，每天哭泣，导致了流产，这事似乎是理所应当的。可是，平平的身体却越来越虚弱，到后来，每天昏睡，家里请先生来为其把脉治病，医生说是心病需要心药解，当下只开了疏肝去郁的几味中药。平平吃了这些药，也不大见好。相反，却开始胡言乱语，人也痴痴呆呆、疯疯癫癫的。

后来，平平好了些后，喜欢跟快八十岁的二娃娘娘坐，二娃娘娘差不多是村里唯一跟她靠得最近的人，她分辨着她，同时也安慰和开导着她。在二娃娘娘过世那年，平平另寻了一家人，据说，那家人是明知平平是"臭骨头"还要娶她的人，人们就猜测，或许那家人也是"臭骨头"呢。也不是没有这样的可能，这世上，气味是极其独特而复杂的暗号，只有辨认到暗号的人们，才可能接纳和包容彼此，也只有带有暗号的人，才能将彼此的眼泪擦干，将爱发挥到极致。

等 待

冬天的白昼总是很短暂，好像低头之间，太阳就走掉了。有时想，太阳也会有一个温暖的家在等候着它吧，像我一样，想早早回去，坐在炉火前喝糖水。但那天下午我并没有太阳那么幸运。从禾苗家回来时，我家大门紧闭，黑铁锁悬在头顶，冷冷地看着我。我从狭窄的门缝朝里瞄，院子里空荡荡的，鸡们躲在屋檐下的柴火里，缩着脖子，两只脚像踩到火焰上似的颠来颠去，羽毛被风弄得瑟瑟颤动。厚厚的门帘被北风掀起来，又拍打回去，我仿佛看见，门帘后炉火彤红，茶壶里的水早开了，壶盖被热气顶着，发出嗒嗒的声音。但我却回不去，只能在街门前的木板上如坐针毡。实在冷，就站起来，朝前方的路口望一会儿，恍惚祖母就要从那个巷道口出现。但没有，那个巷道口，仿佛从没有人经过过，连一条小狗也没有。寒风从河床里吹来，裹着流水和泥土的腥味，在我面前打着旋，将地上的碎枝碎叶摔到墙角里去。更多的风，通过我的头巾和衣领，冷水般灌进了我的身体之中。我的脚、腿、手、鼻子、眼睛和嘴唇的温度越来越低，人越来越僵，好像石头。我试图咧开嘴哭，但发觉整张脸就像被糨糊裱了一层似的，根本动弹不得，耳边竟有叽叽喳喳的撕裂声。太阳渐渐连尾巴都收了回去，它可能真的回家了，且坐到火炉前伸手烤着。天暗下来，风更大了，树上的枝条又掉下来，被风再次吹远。前面人家房顶上的瓦片也被风吹下来，风带不动它，它只能落到地上，碎成无数片。似乎过了很久，我实在熬不住了，我的祖母才从巷道口出现，她也被风吹着，走得缓慢而艰难，黑袄后背鼓鼓的，全是风。晚上，在梦里这样的情形再次出现，我看见自己变成冰块，透明、坚硬，不能动弹，我焦急万分，想哭、想喊，但那层透明的糨糊裱得我紧紧地、死死地，无论如何努力，就是无法张口。我着急着醒过来，热炕上，我的泪还在眼眶里打转。外面的风似乎停了，炉火上的茶壶也被拿开，屋子寂静得教我害怕。直到确认祖母的鼾声匀速地响着，一只手还搂着我，我才放下心来。

不久，亲戚稍话来，请祖母去看戏。那个村人口多，村子也大，戏台搭在大队院里。为了安全，村里规定人们看戏，需凭票进入，每家每户都发了票。我们这些来自外村的亲戚去看戏，就得找票。刚开始，亲戚家里票多，我们就拿着票直接进去看了。后几天夜里，票紧了，去看戏的时候，我跟祖母总得站在外面等，即便那几个把在院门口的人都认识祖母，且姑姑姐姐地喊着，但因为周围还有许多跟我们相似的人，所以他们也不敢放我们进去。有小孩悄悄地爬到院墙的篷布下面，试图跳进去，但每次总要被人提溜着领口拽出来，很是吓人。亲戚已经进去了，他去大队部找票，很长时间也没出来。耳听得里面头遍锣响了，二遍鼓也完了，戏马上就要开始了，亲戚还是没出来。之前看戏不觉得有多么急迫，而现在，竟然心跳加速，看着出口的木板放下了，乃至有了绝望感。似乎祖母也是这样，电石灯下，她的脸半明半暗，明显有几分慌张。周围也有跟我们一样的人，因为不是这个村子的人而不得入内，只能站在外面，听着里面的乐器声。也有人央求看门的其中某人，给支烟，说软话哀求，但似乎也不顶事，乃至看门的那几个人，转过脸去，不理会他。我拉拉祖母的手，祖母的眼睛眨了几下，我明白这是让我安静且安心。但哪能呢，我觉得自己就像被什么东西烫着了，脚下也站不稳，心里也烦躁，里面的锣鼓丝弦声吹出我满眼底委屈的泪。当祖母俯下身来，在我耳边悄悄说再等等时，我的泪一下就涌出了眼眶。直到戏唱了很久，外面的人看着进去无望，都走光的时候，亲戚才从门后面走出来，带我们进去。虽然结果是完满的，乃至我们可以跟他们本村人一样兴致勃勃地看完戏，且骄傲地从那个出口出来，但之前等待的过程所给予我的那种难受难堪，令我对看下场戏充满恐惧。第一次明白，等待，是件多么焦急、彷徨、心神不宁，且无比难熬的事。第二天我闹着要回家，祖母似乎一眼看穿了我，回家的路上对我说，闺女呀，人活着就要等等看，躲不过的。但我心里却在想，绝不再去看那样的戏，如果非要看，也要有票，不让人以鄙夷和怀疑的目光盯着我们，更不要等。似乎一切都是按我的想法来的，因为来年那个村又唱戏，戏台就搭在野地里，离我们村近，也不必住到亲戚家，更没有等在外面的尴尬了。乃至祖母坐在人群里面，我还可以跟伙伴们在外面跑来跑去，裤腿上跑满了黄土。

当时，我们村的水井在泉子沟，村里人吃水，都到此处担水，从村里下到沟里，有一个长长的陡坡，下去的时候还好，但上来时，因为增加了一担水的重量，人们总是气喘吁吁的。12岁的我个子比母亲还高了，为了减轻母亲的负担，家里置办了一副小一点的水桶，星期天就去挑水。我们家住在村子的最东头，每次挑水，都感觉西面的泉子沟好远。也生出过如果家住在泉子沟就好了这样的欲念。刚开始，母亲还陪着，让我挑半桶，后来剩我一人时，我总是要挑满满两桶。但桶满了，老往外溢，常常弄得裤脚和鞋湿淋淋的，被母亲数落一通。井是个长方形的大井口，宽里能放一根扁担，所以吊水是件既吓人且技术含量高的事。用扁担勾住梢桶，在水面来回摆动，等到梢桶有沉下去的意思时，手下一松，梢桶就会在水面上打个跟头，然后趁势将桶拉起来，整个过程一气呵成。拉到一半，需将扁担放在腿上，借助腿的力量，一桶水才能真正地拉上来。初挑水的几年，我总是不敢吊水，要等到有大人来，喊叔叔大爷哥哥姐姐，他们帮着吊水。有次禾苗陪我去挑水，她大胆地将扁担上的铁钩钩住桶，就放到井口里，那次的结果，是我的两只水桶都掉到水井里了。禾苗喊他哥哥来，才捞上来。此后我就更不敢吊水了。于是，每次等着坡上下来一个人，也成了挑水的一个部分。但随机性太强，无法测算准确的时间，让我刚好遇见挑水的人。如果去得早了，就需要等很长时间，但如果去得晚，我又不敢回家。我就坐在泉子沟的坡上等，等啊等的，等到一个大人的时候，我就尾随而下，但他走得太快，我也常常错过让他帮忙，当他挑着一担水开始上坡了，我才下坡，我总是不好意思说出帮忙的话。年纪大的人能看出我是需要帮忙的，但年轻点的哥哥姐姐们，基本对我不闻不问，乃至笑话我们家用小孩挑水。泉子沟又叫死孩沟，有些孩子一出生就会死去，大人们就将他们包裹好，放到泉子沟里。从井口往沟里走，常常会碰到那些被撕碎的布片，人们说，那是狼从包裹孩子的布上撕扯下来的。我坐在井口边上老等不来人时，心里会害怕。虽然我挑水的时候从未遇见狼，但那一刻总是害怕狼会突然出现。又安慰自己，狼来了，有扁担呢，我就打它。许多狗就怕人蹲下来捡石头这个动作，难保狼也不怕。有时想着想着，心里就会生出无限的委屈，觉得有哥哥姐姐的人真是好啊。幻想自己也能有一个兄长，那样的话，不止能替我吊水，乃至我就可以像禾苗一样，不用挑水了。冬天的井口，冻了厚厚的一层冰，那时穿的都是塑料底的布鞋，走到冰上，脚下一滑一滑的，胆战心惊，生怕掉到井口里去，于是就站得远远的，等有人来帮。有时会遇见跟祖母吵过架的人，也不敢张嘴，怕人拒绝。等待对方开口的时间变得异常难熬，如果他不理我，且担水走了，我会长舒一口气。但如果他帮了我，我又羞愧得无法抬头。最好是禾苗家的人来挑水，比如她哥哥，老远就会看到我，叫我的名字，然后我跟在他身后，感觉那面坡并不像平时那样艰难。

因为无法改变生命中要迎来或送走的事情，人们从不抱怨任何突至而来的等待时光，乃至纵容和默许着它的存在和到来，所以我年少时经历过的这些所谓的等待，不过风中尘粒，人们见得太多，且都经历过，根本不屑言说关注。像我们村的根槐大大（伯母）用大半辈子时间等丈夫归来这事，他们才给予关注乃至感慨，值得说道。起初根槐大大是被人奚落和笑话的，说她没出息，连个男人都拴不住，后来又说她没骨气，男人明明不要她了，还给人家生娃。据说，某年男人稍话来，让她去东北，当时村里人都替她高兴，觉得这回她是要好过了。三个月后她回来了，除了带回个肚，什么也没有。她跟人说，那个人找了个小老婆，那女人厉害着呢。几个月后，她生下了小儿子，且一心一意地抚养着。这种无望的生活让人们渐渐接受、同情，随着时间的推移，村里人也改变了对她的看法，乃至处处关照，比如煤矿上要人，就优先照顾跟槐大大的儿子，而村里的磨面房也一直是她的另一个儿子守着，并没有人有意见。似乎全村人都在一起和根槐大大等待，等待那个人回来或者不回来，等待时间公布答案。我一直记得她的窑洞，仿佛地下洞穴般，暗淡、潮湿又温暖，她呵呵地笑着，被人喊傻老婆。她跟我祖母是最要好的，但我从没见她流过泪，她总是笑，什么在她眼里都好笑。有次，她抬着一筐炭，小脚叮叮当当地走着，可能是炭太重，脚下一歪，就跌倒了，她就坐在地上笑。一群女人在街上坐着叨歇，也总是她一个人在笑，似乎她从未有忧愁过。到了春天，她家也没食吃了，她就到地里挖野菜，别人只能挖半筐，她总能挖一筐，回来摊在院子里，坐在中间拣择，一边是人吃的，一边是喂兔子的。她家里，总是养着各种小动物，松鼠、兔子、猫、狗都有，松鼠喜欢喝人乳，她就找人要，别人也并不拒绝。像村里女人要去洗衣服，或者到公社买东西，都会将孩子送到根槐大大的窑洞里，那时她会放下手里的营生，去看孩子。后来许多小孩都喊她干妈，她在街上坐着，笑得弯下了腰。在她六十五岁那年，东北稍信回来，说那个男人死了。火葬了，尸骨也没有。在我们小孩眼里，那个人就跟空气一样，在人们嘴里传来传去，但他是不存在的。那个人死了，那个人葬在他乡，根槐大大知道，将来的墓穴里，跟她合葬的是一个面娃娃，但她也没哭，还在笑。时间的答案也如此无聊。有一年我回去，那时她也七十多了，儿子们都成家了，她一个人住在老院里，我去的时候有两个小孩在玩，她将针扔到地上让他们捡，其中一个很快就捏住了针，另一个却怎样都捏不住，她笑得前仰后合的，跟从前一模一样。

　　我在工厂上班后，初次体会到等待的苦楚，是公共汽车带来的。当时工厂在离县城三十里的山里，从工厂到公路上的车站，也有一里多地，每半个月的周末，我都会到公路上等公车回城。那种长途公车，因为路上随时都有不确定的因素产生，时间并不固定，你只能约莫一个时间去等候。当然，它永远不会提早，只会推后，一刻钟、半小时、一小时或者两三个小时也不一定，有次我等到天大黑，不得不返回厂里。隔天问询公路边的小卖部，人说那辆车是夜里十点到了。等车是件很煎熬的事，你明知它会来，但它就是不来。你在小卖部将所有的商品都浏览了一遍，还讨了一碗水喝，乃至你还帮人家孩子辅导了两道作业题，车还是没来，后来你站到公路边上，被风刮乱了头发，衣服上沾满尘土，它还不来。你一个人等，又来了一个，再一个，再再一个，它还是没来。几年后跟孩子看动画片，刚巧就看到海绵宝宝等公车那一集，叫《石头滩》，说的是海绵宝宝在一个奇怪的地方迷了路，似乎必须经过一个悬崖，就可以到达那个小镇。于是，海绵宝宝就在站台上等公车，它像我们一样，不停地张望，焦急地跺脚，唉声叹气，然后将这些心境和动作无数遍重复着。真是等得心力交瘁啊，他感觉到困顿、饥渴、心想，反正车没来呢，于是就去买水，可是当他一转身时，车便来了，等他再回来，车刚刚开走。我看着海绵宝宝又宽又大的绿脸，仿佛看到了自己在公路上等公车的时光。

　　那种等待，差不多在其后的时光里，不断地要遇到，刚开始只是公车，后来等人，在另一个城市里，冬天，我站在他的门口，按下门铃，叮叮咚咚之后，门没有开。但人年轻，有大把的时间可挥霍，又因为初次爱恋一个人，脸皮便也厚起来，于是就有了等待的姿势。等他从外面回来，跟我说一句话，或者给我喝一口水，似乎还有吃过饭，我做的，两个人吃掉，然后告别，心满意足。后来等他变成等他的一通电话或者一封信，还有等他敲响我的门。在小剧场里，我们看《等待戈多》，看流浪汉戈戈和狄狄在树下的等待，听狄狄说：希望迟迟不来，苦死了等的人。你就是这样一个人，脚出了毛病，反倒责怪靴子。明天又相遇，重复同样的等待，遇见同样的人，做同样的梦，收到同样的消息，等待，是一种比死亡更坚韧的物质，它无形无影，却真实存在，它让这两个人虽生犹死，被它缠绕终身。人是贪婪而不满足的，要了一点还要一面，要了一面还有全面。当等待变得无比痛苦的时候，你不得不放弃一些东西。或许，并不是我们放弃了彼此，是命运将一些事件搁置到我们之间，让事件接承了他，而使等待改变了性质。你等待的不再是一个人，而是一种命运。等待，在一个人的年岁中，会慢慢地变成一种繁杂的东西，变得沉重而庞大。

感觉最长的等待是父亲生病的那次，不到一小时，仿佛度过很长时间。当父亲从手术室走出来，阳光下，我无比真切地看见了等待的皱纹，正在时间中逐渐加深，俨然天堑。等待，更像时间的同谋，它让快乐变淡，也让悲伤变没，让相爱的人徒生厌恶，又让亲情走远。等待像一场大风，在时间中我们面目全非。时至今日，当我经历了许多人力不可违背、更改和拯救的等待过程，终于明白，日子跟日子之间，注满等待的水银，它像毒药，也像解药，它闪着光，温润而冰寒，能照见你的曾经，也召唤你的未来，只要我们活着，就得在等待中煎熬，个体的，共同的，你的，我的，等待某种身份的确定和否定，等待要来的那个人，也等待死亡的悄悄临近，无时无刻，连绵不断。

婚 礼

为了这场期待已久的婚礼，你被提前送到了亲戚家。夜里，跟另外几个小孩挤在一起，虽然彼此不认识，但因为一场共同的仪礼，使你们很快就结成同盟，且为此兴奋不已，彻夜难眠。早上，迷迷瞪瞪被人喊醒，强睁双眼，入目便是对面墙上挂着的一只破篮子，一时恍惚了好久。

院子里已经挤满了吃早饭的人，一张张陌生的笑脸，让人好奇。他们手里拿着饭碗，在等待院子中间那口大锅被掀开。旺盛的火苗舔着锅底，有人不停地往里面塞木头，火焰和柴烟一起熏烤着那口大锅，白色的蒸汽从木头锅盖的周边丝丝缕缕冒出来，夹杂着阵阵米香。几个小孩被领到另一间小屋里梳头洗脸，这时候你才看到小姨正拿着一把木梳，招呼你过去。小姨解开你的发辫，在木梳上沾了水，那样梳起来，使你的头发更服帖，看起来也更光滑，在她帮你编辫子的时候，你看见那些短头发的小女孩已经跑到门外，从一个大筐里取了饭碗，排在大人们身后。

婚礼所产生的宏大的场面，就从一场简单的早饭开始了。所有人都在笑，兴奋，轻松，且明显带有某种自豪感。阔大的院子，变得很逼仄，连街门外的巷道里，都是蹲着吃饭的人。近午时分，亲戚们也陆续赶来，一时所有的屋子都满登登的，如果你要进去，得侧着身子往里挤，但当你终于挤进去的时候，又要为自己怎样挤出来苦恼。你站在窗前，看见里面人头攒动，千奇百怪的表情下，每张嘴唇都在翕动，那么多嘴所产生的怪异感让你垂下眉眼。院子里也好不到哪里去，你的前面站满了大人，他们大声地说话，话题纷乱。有两人抬着梯子过来，是要贴喜联，一时人们闪到两边去，两边也是人，有人就被挤到灶火边上，似乎被烫着了，大叫起来。

婚礼的主角终于穿戴整齐，准备接亲去。一件新衣赋予他全新的面貌，使他看起来俊朗而洒脱，且有别于满院子近百号人。据说，一个人，一生中最好看的时刻，就是婚礼当天。这让你想起在有限年岁中见过的所有新娘，她们无一例外都是漂亮的。

你终于在人群中看到了母亲，她亦穿戴一新。但很显然她并没有注意你，因为她正在跟另一个年龄相仿的妇人说话，乃至兴奋地拉住对方的手。婚礼提供了一场聚会，许多常日不见的人，会在这里意外相逢。你猜母亲所遇到的人该是她的闺密，从她们拉手的动作来看，曾经很亲昵。但她们彼此躲闪的眼神又暴露了在互相掩藏什么。天生的警觉感，让人与人之间产生疏离。即便在婚礼这个让人失去戒备的场合里，还是有一些冷漠的东西流淌其中，无法被驱散。

无数陌生的脸孔，在你的视线里充斥，你等待母亲的时间变得那么漫长，直到你被人撞倒，且哭出声来，母亲才出现。她显然无比慌张，因为在婚礼上，哭声是不吉利的。她在你耳边悄悄地说，不要哭，让人笑话。你便止住了哭声，悄声抽泣。她拉着你挤回逼仄的屋子里，在角落替你擦眼泪。但眼泪仿佛突然就不再由你自己掌控，它变成跟你无关的一种发泄物，在人们厌恶的目光中，更加放肆地流淌着。你的母亲惊慌失措，来自你的和别人的双重重压，让她对面前的情形无法把控。

四月，春正好，许多适龄的年轻人都选择在花开时节举行婚礼，鞭炮声在傍晚响起，暮色之中，风带着春天特有的寒意吹散那些堆积起来的鞭炮碎屑，乱红四散。你依旧无法逃脱俗套的裹挟，跟所有曾经经历过婚礼的人和以后即将经历婚礼的人一样，在旁人的帮助下，预备好风俗传袭下来的一切用品，红袄、红手套、红鞋、红脸盆、红蜡烛，还有一管像血一样的口红。那时，你坐在这些带有喜气的物品面前，跟所有经历和未经历过的人那样，小心眼里充满对婚礼的期待和担忧。

春雨落下，那是一场豪雨。起初，人们会说春雨贵如油啊，面上挂着满足和希冀。三天以后，人们的脸面渐渐暗下来，阴雨天气氤氲着的沉闷，让人愈发沉默，心情压抑，暗自埋怨。没有谁，喜欢选在下雨日子里举行婚礼，雨水带来的泥泞阻挡着人们的顺利出行，这样的婚礼，人会变少，热闹的气氛也大打折扣。赴宴的人中间，有一个会掐算天气的人，满身湿透走进门来，无奈地咧开嘴笑笑，大声说，好天气啊！好天气是天定的，没有人可胜天，只有天能胜人。既是天的良日，人却硬要占了，于是便有了阻挡人的豪雨。即便能掐会算可与天神交集的人，也无法预测明天会有怎样的风云。所以也有良日卜选在了大风天或者大雪天的。民间对这些天气颇有微词，像雨天，就被人说夫妻生口角。而风雪天，会说新人脾气暴躁。只有风和日丽，艳阳高照，老天对你不理不睬，才是良日。

没有想象中宏大的场面，只有雨，像你小学三年级写过的作文中描写的那样：滂沱大雨，泥泞难行。婚礼上所有的选项都被删减，只剩下一桌饭菜，送你来的人围坐在一起，沉默而不耐烦地吃掉你婚礼的宴席。大雨将人们的话语堵截在了各自的口中，你仿佛红色的碎屑，被命运的大脚不断踩踏你的雄心，你会有遗憾吗？或许你在庆幸，不必擎着个假面，心不甘情不愿地表示决心。通过别人的目光说出来的话语远不如自己说的更真诚。雨让仪式感消退。日后想起来，似乎从未经历过婚礼现场所赋予的那种胁迫感，当然也就没有那种神圣感。这样的婚礼更像一场游戏，过家家，或者小说里的情节。但它显然是真实的。

你潦草地过生活，渐渐深谙求人不如求己之道，庆幸和遗憾成为每日生活的必需，而纠结和妥协，亦成为常态。你方明白，为什么婚礼之后，男女都不再有当日的英俊秀美，那是因为你们都毫不怜惜地撕下了自己和对方的面具，显露出最丑陋的面目，来考验那场婚礼中各自的收成。好的婚礼，是一场结盟仪式，那种共赢的局面让人皆大欢喜。而大部分婚礼，是一场结怨仪式，一场较量，水深火热的征战即将开始，两个人无暇顾及前途后路。

一场花团簇锦的婚礼现场，婚礼司仪指导新人频繁说出我爱你，爱对方父母，爱对方的亲人，爱对方的家族荣誉。爱，多么奢侈的字。它非随便说出。此时此地，此情此景，它像一场雨雾，渐渐地就将所有人的心润湿。泪水在你眼眶里打转。

奔 跑

奔跑者不只要拥有良好的弹跳能力，还得深谙手臂摇摆法及双腿交换的频率和节奏，最重要的是，他在具备稳定的心理素质的同时，还得设立一个明确的终极目标，也就是专业术语中的终点。但我不确定自己要撞到的终点线是在 100 米处、200 米处还是 500 米处，它是虚无的，空洞的，遥不可及的。所以当老师在我们面前大肆描绘夺得名次并领到奖杯这样虚幻的场景时，我装模作样地坐在那里，心里却想着其他事情。学校，已成为一个禁锢我们撒野和玩闹的地方，尽管在课间还可以在院子里跑来跑去、捉迷藏、踢毽子、跳绳，却没机会到河边去玩水、捉小鱼、捉蝌蚪，或者蹲在石头上看青蛙。温河就像被我们抛弃了般，每天放学，能听到它哗啦哗啦的抗议，特别是夜里，那声音让人觉得河水是要漫过河床流到村里来了。可是不放学，我们就没法出去。即便放学，天就要黑了，大人们也阻止我们再出门。讲台上，老师还在说我姿势如何正确，奔跑速度如何飞快，在比赛时有极大希望夺取名次，而我的心已经从教室跑出去了，并幻想奔跑在回家的街巷里，耳边有风声，脚下生扬尘，像一只鸟，也像一条犬，飞也似的跑进家门，掀开锅盖。

对于人类来说，如果没有一双翅膀，抵达目标最快的方式，只有奔跑。事实上，即便没有学校的比赛，我也像中了魔咒一样跑来跑去，有时慢有时快，如果非要走着，我会跳起来，一蹦一蹦地向前。最起初，母亲会纠正我的走路方式。站下来，迈左脚，然后再迈右脚，我也跟她没有什么不同，脚尖着地，接着是脚掌，最后是脚后跟，整张脚踏在黄土里，虽然鞋上沾了土，但不起尘，脚就像陷在土里一样。可是，当我脱离这种先迈左脚后迈右脚的走路方式，便很快恢复到原有的蹦跳乃至奔跑的姿势了。我的母亲用担忧的目光看着我，皱着眉头，说一个女孩子家，连走路都走不好，会被人笑话的。但没有人笑话我，我看见有人也跟我一样蹦跶，或者奔跑。我喜欢奔跑时带起来的风。再闷热的天，我也能在奔跑途中遇见风，那时风就像一个愉悦的玩伴，它的心情跟我一样好，虽然我看不见它，但我知道它的笑脸跟我一样灿烂。就因为我喜欢跑，所以老师便选我参加奔跑比赛，而不是跳高、跳远比赛。太阳刚刚露头，我就要到学校里参加训练，但并不是奔跑训练，而是练习起跑姿势，后来就踢腿，做操，老师说这是在训练体能。其实，根本没有场地供我奔跑，学校设在庙院里，没有操场，没有跑道，老师在黑板上画了跑道给我看，嘱咐我，要沿着跑道跑，千万不能随便跑。直到要比赛的前一刻，老师才跟我说，如果我看到一条线横在面前，那就是终点线。

　　终于要去很远的联校参加比赛。一路上，我们都在小跑，老师跟在我们后面，气喘吁吁。他边喘边说，不急的，慢点慢点。但小孩似乎天生不会走路，从生出想走的心思，到学会迈步，都在跌跌撞撞往前跑。我见过禾苗的弟弟刚学会走路的时候，就是那样，整个头和身体向前倾着，双手握拳，仿佛是要用上身去撞开某样东西，然后才迈步，他摇摇晃晃，带着莽撞和英勇，从地上用力拔起脚，然后小跑起来，全然不怕自己要跌倒摔伤。跌倒了，哼哼哭两声爬起来还要跑。大人们欣喜地说，会走咯、会走咯。有时我想，或许小孩也有过像大人们那样气定神闲慢悠悠地走路的想法，但大人们并没有给过我们这样的机会，他们的步伐是那么豪迈，且走得飞快，小孩不跑起来的话，很快就会被丢在后面。那时大人们的背影是那么冷漠、顽固，仿佛一面墙，一块巨石。而他们身后的影子只有矮矮短短的一溜，假设此刻后面有野物，叼走我们的小孩，他们也是看不见的。为了安全，克服恐惧，小孩只有跑、跑，奔跑着，脸颊彤红，气息急促，满腹慌张。每一个大人都经历过小孩时期，但只要成为大人，他们就不再记得自己小时候的恐惧和怨恨，他们变得爱笑、爱说话、爱吵架、爱出风头，或者抛却性命打架，不留后路。所以我们时刻都在猜度大人们的心情和脸面，如果看见他们黑着脸做营生，就躲开，实在不行就跑，奔跑着逃离来自成人世界的危险。

那场比赛完全击碎了老师的预设，或者他从未想过达成目标的真实性，只是让自己的愿望提前奔跑到了那个巨大的假想里。直到一路小跑回到家，晚上躺在炕上，我的心里还咚咚地敲着鼓。仿佛一直在画着白线的跑道上，我的左、右是别人带起来的风声，那些围绕着我的、能将我头发扬起、裤管吹响的风们，无比羞涩地藏在了我的身体里，我的两条腿仿佛灌了铅，沉得根本不由指挥，我像被什么东西拉住了，钉住了，根本跑不起来，恍惚中看见我的老师焦急的红脸，他跟几个同学的嘴张得大大的，似乎在喊加油。

我曾是那个跑得最快的人，而现在，却失去了奔跑的天赋，我幻想能生出一双翅膀来。

并没有人指责过我，老师也没有。我依旧不会慢慢走路，但却也跑不起来，我只是在蹦跶，像一只青蛙。邻居笑着说我是个野姑娘，她的眼里有奚落和耻笑。祖母在青石上磕掉烟灰，说，一个人走路没劲，活得软沓沓的没硬气，能干成甚事？

据说在这个世上，跑得比较快的人是魏六。

我从未见过他，但能想到他的样子：粗糙的红脸，招风耳，手掌上满是老茧，穿黑色的褂子，腰里系着一条麻色的绑带，他赤着脚，或者穿着草鞋，不爱说话，憨厚，但犟，跟一头老牛似的，他遇见小孩，总要笑，露出满嘴黄牙。后来，我才明白，我脑海里的魏六，更像村里的结巴三娃的翻版。可以肯定他们是一类人，或许是兄弟，或许是亲戚。就是这样一个其貌不扬，且也常受人嘲笑和欺负的人，却是这个世上跑得比较快的人。

正常状态下，他跟我们并无差异。侍弄庄稼、砍柴、赶牲口、喂猪，日出而作日落而息。可是，有一天，他老娘生病了，他为她请先生，煎药，几天后，老娘病情缓解，有天夜里，老娘说起年轻时在太原府吃过一回包子，那是她这辈子吃过的最好的食物，现在想起还口舌生津呢。魏六听后，安顿老娘睡下，便拔腿往太原府跑，夜黑路远，没有人知道魏六使了什么样的方法，使自己跑起来飞快。从盂邑到太原200多里地，普通人骑马赶车都得一整天，而他只用了几个时辰。早上老娘醒来，看到枕边放着一碟热腾腾的包子，正是她心心念念原装的太原府包子。

从此，魏六就出了名。

我想，这样的奔跑才是有意义的，它实现了某个皆大欢喜的目标，同时获得口碑。但有意思的是，如果有人用一上午时间往返我们村和公社一遭，他的脚力并不受到人们的称赞，相反，他们会以嘲讽的口吻喊他"魏六"，仿佛魏六的脚力是独一无二的，别人的效仿和试图超越，都像一个笑话，不自量力。

这样一来，即便我如何喜欢奔跑，在街巷，在场院里，在河床上，我只是在跑着而无法追赶上任何东西，没人能成为或者赶上那个跑得最快的人。鸟雀飞快地超过我，站在树尖上，吱吱地笑我。我身后的狗，仅仅是因为它在试图知道我在找什么而不屑超越，如果远处，一旦有风吹草动，它会像箭也似的飞出去。更可气的是温河的流水，起初，我可以跟着它跑，可是，它越来越急，根本无法撵上。除非，我跳到水里，成为一尾鱼，或者一片树叶，一粒尘埃，被它裹着走。

比我们大几岁的凤翔是一个瘸子，走起路来，一条腿拖着另一条腿，很慢。他喜欢坐在场院里，看我们跑、跳，眼里生出羡慕的火苗。我们也逗他，说你也起来跑啊。他的脸色瞬间就变得苍白。有次我看见他在街巷里走，侧着身子，一只脚艰难地拉起来，另一只脚再艰难地拖起来，刚开始很缓，渐渐就走得急了，细瘦的双臂用力地朝后甩着，那样子像是他就要跑起来了，要飞起来了。可是，时间不长，他整个人猛地向前一扑，就趴在了地上。我转身就跑。我看到自己跌倒在土里的样子，整张脸上全是黄土，只有眼睛是黑的，我眨眼的时候，黄土从睫毛上扑簌簌往下掉。

第二年秋天，村里人从几十里外的河滩里将凤翔的尸体抬回来。他是在过河的时候，突遇发大河，来不及上岸，被冲走的。大人们说，死了的他，身子僵硬，眼睛圆睁，脸上带着倔强。他是孤独的，但并不可怜，因为他的魂灵跟着流水走了。流水长着无数双脚，无数条腿，这世上，你能阻挡一个人的愿望，但不能阻挡流水的蛮力，它是固执的，不言悔也不言败的，它跑起来是那么有力，不顾一切。死去的凤翔，名字里带着翅膀的凤翔，跟我们一样幻想成为魏六的凤翔，一个从出生就拥有飞翔之梦的人，最终生出翅膀飞走了，他变成了水，融入更多的流水中，快乐地奔向远方的江河湖海。

我的周围，越来越多的女孩学会用细碎而缓慢的步伐走路，双臂有节奏地甩开。她们不再蹦跶，也不再奔跑。她们懂得了羞涩，懂得在人前走路的时候，挺起胸脯。我感觉自己是那么的孤独。我不再与她们相跟着出门，也不再跟她们说悄悄话。我收拾行囊，为了怕人看见，避开人群，跑着出了村庄，跑进了城里。

在这里，我遇见了矜持而优雅的城市女孩。同事小王每天骑车来到单位后，会不停地拍打她的裤管，尽管并没有尘土。办公室最里面靠窗的办公桌是她的，她的三张抽屉里分别放着书、纸笔和杂物，只要她的抽屉拉开，干净整洁得让人羞愧。放杂物的抽屉里，有一个小盒子，里面有鞋油和鞋刷，她每天早上到单位的第一件事，就是擦皮鞋，蹲在地上，很细致小心地擦拭着脚下的皮鞋，直到它们散出亮光来。她坐在椅子上时，双腿并拢，腰杆挺直，即便伏案写字，头颈也会弯成一个恰到好处的弧度。而另外叫小任的同事每天都会带早点来，一张牛皮纸包裹的一小块蛋糕，她吃它的时候，嘴张得小小的，然后用手捂着咀嚼。还有一个话最多的小李姑娘，一到办公室就叽叽喳喳说个不停。这些在城市长大的姑娘们，有一个共同的特点，就是走路慢，仿佛被底气和傲气撑着。中午去食堂，她们三个在前面摇摆，俨然树木，分明就是一道风景。

有次我被小李邀请去她家，遇见她跳芭蕾舞的表姐，她虽然皮肤黝黑，但身材修长，她穿着连衣裙，在我眼里，仿佛是那个低头系鞋带的芭蕾舞演员从画上走下来坐到了我们面前。她说话柔声细语，举手投足间，有一种我所陌生的美感。我们一起吃小李妈妈煮的面，面盛在一个拳头大小的碗里，浅浅的。小李表姐吃面的时候，是一根一根地吸着吃，很慢，好像吃饭是件力气活。在她面前，我觉得自己粗俗而愚蠢。后来坐下来聊，才知道她竟然是一个做了母亲的人，于是我很快知道她刚从日本演出回来，而她将一条羊毛裙子给孩子改成被子。她随手拿起小李妈妈织到一半的毛衣，修长的手灵巧地穿针引线，让人目瞪口呆。当她迈着外八字步走到门前告别，优雅地抬起手挥动，金色表链像她一样闪着光。因为对面坐着一个将吃饭当作表演舞台的人，那顿饭成了我记忆里感觉最饥饿的饭，跟之前所有的午饭不同，不是越吃越饱，而是越吃越饿，直到我骑在自行车上，觉得自己就要虚脱了。一种虚假的，跟我有隔阂的，我所无法理解也无法融入的生活，让我生出抵触的念头。但年龄的缘故，还有虚荣心旺盛的缘故，我并没有逃走，或者冲出。我是个奔跑的人，但我已被许多东西绑住了腿和脚。在公共澡堂，我眼里的城市姑娘并没有多么好，当她们脱掉虚假的外衣，呈现出不成比例的身体，粗糙的皮肤，甚至小王竟然有一双胖脚，除去她们会仰着头矜持地走路，可能再没有令我羡慕和嫉妒的东西了。这就让我发生错觉，觉得我会赶上她们或者也有超过的可能。

热心的小李，在午间训练我走步，头上放一本书，然后挺胸收腹，目光朝前，左脚尖抵着右脚跟，沿着一条直线迈动。这是城里有教养的姑娘的走路姿势。一个星期后，我也可以气定神闲地慢悠悠地走路了，虽然我的内心里还是着急的，一个陌生城市带来的焦躁不安和对未来的迷茫，其实无法让我安定。但这个环境似乎就是专门让人表演的，我也必须装出个好样子来，给人看，哄骗这个城市和这里的人。我脚下的皮鞋在阳光下散出贼光，那种不柔和的、尖锐的光其实一直在暴露着我内心奔跑的欲望，但它是一双高跟鞋。高跟鞋就像一个套子，它将你跑的欲望和本能紧紧地勒住，它给出一个淑娴、听话、优雅或者美好的表象，而渐渐地禁锢和削减着脚的欲望。

在城里，我从未见过奔跑的人。红绿灯前，所有人都用一只脚叉住自行车，然后，面无表情地等。有人还拿出书看，似乎等待就是目下生活的方式。而我的老师，总是要在中午才睡醒，开始吃早饭。他们总是在计划一本书，或者一篇惊世骇俗的文章，且并不保密，说给所有人。有时他们聊天，说的都是别人的作品，话题最多的是对某个女作者的赞誉，并以认识她引以为傲。夜里，我跟那些姑娘们一起参加舞会。因为不会跳，我只能坐在椅子上看。她们很快就融到杂乱的人群里不见了，而我看到了附近跳舞的人，并没有电影或电视上那么优雅，他们更像某种笨拙的动物，缩着肩，佝着背，而跟他们跳舞的姑娘，也以同样的姿势一起配合，两个人仿佛失却了筋骨。让人发生错觉，面前人是动物园里的熊，它们胖滚滚的，慵懒而无聊。

那个夜晚是我在那个城市第一次的奔跑，我再也无法抑制对眼下生活的厌恶，我逃离闹哄哄的舞厅，逃离那些笨拙的熊，在昏暗的人行道上奔跑起来。初时，我的双腿并没有奔跑记忆，它们沉重而迟缓地摆动着，有几次差一点被自己绊倒。但后来，我的身体渐渐轻盈起来，热起来，于是奔跑的欲望重新回到了双腿和双脚上，我像一个逃跑的人，也像一个追赶的人，我不知道自己要跑向哪里，只是向前跑。我想起了那次比赛，我知道，每一个终点都不是一面墙或者一个悬崖，在终点的前面，还有更无边更遥迢的长路，它们伸向无尽的远方，远方，还有更远的远方。

我在一间阔大的办公室遇见了她，她的走路方式暴露了她的秘密，她强劲的小腿，忧郁而凌厉的眼神，无不在透露出是渴望奔跑的人。

在接下来的半年时间里，我们像两个被划在圈里的人。是的，身份制约着我们走出去，我们只能停留在窄小的圈子中，东奔西突的同时也东躲西藏。渴望从这个城市走出去，实现我们奔跑的愿望。于是，我们听话地做一些工作，遇见一些人，并等待时机。她全然没有城市人所具备的矜持和做作，她呈现给我的是一个带有饥渴感的，略带慌张和迷茫的奔跑者。晚上，我们在路灯下小跑起来，冬天风大，一不小心，风就灌进了我们的嘴巴里，让人窒息。偶尔遇见一个行人，他诧异地盯着我们看，然后相视一笑。我很想脱掉高跟鞋，能够放松地跑起来。我们像两个跑步爱好者，不，更像两个跟命运对抗的奔跑者。我在这样的跑步中，体验到了大人之间打架时全力付出，不顾死活的心情。我想，这更像在打一场架，挣扎、抵抗，同时接受命运的不断摔打。只是年纪轻，受点罪，吃些苦，很快就能满血复活，重现上场而已。

假若一个男孩约她吃饭，而这个男孩成为她的人生的跑道或者铺设人生跑道的人的概率极其微小，那个约会就只是一顿饭而已，我恬不知耻地充当着电灯泡，我们吃掉一些牛羊肉，喝掉一些红酒，让瘦弱的身体渐渐强壮起来。有天夜里我们住在没有安装电灯的黑屋子里，那是一个平安夜，我们从未将它当节日过。她幻想的未来在黑色的空间是那么清晰可辨，她说，如果人生是要靠打破无数面墙才能突围，她情愿遍体鳞伤。

在另外的场合，她结识了可能铺设跑道的人。那是个中年人，似乎他更喜欢摆布生活的跑道。按他的身份和地位，他的确曾经很用力地奔跑过，似乎也并不轻松。每个人的生命中，都充斥着大量的阴暗和丑陋，即便奔跑，你也无法排除它们的存在。在当时，我陷入无望的单恋中无法自拔，许多年后，才明白这样的恋爱其实是有目的性的，那就是，我并不是在单纯地去爱，而是试图通过一些手段去打动他，然后让他帮我再跑起来，或者他直接就成为我生命中最理想的跑道，那样的话，我达成目标的可能性就更大一些。而在那个冬天，一切都冻僵了，我站在他门口，没有勇气去敲他的门，感觉自己的自卑。大雪落下，我就那样站在雪地里，让自己的脚和腿，慢慢地被厚厚的雪掩埋掉。显然，我朋友这样的想法更激进也更明显，她义无反顾地拿出以为坚不可摧的青春去交换一个男人的承诺。

我们是快乐的吗？

一个别科室的同事来，她粗重的眉毛给人的印象更深刻。每隔两周，都要过来找我的朋友给她拔眉毛。她坐在椅子上，一缕光线照着她苍白的脸，我的朋友拿出夹子，开始一根一根地拔下那些黑色的眉毛，她们一直在说话，试图分散来自拔掉毛发所带来的疼痛。但似乎并不见效，坐着的同事眼里，不断地涌出泪水。那些泪水在阳光下闪着光，让人惊骇。当然，这只是由于眼部柔细纤薄，稍微刺激泪腺便会分泌泪水的缘故。但是我却看到了两个人的决绝，一个毫不留情地下手，一个隐忍不屈地承受，我想起了当年祖母说过的做人要硬气的话，仿佛就看见无数个奔跑欲望的人，正在承受着压力和重负，低着头、佝着背，却从不喊疼，不妥协。

我离开城市，用缩回去的姿势，来选择另外的途径实现我的价值。我看见满山的桃花，看见山和树，看见我之前一直努力逃离的那些目光，但我不再退缩，而是勇敢地迎上去。

我的朋友很快辞职，在她歌舞升平一片繁华的信件里，隐约知道这些不过另一种假象。真相是，当一个人的能力极其有限的时候，必须依托一些机遇或者另外的人才能达成目标。可是机遇只有通过人得以实现，于是，她用同居的方式去拴住那个男人。很快，那个男人就厌倦了，他们的事沸沸扬扬，她决绝地选择将他告上法庭，一个骇人的大新闻一夜之间传遍那座城市，作为受害者，她被人指责的同时也被人可怜，但施受者受到了法律的惩罚。路程遥远，在一起，只是一个美好的愿望而已。没有伤害和被伤害，就不会获得经验。即便这样，对一个没有后盾的女孩来说，她的出路只有一条，那就是男人。是，男人喜欢有姿色的年轻女孩，他们可能愿意提供一些诸如深造或者学习这样的机会给你，只要你不要爱情和婚姻。这些东西，就像跑道上的石子，它们硌着她的脚，让她疼痛，让她受伤，而她却开始跑起来。

世界是广阔的，道路有很多条，如果你愿意，随着年岁的增长，成熟和经验会教会你巧妙地选择一条适合的跑道，设置一个很小的目标，只要在跑，奔跑者自有她要抵达和容纳她的终极目标。许多年后，我们重聚，时间在我们身上刻下无数的痕迹，皱纹、伤疤、病痛，即便这样，我还是在她目光之中，看见熟悉的像火光一样明亮的东西。我不知道或者连她也不知道，这一路走来，她曾受过多少磨难，而同时也达成多少目标，而那些目标，仿佛助跑器，让她的梦越做越大。她笑着说，她快跑不动了。我也笑笑，其实我也跑不动了。

我们都老了。

我终于站在了塑胶跑道上，皱纹奔跑到了我的脸上，赘肉奔跑到我的身上，疾病奔跑在我的内脏上，而疏松正在奔跑在我的骨头上，每一种物质都以快速而不停顿的姿势跑向终点线。一个人年岁大了以后，喜欢删减自我愿望，变得爱妥协，随大溜。他们说，走路是最健康的一种锻炼方式，于是，我就来到这条塑胶跑道上。

这里有很多人，青年人、中年人、老人、小孩，似乎这里是一个能延长生命年月的集聚地，所有人把自己的性命当赌注押在这里，幻想获得健康。

很快我就遇见了熟人，如果不是他喊我，我可能认不出他来。之前，他是一个有点胖的人，他的口头禅就是，我是个除去三高外没有毛病的人。当然调侃的意味占了很大的成分，但也不得不说，在我们的生活圈里，人们并不在乎自己的身体，乃至在想象中，自己一直是健壮的，年轻的，有力的，直到有一天病倒，医生冰冷地下了结论，他才知道，原来自己貌似强壮的身体下，蛰伏着许多的危险分子。他也是，当他享受生活富足的时候，很乐观地忽略着一些细微的毛病，比如头疼、头晕、脸红，他以为是喝酒所致，下着戒酒的决心，但一到酒桌上，就难以控制，不醉不罢休，酒品极好。直到一次体检，他才知道，自己的身体发生了状况，不止三高，还有脂肪肝，当他拿着一堆药回家的时候，才觉得自己已经忽略了自己。于是，他想起减肥，戒酒、戒烟。他是个急性子，走路并不能让他减肥，于是，他选择了跑步，刚开始每天400米，两个月以后，加到800米，而现在，他每天要跑1000米。于是，我面前站着的，是个皮肤略暗，清瘦的人。他说看见你真稀罕。言下之意我是一个不可能出现在公众场合的人。我笑笑。便问起他的事，这下打开了他的话匣子。据说他已经成功减肥40斤了，那可是一袋白面嘞。我们都笑。他说，自己刚又去体检，除了血压，其他正趋向正常值，但医生说，运动不能停，营养要跟上。我问："那你的目标是什么？"他愣了一下。

前面一个人正在奋力朝前走。很明显，他是经过一场大病的人，脸面僵硬，手臂弯曲，双腿犹如两根木棍支撑着他的身体，却不听他指挥。他的脚步带着一种挣扎的恨意，仿佛是对自己的，也是对整个世界的。人活着，便是奔跑的过程，不是自己跑，就是命运带你跑，不是被动跑，就是让时间的河流挟裹着你跑。

塑胶跑道的平整度、抗压强度、硬度和弹性及稳定性最适合跑步，它也更有利于运动速度和技术的发挥，如果在几十年前，我拥有一条塑胶跑道，或许我可能取得名次，那样的话，我会走到另一条怎样的路上呢？记起当时，同学们让我尝试各种方式和姿势，以提快跑步速度。据说步子迈得小一些，就会跑得快点。虽然再没有一场考验能力的比赛，但因为参加过而成了有经验者，在他们眼里，我还是那个跑得快的人呢。于是我就在他们的指挥下，把步子迈得小一点跑，但很别扭，那样感觉自己窸窸窣窣的，扭扭捏捏的，像一个没有腿的人。更可笑的是，跑得更慢。可是如果延续着以往迈大步跑的经验，又跑不长久，很快就喘起来，这样到了赛场，同样也跑不过其他人。黄昏，在场院里，我饿着肚子，一直在练习着奔跑。从姿势到速度，我不知道自己是否正确，我只是在跑，那时肚子里空荡荡的，脚下渐渐软绵绵的无力起来。

　　肯定的是每一种奔跑都会受到阻力，不是外因就是内因。耳边风声习习，我的视线，再一次划过流动着的树木、空气，假想中，环形跑道就是生命之途，起点和终点终会重叠，那么，我会在奔跑中与自己迎面相逢吗？两圈后，我大汗淋漓，气息急促，我不得不停下，弯下腰，抹掉浸到眼睛里的汗水。恍惚中，看见面前的一切还在向前奔跑，建筑、树木、草坪、包括跑道本身，还有更多的人。我们一直在时间的河床上奔跑、跌倒、爬起、蓬头垢面、伤痕累累，却未料此生将永远跑不出时间本身，它是那么宽阔无边，冷酷无情。

印 记

它如此醒目。不，它并不醒目，除了我，并未有人在意过它的存在。她们永远在忙碌，做饭、洗衣服、烧炕、缝补衣裳，或者坐在炕沿边没完没了地说话，语气之中带着无边的不满、奚落和指责。一根火柴燃烧前发出的味道，是硫黄的，也是磷和火的。作为另一种助力，来自狂风、乌云和暴雨，一些雨滴提前到来，粉身碎骨，或者被风狰狞带走，渺无踪迹。天色渐暗，我的视力范围开始渐次缩小，最终变成一个容器，严丝合缝地将它扣住。我用右手指尖慢慢地靠近它，触到它，蓦地，身体之中涌出一种难以名状的情绪。

后来，火柴并没有被点燃，而乌云却被狂风吹散。它赋予我的无力却逐渐加大，我要抠掉、擦掉、刮掉它，疼痛一点点扩散，它周围的皮肤开始变红，微微肿痛，而它依旧漠然地黑着脸。显然，它并不在意，也不理会我对它略显粗暴的伤害。它早已成竹在胸，对过程和结果一目了然，所有的突兀和疼痛，均无关联。它对我永远怀有嘲讽，奚落的表情，并在我在意它时骤然狂笑。

我索然无味，并自动放弃，如往常。

它是一颗痣。

一只褐色的蜘蛛，爬在我的左前臂，手腕与手肘一截雪白的皮肤中间，异常灼目，像无法消散的耻辱，仿佛无法破解的秘密。

有段时间，那些男孩子们眼神发亮，不怀好意，笑嘻嘻地窃窃私语，空气中弥漫着暧昧而罪恶的味道。他们成半夜地躺或坐在温河湿润的草地上，那些草并未因被踩踏而凋零、枯萎，相反，愈加茂盛而密集，每棵草，都像被注入了一些特别的信息，变得妖娆。

几天后，人们从水库里捞出一具尸体，这个叫作美香的女子，被暗藏的一颗痣所背叛，并因无法忍受这种背叛和羞辱，而自寻短见。这似乎该是个颇为冗长的故事。原本极其漫长的一生戛然而止，人们所说的带来贵气和福气的、独属的印记，最终成为灾难和困惑，成为死亡的理由。一个16岁女孩子的恋爱，像夏日雨后般清新，心上缀满透明露珠，阳光下，晶莹、纯洁、一闪一闪，带着喜悦和羞涩。有人被她的亮光所吸引，小心翼翼地触碰她。黄昏时分，他们站在温河边茂盛的草丛中。她看见了流水中的他和她，看到晚霞、柳树、通红的脸、小心翼翼的手，他们慢慢靠近，唇贴在一起，身体贴在一起，像一个人。

那个黄昏，像一个巨大的印记，牢牢地钉在她的眼底心上。在夜里，她一遍遍怀想，被美丽的夕光反复照耀，反复温暖。跟女孩不同的是,男孩天生具有炫耀和夸大的特质,他是制造秘密者,同时也是掀翻秘密者,他喜欢戳穿秘密美丽的表皮,让它流出血和脓水。某个公众场合,人群聚集,他喝下几碗烧酒后,眼神蒙眬,口舌僵硬地讲出了关于美香和他的秘密,不止如此,还有美香身体的秘密,一颗暗痣的秘密。据说那个痣长得极为动人,令他迷醉不返。而那些男孩子们听了,亦有迷醉之色。明天,另一个男孩会遇见美香,他想要亲吻她,被她拒绝,之后他便以鄙夷的口吻,说出那个痣的准确位置。美香又羞又急,不知所措。她只能质问最初见证她秘密的男孩,但那男孩已然消失纯良本性,竟会说出"让他们看看也没什么"的浑话,且说完嘴角向上拉扯,邪恶地伸手意欲再去掀开美香的衣襟。美香第一次拒绝了这原本温情的试探,转身离去。再明天,更多的男孩提出了更多的要求,且威胁她说,如果不允,就让天下所有的男人都知晓,你的痣长在哪里。

美香死了,她在世时所有的痕迹都不复存在,她的黑眼睛,她的长辫子,还有隐藏了十六年的痣。南坡上,一个小小的坟冢是她在现世的唯一印记。它仿佛一颗痣,牢牢地钉在我放学归家的途中,黄色的糙土,略带尖锐的形状让它在茂盛的绿草之中格外明显,加上时不时上面会有几面五色小旗,总让我生出美香随时都会从坟墓之中冒出来的假想,乌鸦适时地从茂密的树丛里发出吓人的声音,黑夜加深。面临来自外界和内在的双重恐惧,我战战兢兢,惶遽异常。

在学校，我遇见一个脸上长着青色胎记的同学，她把右面的头发披下来，试图挡藏这片胎记，但效果微乎其微。人们诧异的目光，无论从任何方位，任何角度，都会被它醒目的青色和无声的召唤所吸引，当目光热辣辣粘在它上面，就变成了无数的针尖刺下，带给她无法驱除的疼痛感。一段时间后，人们的目光从惊诧、好奇变成厌恶，仿佛她的存在，就是一片胎记，带来集体的不适。最明显的是，当外班的人们说起我们班时，都会以恍然大悟的表情，说，就是那个难看女生的班啊。那些趾高气扬的优等生们，突然发觉自己身处劣势，在与别班发生争辩，并极其沮丧地坐回到教室里时，他们觉得她就是印记本身，给集体带来无法消除的耻辱。于是开始孤立她，排斥她乃至仇恨她。他们喊她独眼龙。起初，在课间操时间，她是积极的，但慢慢地，就开始请假，以这样那样的借口为由。班长的态度也发生了极其明显的变化，从刚开始不允到后来盼望她请假。如果没有她出现在队列之中，似乎整个班级人员都是激昂的、骄傲的。她孤零零地坐在角落里。没有人愿意走进她，似乎她是灾难、厄运。包括我。

一次极其偶然的课外活动中，我第一次靠近她。显然她是灵敏聪慧的，无论抬树苗还是浇水，总有一些小小的技巧，使她的动作比旁人更从容，也更洒脱。春风吹来，将她的头发吹起，我第一次看清那片青色的印记，一个巴掌大小的印记，边上长着不规制的锯齿，将她的鬓角，半段眉毛，半只眼睛，小半片脸捂住，但那片青色，似乎要比她的面色还要光滑，还要磁实。我在她的目光之中，读到喜悦，走脱小圈子，融入大自然的喜悦，似乎天地漫展到无限大，无限远，不存在，只剩眼下的她自己和一个我。或者并非如此，印记世界亦有另渠道的汇合和交流，它们经过辨认会生出亲近。我跟她，不过是被印记指引着，聚在一起而已。当然，所有这些，我不能说穿。当掩藏成为常态，且成功瞒哄过别人，那种忐忑会随之减弱，变得理所当然。显然，我不想变成她，将一个包涵着秘密和耻辱的印记，无保留地奉献给世人。

　　我没有那样的勇气。我很怕死。每个夜晚，我用歌声和跑步来驱赶美香和她的坟墓带给我的恐惧，冷汗淋淋、心跳急速、双腿发软。我不只怕死，也怕活，怕印记的暴露，也怕人间无边无际带着暧昧和嫉恨的目光。但似乎她并未有比我更加强烈的恐惧。没有人的时候，我跟她坐在石头上，她问我，你也讨厌我吧？我摇摇头，风带着尘土扑面而来。即便没有这股风，我也张不了口。她在我耳边喃喃地说，我妈说天生自带的东西，是永远也剔除不了的，就像眼睛的形状，身体的高低，那是老天赐予你的。但我并不信，听说，石灰能洗干净脸上的癣，我准备试试。她这些话，更像是说给我前臂上那颗痣的，而非说给我，她的目光死死盯着我的前臂，我突然生出万分惊恐，忍不住用右臂紧紧抱住它，抱住我裹藏十几年的秘密。

在寻找让一片胎记消失的途中，我们注定会踯躅好久。一来我们尚未成人，来自成人世界的讯息还被严密隔离，没有可乘之机来获取更多消息。二来我们尚不勇敢，没有忍韧和坚持。那几年，她的胎记，我的痣，并未得以改善。作为她的协助者，我积极迎合着她，而不敢说穿自己的别有用心。我们找来石灰，呛鼻的味道，让人联想到石灰形成的过程，石头被高温熔化，那个盛放石头和水的土坑，变成一口架在烈火上的大铁锅。我们无法下手，想象中的烧灼感，加深了我们的恐惧。也使我们的想法在时间的消磨中夭折。

几年后，我们毕业，各自奔向各自的领域。我在工作一年后，被借调到新单位，同事是一个刚从大学毕业的女孩，当我第一眼看到她下巴上的痣时，竟生出一种难以抑制的悸动。命运以一种极其巧妙的方式，让一些相似的人汇聚，面对共同的烦恼，共同的困惑，共同努力，共同失败。这更像是上天对你的一次戏弄，它让你和你们的无力感叠加在一起，成为更强大的无力。她下巴上的痣是黑色的，且还长着毛发。花样年华的她，曾在宿舍里想过无数办法，去对付那颗痣，她把石灰用水调成泥，点在痣上，但是，那些经过煅烧的石头在一颗小小的痣面前，显然也是无力的，除去烧灼感外，它并没有其他效果。于是，她用针去刺破它，但它坚硬如石，后来她用小刀去剐它，虽然它开始有痛感，并流出鲜血，结了痂，但几个星期后，它依旧醒目地盯在她下巴上，并长出新的毛发。于是，她选择了医院。那台初现县城

的激光机，庞大地蹲踞在医院阴暗的房间里，她坐在高背靠
椅上，头被带子固定，神情之中，有一种世事如归的无畏。
按她要求，我作为慰藉，拽着她的手。灯光打开，机器启
动，她的手微微抖动起来。这是一场自己跟自己的告别，一
场与命运的抗争和较量，我们都知道，自此后，她将会发生
微妙的变化，像列车转轨，她的路也将偏向另一种未知。一
根细细的针自机器中伸出来，她的头上已微微出汗，医生是
初次操作，也很紧张，便问她是否继续手术，她说："要。"
那个声音尚在空气中回旋，便被针头无情地钉到她的皮肉里
去了。机器嗡嗡的声音循环不已，空气中，来苏水的味道夹
杂着皮肉烧焦的味道，让人心慌、头晕，我的手心跟她的手
心贴在一起，冰凉的汗水，一起渗出。

　　第二天，她的痣被一个黑色的洞替代了，但无人察觉。
所有人以为，那个黑色的洞还是之前那颗黑色痣，这让她窃
喜。几个星期后，黑色的洞消失，替代的是一个微微发红的
坑，她在上面搽上厚厚的粉底，试图遮掩那片红。直到半年
后，她下巴上的那块皮肤才跟脸上的皮肤呈现一致。她成功
地将它从身体和生命之中剔除出去。但她的家里人对她的行
径极其指责，特别是她母亲，说她把自己的福气散掉了。

　　而我并没有利用机器来驱除长在我前臂上的痣，就像遇
见其他无法化解的困难那样，我掩耳盗铃，自欺欺人，说并
不在意它的存在。作为某种惩罚，我失去了第一颗牙齿。这
是从未料到的事，我忽略了印记的存在，我就是无瑕之人，

但似乎并不是这样。那是一颗洁白的、健康的、坚韧的牙齿，当它落在托盘上时，发出清脆的声音。而我充满血腥味的口腔之中，它原来存在的地方，被一块药棉充塞。回到家里，血已经没有了，我用舌头触碰到一个空荡荡的大洞，才知道，不是此便是彼，一个人注定会带着印记生存。而这个印记，将永远秘密地藏在无人可诉的地方。

我带着这个印记，或者说是缺失，也或者是秘密生活，遇见第一个喜欢的人。我从未将这些秘密印记展示给他，这给了他某种错觉，觉得我是完美，独一无二的。像所有人那样，初次遇见的，肯定不是最终的那个。我怀着复杂的心境跟他分手后，有一天下雨，我无聊而孤独地看着窗外的雨，突然就猜测，或者他也是有印记的人。

许多年后，我们再遇见，他站在人群中间，像观望陌生人般用眼神扫过我。我知道，他已然忘了我。就像来年春天美香的坟包被乱草覆盖，被雪雨侵袭，无法辨认之后，我不再感到害怕一样，所有个体和集体的印记，迟早会被时间和历史掩藏，你作为拥有印记和印记本身的存在，也将变得毫无意义。

风吹尘世

风借助诸物呈现——晃动的树枝和草丛，飘飞的尘沙，颤抖的河面，密布的乌云，刀剑的厮杀，时间中的寒冷和绝望……它让种子一夜萌芽，又让生命瞬间冻结，它带着不可预知的后果，蛮横地来，又狰狞而去，它拍打着我们的门板和窗户，掀翻我们的茶盏，又吹走我们的信件，它吹皱我们的年龄，又把我们吹到死神跟前。它无时无刻不在我们周围巡梭，轻重一不，大小不同，可是没有人能真切地形容出它的样子。风，更多时候是我们听来的，看来的，或者门牙抵住下唇说出来的那个字。

小时候，看过一出《杨八姐游春》，在戏里，第一次听说清风可以用"两"这种称重单位来表述，原来它可以像一碗面粉，也可以像一个鸡蛋，当然最相像的是中药铺抽屉里的草药，被抓出来放到小小的称盘里，医生小指一勾，它便摊在面前的牛皮纸上了。但随着戏里人物的尴尬和难为，大人们不停地哄笑，才明白所谓的清风三两，跟一两星星二两月及四两云一样，都是子虚乌有的物件，它们只存在于我们的想象中，能看见、听见，却无法真实拥有。当时所有的女孩都怀揣着一个关于幸福的秘密，那就是，如果有人喜欢你，是会给你送来三两清风。那么他的清风是装在布袋里吗？还是攥在手心里？抑或就在他头顶像帽子一样飘来飘去？猜度中，秘密如梦幻般美而玄妙，一面怀着希冀得到的幻想，一面又有捉弄和奚落对方的意思。我最好的伙伴禾苗就说过，将来嫁人的时候，如果不合心意，就向他要星月风云，让他知难而退。我问，如果合心意呢？她说那就让他给我红围巾、红手套和红糖这些供销社能买得到的东西。她说这话的时候，站在我家门口的土崖上，来自温河的风，挟裹着尘土和枝屑在村庄上空盘旋。春天的风跟冬天不同的是，虽凛冽，但刮在脸上并不疼，似乎力道刚刚好，你能承受它，便也能包容它。禾苗的额发被风吹乱，她黝黑光洁的额头，有亮晶晶的汗珠。

枕着噼里啪啦的风睡了一夜，早上起来，远远看到温河边绿雾蒙蒙、水汽腾腾，祖母说，地气暖了，树要绿了。吃了饭出门，风就藏在街巷的拐角处，走过去，便能看到它们裹着一些碎屑转圈。在田园家门口，我们遇见了村里的媒婆，她闺名大梅，像她的名字一样，她的半辈子时间都用来替男女搭线保媒，但她不像戏里的媒婆，头发油光，脸擦白粉，嘴角有粒标志能说会道的黑痣，她就是寻常的婆姨样子，黑黄的脸上，满是雀斑，一口烟熏火燎过的黄牙，但能说会道倒是真的。田园大哥二十了，正是谈婚论嫁的年龄，

所以她大摇大摆地走进了田园家的门。一到春天，提亲的人
就多了。那些待嫁的闺女们，地里下工回来，用香皂把自己
洗得香喷喷的，头发梳得溜光，坐在炕沿边上绣鞋垫，上面
画着喜鹊登梅、凤穿牡丹、鸳鸯戏水等好看的图案。她们貌
似专心地缝绣，其实一直支棱着耳朵听外面的声响。外面的
风，细细的、低低的，风里有大梅的脚步声，还有她的笑声
和招呼声。那声音，也像风，刮起了坐在炕沿边上大闺女心
里的茅草，痒痒的、热热的，她恨不得迎出去。想象中，在
不久，会选择一个下午等待一个人前来提亲。他是结实的，
笑起来很好看，还会说一些令她动心的话。这样的情形下，
她手下的针脚就会出错，拆开重来的过程，让她心生懊恼。
明明是她自己不专心，却怨外面的风太轻佻。风吹着吹着就
吹开了桃花、杏花、紫荆花，满村的香气让人忍不住想笑。
林香就是在花开时出嫁的。出嫁那天没有风，人们在院子里
吃吃喝喝耍耍笑笑。吉时一到，红袄红裤红盖头的林香被哥
哥从屋子里背出来，上到新郎驾的马车上。鞭炮声震耳欲聋
地响起，一直响到马车过了河。她一走，就起风了，风把她
家的灶火都吹灭了。她妈坐在炕上守着两根红蜡烛，滴下的
泪跟蜡烛的一样多。有人劝她，说闺女今天终是长大成人
了，是好事。她点点头，想通了似的起身下地，走到街上，
眺望河那边的村庄。在那里，林香正被喜气洋洋的人家接
迎。一股风从喜篷下旋出来，轻悠悠地跨过门槛出了村，向
着温河迅猛而来。林香妈的头巾就被风刮跑了，一头花白的

短发，让风兴奋地撕扯着，仿佛久别重逢。

　　比起来，夏天里的风是最受人欢迎的。小时候在村里，人们从树荫下，房檐下，墙根下寻找阴凉，驱散着高温的炙烤。一到下午，村里的女人们就带着小孩到河里洗衣。女人们坐在水边，将脚浸泡在水里，一边捶洗衣服，一边往身上撩水。小孩就在浅浅的水里跑来跑去，衣服全湿了也没关系，因为很快就干了。小男孩跑到离洗衣服的女人们稍远的地方，在水底挖了一个浅坑，脱掉背心裤衩坐在里面泡着。此刻，空荡荡的村里，树荫底下，一群老婆婆穿得齐齐整整的，手里拿着个扇子来回摆，口里还说，要是有点风就舒服了。狗们的舌头伸得长长的，你看看我，我看看你，仿佛在较量谁的舌头更长。偶尔闷热的午后也会有风，多半人在睡午觉，便听得外面鸡飞狗叫，风拽着门上的竹帘凶狠地摔打。祖母急忙从炕上爬起来，跑到院子里去取晾晒的衣物，我迷迷瞪瞪地问，怎么了？她说，风拍雨要来了。话没说完，外面噼里啪啦就响起来了，我爬起来关窗户，隔着玻璃，但见硕大的雨点直直地落到了院子里，很快，院子里就有了水流，那雨好像被风释放出来的兽群，张牙舞爪，气势大得吓人。雨一停，河沟的水就哗哗地响起来了。我们站在场院里看发河，平静清浅的流水现在变得汹涌澎湃，整个河床都浸满了咆哮的黄水，这些猛兽般的黄水试图要越过河坝，冲到村子里来。全村人就在咆哮水声的伴奏下吃晚饭。因为有过风拍雨，院子里湿漉漉的不好坐，人们回到屋子里，开窗躺在炕上，听着震耳欲聋的流水声睡着了。明早起来，风和雨连影子也没有一隙，河水又变清了，且比之前宽阔了许多，小男孩不用在河底挖沙就能淹住半个身子。我们小闺女们着急死了。

远离村庄许多年，住在城里，夏天基本就没有风，即便要下风拍雨，你也无法察觉风提前来过的信号。建筑越来越多，人住得越来越密集，夏天越来越闷热，风，也成为夏天最奢侈的东西。每幢建筑的外墙上，密密麻麻地缀满空调外机，人在下面走，常常要被里面流出的水打到，心情陡然变差。我的同事们喜欢分享夏天凉爽过夜的经验，有人是将空调开到26度，然后盖上被子睡。但对于睡眠不好的人来说，空调的噪声和机器风又成为阻碍入睡的原因，也会因此失眠，乃至头疼，第二天昏昏沉沉无法工作。也有人不主张开空调，而是开窗，让夜风通过窗口对流，解决屋内的高温。还有人是睡在地板上来抵御屋内的高温。没有一个透气的院子，没有一株可乘的阴凉树，似乎每个人都在寻找一套安度夏天的经验。酷暑，确是令人难挨，而对风的盼望，也成为人们的口头禅，即便是热风，只要有过流动的感觉，便使人瞬间满足，且对生活又充满了热爱。红是喜欢开窗睡觉的那个，每天午夜，会起来关上窗户。她跟我一样，在村里长大，知道村里人爱说的那句谚语：窗缝的风，后娘的心。且因为有过后娘，深知其中之道。后娘不见得对你不好，但肯定对你不是最好。那种无血脉相通的亲缘，因为一个冷字，令人伤心。窗缝和门缝里的风，带着偷袭和隔断的味道，有某种阴冷和邪气。为了能让自己准时将窗户关上，她选择晚睡或者上手机闹铃的方法。但她老公说，她的闹铃惊醒他了，她那天就关了闹铃，没想到却睡着了。等她醒来，天都亮了，窗外刮进屋的风在早上四点多是那么凉爽而舒坦，乃至还有一些凉意。她躺在风里，想起了自己的亲生母亲，想起记忆里母亲的抚摩，想起母亲看她的眼神。风在这里充当了回忆的使者，显得那么善解人意而仁慈，红就在这种感觉中，又迷糊了一会儿，她梦到了母亲在做针线，坐在一个小马扎上，抬起头，朝她笑，她也看到了幼小的自己的笑，但她在梦里也知道自己早已经长大长老了，但母亲还是那么年轻，她忍不住就流泪了，哽咽着喊："妈。"这声呼喊中，她却清醒了。她感觉到自己张着嘴，可是无论如何也喊不出那个妈字，她惊恐万分，以为还在梦里，直到她挣扎着要爬起来，才发现自己的右边身体沉得像一块巨石。她中风了。来自外面的风和来自身体内部的风同时撕扯着她，没有那股风轻言放弃，两股风都像成为凯旋者。在医院里，她第一次听到了"善形数变"这个词，这个风的专用词汇，不同于风起云涌、叱咤风云这样的豪气，却如此形象，如此无情，又令人如此无奈。人们说，最危险的地方该是最安全的，按此逻辑，会不会最安全的恰恰也是最危险的呢？风，就像这句话的践行者，它让我们的身体突然失去某些功能，又让我们对此深感无力。它让我们无法回避，也让我们理屈词穷。

　　事实上，风是古人最早观察的自然现象之一，《山海经·大荒北经》有记载："蚩尤请风伯雨师，纵大风雨；黄帝乃下天女曰魃，雨止，遂杀蚩尤。"早期，人们用"候风旗"这种仪器来预测风的到来。除了"候风旗"，古人用得较多的是"相风乌"，也称"伺风乌"。最早出现于西汉，曹丕还写过"长安城西有双圆阙，上有双铜雀，一鸣五谷生，再鸣五谷熟"这样的歌赋。一千年后，欧洲人也发明了类似的"候风鸡"。据说一直到清代，人们还在使用相风乌来预测风速风向。风，左右着气候的冷暖，改变着人们的习惯，在生活中占有很重要的位置。跟八姐游春不同，在另一出戏里，诸葛亮通过测风工具，成功地借到了东风，仿佛风是一样物件，水瓢、簸箕，或者针线，可以借出去用，再被还回来。在这里，风不止是一种天气现象，它成为一个成功的道具，被诸葛亮运用得极其完美，不但达到了战争胜利的目的，还成功逃脱周瑜的牵制。深秋，当粮食被收回粮仓，人们赶着车马开始筹备过冬的柴薪时，他们就知道风已在北方大地上蠢蠢欲动，它们就藏在干燥的空气里，藏在屋顶的蒿草中间，藏在你的头发里，也藏在你的器官里。这个季节，凉热不均，虽然人们有对风的经验和安度的警惕，但还是常常就"顶风"了，"顶风"以后，人的症状首先是头疼。当日我的祖母有很好的治疗顶风的方法，那就是拔火罐。她没有读过书，也不懂医理，她遵循着哪里疼就治哪里的道理，所以她的火罐就拔在额头，如果左面头疼，就是左额头，右面头疼就是右面。这种罐到病除的奇效，让我加大了对火罐的好奇。但拔火罐是件很吓人的事，首先是点火，祖母拔火罐，总是擦着一根火柴，在它烧得最旺的时候，放到火罐里，然后快速盖到额头上，一股白烟被堵截在火罐里，想象中，那火是要烧掉额头上的皮，有疼的意味。但小时候看到一个女人额头上隐隐的火罐印，觉得有种莫名的美意，羡慕得很，这种只有大人们才有的印记，吸引着我们对长大的向往。小孩如果顶风，多半是跑出一身汗，又再背阴地里贪了凉。那时根本看不到风，却常常要顶上风，仿佛风是暗藏在某处的精怪，在你不注意的时候就出来捉弄一下。这时候大人们不会给你拔火罐，一来你本身就怕火，二来大人们似乎也觉得拔火罐对你毫无用处。他们通过刮痧，放血来赶出你身体里的寒风。长大才知道，顶风就是感冒，而感冒分为风热感冒和风寒感冒两种，医生按你的病症给药，两种不同的风，导致的感冒症状也不同。但奇怪的拔火罐却同时能缓解风热跟风寒感冒。跟我小时见过的额头上放火罐不同，是需要在穴位上放，风池穴和大椎穴。为此，我跟祖母一样，对火罐有了依赖症，且百试不爽。

深秋的风颇为残忍，河流被风渐渐吹瘦，天气被风渐渐吹凉，残留在田地里的豆子和秸秆们，被风吹得乱七八糟，村里的老人，也被风吹倒。风将我家果树上的叶子每天吹下来一些，我的祖母在清扫它们的时候，会叹气。她不是在叹息自己的劳累，而是叹息这些叶子的死去。在她咽气的那夜，风刮了一夜，树上最后的几片叶子全部落到院子里，没有人知道祖母和风之间有过怎样的激烈的对弈，但唯一肯定的是，我的祖母输了。风在早上兴高采烈踩踩脚上的尘土，走了。天空蔚蓝，白云悠悠，那样的好天气因为没有风的搅扰让人安心，在天空和云朵的注视下，祖母的肉身被埋在干草坡的坟包里。我们给她放进去许多纸做的物品，祈祷在那里她不被风追着变老变没。是，那个黑暗、湿润而封闭的洞穴，是风所吹不到的地方，这点让人安慰。可是，当我们从干草坡下来的时候，风又开始在后面赶着我们往前跑，根本无法停下了。我们都知道，每个人的一生，都是被风赶着的一生，它吹着你长大，变老，死去。

我是喜欢冬天的人，乃至在冬天，会故意穿得少一点，真切地感受那种残忍的、不留余地的冷寂，感受风如刀剑般的刮铲。有痛意的人生，会让人能保持一定的清醒。最美的，同时也是最丑的；最爱的，也是伤你最深的。而你所要的跟你将舍弃的，确是同一种东西。短暂的白昼，还在提醒你生命的短促和无聊。更多的人，就像风里的尘屑，被命运捉弄着飞高飞低，飞左飞右。年尚轻时，我是个倔强的傻子。在城市的街道上，迎着风，弓着身子向前走，风大，无法呼吸，我就憋着气，拿年轻的身体与其抗争。我整夜咳嗽，那是来自风的惩罚吧。但即便如此，明天我照样会憋着气跟风对抗。在风中，我无数次地遇见一个不正常的女人，她站在树下给每一条树枝都系上红绳，风试图干扰她，她摇摇晃晃，气喘吁吁，但她并不放弃。明天的大风里，她又出现在下一棵树下。整条街的树，不知道她什么时候才能系完。有时她边系边说话，像对着一个小孩，被风吹皱的脸上，呈现出红润的笑意。许多年后的今天，我在上下班途中，也会遇到一个不正常的女人。与其他季节不同，在冬天，她格外醒目，好像冬天的风从岁月深处吹来的一道风景。她喜欢穿大红的礼服，应该是她或者别人的结婚礼服，虽然看起来四五十岁的样子，但她依旧有新娘般消瘦的身材，她把自己锁在了二十岁的婚礼之上，任时间的风如何撕裂她，侵袭她都是无用的。风，在一个加了病字头的风面前，又变得无力而可笑起来。在风中，她疾走的样子并不狼狈，似乎风对她网开一面，她走过的任何一股风，都自动闪开一些空间，容纳着她。她很少跟人交集，只是在走，不停地，从城东到城西，从城南到城北，像风。更多时候，她仰面朝天，泪如长河，却无声无息，日光让她的泪水熠熠闪光，风替她晾干。但日光和风需要反反复复地去应付那一脸的泪水，不能停歇。她把自己锁在了某处，在那里，她有比天还大的委屈和仇恨。当时间的风无能为力治愈她，但愿风能怜惜她。县城小，消息会在风里传来传去。后来我知道了这个女子的一些事。她原本是一名民办教师，育有一对子女，在村里教书。那是一个靠近县城的村庄，村庄外面布满县城的高楼，风在里面流动的空隙很小。人们因为没有土地可种，以出外打工和留守两种方式为主，钱财渐渐变得比人情和亲缘更重要。猜忌、嫉妒和仇恨渐渐替代了村庄原有的良善、坦诚和大度。原先她觉得只要做好自己的本职工作便好，其他并不干自己的事。可是有一天，关于她的流言却被冬天的风牵着在村庄里流来流去，那流言在风中变换着声音和神态，如鬼魅般令人可怕。一时满村人都知道，她之所以在民办教师的位置如此牢固，是因为她有一个后台，这个后台不是别人，正是村支书，且是以她的身体换来。风从不会掩藏和隐瞒，它让好的变得更好，而坏的将走向更坏的结局。当她知道终于从风里捕捉到这个流言时，支书老婆已经站在她面前，劈头盖脸的巴掌和唾骂朝她而来，初时，她还在辩解，但对方根本不容她反驳，她无端吃了哑巴亏，自是心下不甘，回去跟丈夫诉苦，却未知村庄的风里早已注满流言的毒药，所有的人，都中了这种毒，包括她的丈夫。不用她说话，丈夫自是重复了支书老婆的动作言语，仿佛他们突然合二为一，变成了一个人，不，对她来说，他们是一面墙，一面看不见摸不着的墙，一面让她无法退后也无法走出的墙，她看见冬天的风，通过墙头灌进来的冷风，她瑟瑟不知所措。这样的结果是，很快她的教师职位就被人替代了，她窝在家里，一对儿女刚刚上学，在外面听了许多难听的话回来，也说妈妈不要脸，连她做好的饭都不屑吃一口。她突然就成为一个被孤立的人。风在外面疯狂地飞来遁去，冬天的街巷里空无一物。她写了满满五页的信给丈夫，但他在她面前撕得粉碎，被风狂笑着带走。她绝望了，像风一样跑到废弃的井边，风一样跳下去。她当然没有死，她成为风的一部分，带着病字头。原来冬天的风是锐利的刀尖，随便就能刺穿生命的外衣，让你受伤，绝望，毫无生趣。

冬天的风中，没有花香味，没有青草味，乃至没有水流味，它将春天的花，夏天的果，秋天的庄稼收集起来，只待冬天一到，撕开战袍，全部抛付出来，仿佛漫天的星星掉落下来，那些明亮的闪光到了眼前便不见了，天地空旷，只剩下尘土和尘土的气味。值得庆幸的是，因为提前预备了过冬的心境，人们对待冬天，似乎也颇为从容平静。穿着厚厚的衣服，戴着帽子、口罩、防风眼镜，连鞋里都有一层棉花，这样一个被温暖裹藏的人，在冬天的风里，比想象中强大了许多。这时候，风试图找出一些破绽，绕着你，从头顶开始，一直到脚心，却无缝可乘。而冬天的火炉，又很好地抵御了窗外的风雪。晚来天欲雪，能饮一杯无？某人在我即将下班的时候发来短信。窗外，飞雪连天，而来自酒的疏解肌表，让侵袭你的风悻悻然离去。日暮苍山远，天寒白屋贫。柴门闻犬吠，风雪夜归人。因为有风雪，人们才体会和珍惜家屋的温暖，懂得用爱情和友情互相取暖，也舍得给予亲人热量，让一种叫爱的物质绵延。尽管在深谷里，在旷野尽头，风一直在呼喊你的名字，一遍又一遍，一遍又一遍……

售梦人

　　他站在洋灰柜台后面，暖橘色的阳光，透过一条条窗棂射到身上，他的身体被切割成无数斜条。蓝色中山装的黑纽扣在这种切割中，呈现出奇怪的扭曲，并被划分成明亮、微亮、微淡、暗淡、灰蒙等次序。那四个穿过针线的小孔，成为它们的五官，这时候，每一枚纽扣表情迥异，让人看着忧心而紧张。当我的目光从那些条状的阴暗面移到他脸上时，心跳突然加速。他的一只睫毛上挂着一排灰尘，让他的半张面孔，看起来悲伤极了。而在另半边的面孔上，他的眼睛正盯着手里的直尺，嘴角微微上扬，很显然，他正在微笑。他右手里那根长达一米的木尺，也被阳光之刀切割成好几份，每份有每份的质地，明暗不一，而他手下的那匹花布，更是开满不同颜色不同姿态的花朵，有些在风中，有些在雨中，有些在黑夜，有些在白天，那一溜刚好留在好阳光里的花朵们，乃至开始鼓噪起来。

　　直到剪子跟布匹之间，发出粗糙的碰撞和锐利的割裂之声，我才慌张地靠近柜台。我们从未怀疑过售梦人的存在，在一些特别时刻，他从天而降，并以吝啬、美好而多变的形象，长久地留存在我们的记忆中。售梦人，他手里拿着铁质的利器，剪碎织物的经纬，让织物家族纷纷离散。嘈嘈切切的呼号，被黑铁沉重的锋利无情地撕开。没有人看见撕开的口子里有过血和泪，连同它们的疼痛，均被忽略。前面，那个妇人正笑吟吟地看着一块布从布匹种群中分割出来后的冷清、薄小而孤独。但她没有看见，那些被剪成半朵或小半朵的花们，正热泪盈盈。她感激售梦人，以这样一种方式，让她拥有了一块花布，虽然，这是她用布票和钱换来的。事实上，她有时根本分不清，她是该感谢售梦给她的人？该感谢一匹布？还是该感谢布匹上的花朵？在之后漫长的时间中，那块布会被一把小而明亮的剪刀裁成无数份，那时，妇人会长久反复地尝试，将那些剪成半朵的花，跟另外半朵或小半朵花凑在一起，变成一个完整的表象。"所谓花好月圆。"妇人说这话的时候，那块布已经裹着她圆润的身子，那些花们，在她的衣襟前，左边跟右边，由一枚黑色或白色纽扣紧紧地联系在一起，朵朵圆满。这种假象，让更多的人长出羡慕的眼神。

在供销社的洋灰柜台前，我低头看遍所有的物品，针、线、扣子、香皂、刷子、别针、石笔、本子、橘子糖、果丹皮、山楂片……目光里注满贪婪的水，又温又凉。这些水，正在经过空气的收纳，变成我对面这些物品上的包裹层，一层一层，渐渐与我有了距离感。我摩挲着鼓囊囊的口袋，在那里，有一只橘黄色的钱包，它有落日的色彩，破裂的口子和歪扭的缝痕。它来自小姨的赠予。除去色彩和它本身的功能，我最喜爱上面那个完好无损的银色拉链。小姨在上面抹了"胰子"，白色的胰沫，在小姨来回拉动拉锁的时候，渐渐渗进它们的咬齿之中，并在小姨递给我的间隙，瞬忽不见，仿佛那是属于小姨的钱包时间，而递给我，这团橘色，会变成了另外的面孔，步入另外的时间序列。但这有什么关系呢，我快活地拉开拉链，将手指放进去，再拿出来拉住。

这个钱包，带给我一个妹妹。来年，作为姐姐的我，被允准可以暂时保存压岁钱。于是，我的钱包里，第一次装入了五毛的巨款。每晚临睡前，我都会将这五张一毛钱数一数，然后放在枕头底下。白天，怕装到口袋里弄丢，就掖在裤子下面。而今天，母亲差遣我到邻村供销社打洋油，我从裤子底下将它摸出来，装到上衣口袋里。现在，当我的身体被阳光照成一个矮短粗壮的形状的当儿，我有将钱包打开的冲动，我要将这五毛钱，亲手递给售梦人手里，我要换他柜台里的梦，糖果的梦，甜的、暖的、幸福饱满的梦。

你要买什么？

他尖细而高亢的声音，穿过阳光栅栏，传过来时，我看见钉子刺穿了屏障，而售梦人，显然正在褪去阳光赋予的、带有某种魔幻的明亮。他站在没有阳光的地方，平淡无奇。我猛然一惊，结结巴巴地说，我打洋油。

想象的售梦人，应该是瘦高倾长的人，无论男女。他穿一件长长的黑袍，牙齿雪白，眼神深邃。但我们谁也没有遇到过这样的人，包括从城里来的明明。他说在城里，售梦人穿着白大褂，推着一个小木车。在夏天，他们沿着树荫走在街上，木箱带着咕噜噜的声响和袅袅的白烟。售梦人像是踩着云层下来的人，脚下都有缭绕的气体。那时，他会通过售梦人的手，吃到一种甜甜的、凉凉的，叫冰棒的东西。

另一些时候，售梦人以一个外乡人的形象出现在村里。在他即将到来或者要走的时候，我们一群小孩聚在五道庙的那堆石头上。那是一堆不知什么时候被堆在那里的石头，仿佛它们注定要脱离河槽或山峰，脱离它们的家人，到这个孤独而热闹的地方来。也或许它们是孤独的，对未来更加害怕，成为墙体、地基或烧成粉末，都是它们不愿得到的结果。所以，它们紧紧抱在一起，拥挤在一起。风携着尘土来，尘土携着种子和蚂蚁来，云携着雨水来，雨水携着沙子和茫刺来，到了冬天，村外的雪也来，雪里裹着寒冷来。四季轮回之后，这些石头被土"焊"在一起，不规整的缝隙间，长出了细细的小草小花，仿佛一个带着秘密的坟墓。但大人们似乎早已忘记了它们的存在，对它们不理不睬。我想，它们也像我们一样，一直在等待一个售梦人出现，赋予它们某种际遇，成全它们的梦想吧。但在五道庙，这个特别有意味的地方，它们也或许并不孤独。村里的老人故去，人们抬着棺材出门，到五道庙会停下，那些哭得疲惫的妇人，会毫不犹豫地坐到它们上面，用沾满眼泪和鼻涕的手，毫无感情地抚摩它们。那时，它们或许会从等待中醒过来，也或许不会。而当我们一群小孩，站在它们身上，或者坐在它们身上，趴在它们身上时，它或许也会知道，我们的售梦人就要来了。

有人说，售梦人是从遥远山里来的。另一个反驳，他的鞋上都没有尘土，怎么是从山里来的？

有人说，是从河里来的。另一个分辨，他衣襟干燥，身上没有一星星水，怎么是从水里来的？

有人说，那他就是从邻村来的。另一个疑虑重重，邻村的人跟我们有同样的口气和音调，而他，明明是个侉子。

所有人都沉默不语，这是一个超级烧脑的问题，以小孩有限的见识和智力，怕是不足以解开谜题。

很久后，另一个小孩用手刨开石头间的硬土，一群黑蚂蚁蹿出来，沿着他的指尖，一直向上爬，他看着自己肩膀上那只快乐的蚂蚁先锋，嗡嗡地说，也或许，他是从天上来的吧。

这次无人质疑。

他无法像一只蚂蚁，钻出土层牢笼，穿过石头缝隙蹿出来，那么，只能是上天派给我们的售梦人，踩着云彩，踏着一层又一层的天梯，落在小河口。

售梦人挑着担子，钻出阁洞，我们欢呼雀跃。

售梦人穿青色的对襟上衣，青色阔腿裤，雪白的袜子在裤脚处一隐一现。他掀开宝箱,将梦摊在五道庙前。

我们面前的五道庙,五道庙那堆长满荒草的石头,还有坐在长石板上吃烟的老人,饲养处和饲养处后面的家屋,包括整个村庄,村外的温河,温河对面的田地,都不见了。它们去哪了?我们从未追究过,当售梦人前来,他自会将所有我们身边的事物驱散,用新的梦替代旧的。

我们眼里只有七彩的丝线、头绳、颜色、纽扣、发卡、梳子、篦子、小镜子、贝壳油、人丹、大大小小的银针,白和黄色的顶针……一群小孩里的梦,是外面所有世界的总和,它是有颜色、形状和味道的。

售梦人高高瘦瘦的站在我们中间,具有某种神威。但他显然又是随和的,从不将我们赶开。他纵容我们贪婪的目光触角,牢牢地粘在那些物件上,没有任何时间限制。

但另外的人,会将我们与梦的相会时间变短。那些妇人像我们一样,对面前的一切充满惊喜,乃至对面前这个人也生出某种神秘的情愫。售梦人,像一个陌生而新鲜的载体,通过他,人们获得了更多来自村外的讯息,而当他走后,人们会在夜里做起关于外面世界的梦,在那里,危险而迷人,有更大的河流,更广阔的田地,还有更多的人。当然,这些不过售梦人流露出来的梦境一角,但即便如此,也足以令人眩晕了。有人幻想自己快速长大,然后,尾随售梦人,跨过温河,到更远更大的地方,做更瑰丽的梦。

但售梦人并不多话,乃至注意力牢牢守在木箱的隔断上，从不偏颇任何人，他用你的买资来衡量你要得梦的分量，并精准地交与你。

小孩的梦，通常要他的母亲来买。但母亲不会给你买很多，倘若她手头宽裕，心情舒畅，会给你扯二尺头绳，大红的、翠绿的、粉蓝的。但更多时候，她并不仁慈，她只会买二分或五分钱的颜色。对于小孩来说，这也是比较兴奋的事。因为这些颜色，意味着一个新世界，不，是新物品的即将出现。

我的母亲很早就将她的辫子剪去，所以更多时候，她会遗忘我需要头绳的事实。我虽然满怀期待，但对于美梦成真，并没有多少把握，所以我是一个很容易满足的人，带着遗憾，带着期盼，作别售梦人和他的货摊。

明天，我缩小成一双晶亮的眼睛，目睹母亲将一场梦展现的所有细节。放一锅水，将颜色洒进去，用木棒搅匀，在等待它烧开的过程中，母亲在白洋布上，抓起一撮，用线缠住，再抓一撮，再用线缠着，如此这般，直到一块布，变成结着果实的织物，然后将它放到滚锅里煮。不久，那块从锅里捞出来的布，是军绿色的，皱巴巴的，挂在缠着梨树枝的铁丝上。

很多年之后，我才知道，那些白洋布是她参加葬礼被施给的孝，在那个物资短缺的年月，人们对物的爱惜，即便忌讳不祥之物，都会用变相的方式来弥补利用，成为祥物。新枕头在夜晚出现，我看到了无数白色将开未开的花朵，梦一般，飘浮在军绿色的草滩上，我笑吟吟地盯着它，舍不得将头放上去。

是售梦人唤醒我们体内的精灵，让我们对金钱产生了崇拜，所有小孩不约而同地知道，这世上，最好的东西，不是食物，也不是玩具，而是钱，因为，它能换到来自远方的梦。

但我的钱包却丢了。

这是我童年时间里，最令人悲伤的事。热水浇到脚面上，一个个燎泡像被什么东西吹着似的鼓起来，那种闷胀感和其后破裂之后的疼痛感，没有让我悲伤过；我从炕上掉到地上，胳膊脱臼，放羊人拉拽的恐惧也未让人悲伤过。祖母和母亲吵架，我看见母亲在屋里偷偷哭泣，内心虽然难过；但也没有悲伤；只有丢失钱包，让我顿觉天地灰暗，了无生趣。

我在屋里的每个角落，院里的每个角落，包括鸡窝、猪窝、街门口的河沟，都寻找了无数遍，又在村里的每一条街衢寻了两遍。那个橘黄色的钱包，在西天暗淡的云层中，落日般遁入黑夜，永无再现的可能。

我蹲在街门口的青石上，仰望星空，也或许我的钱包，是随着售梦人上天了吧。只是，没有了钱，这个唯一的交换梦境的砝码，让我如何面对售梦人？

我将头窝在肘窝里，任夜风，吹着薄薄的身躯，像一个无梦人。

也有的售梦人，并不需要金钱来换购。你只要将粮食或者农具给他，他照样会换给你他藏在盒子里的物品。但在村里，人们的粮食金贵得都藏在大瓮里，用毛头纸糊住，放在有铁锁的屋子里。而农具更是每天被放在父亲们的手里擦拭，泛着明亮而精细的光。

夏天炎热的午后，我偷偷溜出门，绕过庙院，到羊圈、饲养处、出阁洞，到了空无一人的小河口，恰巧遇见了藏在树上的海海。他看见我在树下失神地转悠，就将一根小树枝扔到我肩上。

爬树于我是一件非常艰难的事，每每这时，我都恨自己的四肢太长太僵硬，但那天午后，我像做梦般，在海海的指挥下，神奇地坐在了他对面的树杈上。

他无比神秘地告诉我，他的售梦人是这世上最灵验的。见我愣怔，他舔舔干裂的嘴唇，说，是我妈。

我们对海海妈没有任何印象，包括海海。我们打小就知道，那个女人在生下海海不久后，就离开了家。但没有人知道她去了哪里，那几年，海海爹每年都要出外去寻找海海妈，但每次，都空手而回。夜里，小海频繁做梦，梦里他遇见过狼、狐、豹子、蛇和老鼠，所有这些动物，无一例外，都是要用他果腹。每次他惊叫着从噩梦里醒来，就会想到自己的妈。那时，他会从兜里将母亲的照片拿出来，死盯着看，然后贴在胸前，想象来自他妈温暖的怀抱气息，让他渐渐重新入睡。那是一张二寸照片，上面布满了斑驳的皱褶，相角处朝里卷着。照片上她的妈妈平静地看着我们，她有两条短短的辫子，辫子上有两只暗色的蝴蝶夹。

树杈上的海海，拿着那张皱巴巴的相片，对我说，只要对着我妈的相片许愿，梦就会实现。

见我疑惑，他说，我跟我妈说我要新衣服，我爹就给我做回来了。不信，你试试。

我摇摇头，她是你妈，独属于你的售梦人，她是不售梦给别人的。

他说你不试怎么知道。

我说不试我也知道，因为我想要的太多了。

海海沉默了好久，说，我最大的梦是快点长大，然后去找妈去。

你长了这么大，你妈会不会不认识你了？

世上母子心意相通，只要见到，自然就认得。再说我长，她也长呢。

当我回到家里，暗淡的窑洞里，我的祖母正跪在地下，她的面前，是一尊白瓷观音像。

大人的售梦人，到底跟我们是不同的吧。

　　有时候，祖母会带我到干草坡的祖坟那里，我猜测，那里埋葬的，才是真正受给予她梦的人。

　　我想，如果海海妈要是个死人该多好啊，那样的话，海海就不用每天拿着一张照片默念了，他就可以带着五彩纸和香烛，走过长长的列石，到他妈的坟前，仔仔细细地将自己的愿望说与她听。这种真实的存在，更令人安慰吧。

　　但似乎村里妇女们的售梦人另有其人，这也是我们偶然发现的。

　　秋风浩荡，庄稼在田地里焦急地等候收割，它们想回到粮仓，或走到每户人家里。村里的劳力，全部出动，夜以继日地加紧收割。每天中午，都有人从地里回来，从家里担上箩筐，然后站在五道庙，等待妇人们将做好的饼子，包在属于自家的手帕里，放进箩筐，然后担着担子，出阁洞，过温河，去往田间地头，将饼子送到男人们手里。在那里，没有男人认错自家手帕，就像没有人做错梦一样。每一条手帕上，都有属于自家人的气息和味道，而那里面包裹的饼子，就像被圆的梦，完整而好看。但有一天，福生却没有看到自家的手帕，更没有来自家人亲手烙下的饼子，他心生怒意，觉得是自家婆姨懒散，耽误了送饭时辰。当然，他在当天中午，并未受饿，他吃到了大家分给他的饼子，各种味道，玉米面的、白面的、小米面的，还有混合面的，甜的、咸的、原味的都有。当他在下工后回家，迎接他的，是一个头发蓬乱的妇人，她躺在炕上声音沙哑地呻吟，汗水将衣服湿透。他喊她，她不理会，再喊，她睁开眼睛，仿佛面对陌生人。

是售梦人带给福生老婆清醒的契机。

那天晚上，我见到了远别一年的父亲，他从遥远的东北回来，背着一个大柳条包。他吃力地将它放在地下，我知道，那里面装满各种稀奇的物品，就像货郎担里一样，一层又一层，一层有一层的惊喜和好看。

他穿着蓝色的中山装，瘦高倾长，牙齿雪白，眼神深邃。

在日暮

当一个人的身体停止生长，是否就意味着衰老已经来临？那么，某个清晨，某句话，某个夜晚，某场梦，某场风雪，某个人，所有这些无意相遇、错过或共度，都可能成为生命中明确的分界，仿佛刀锋划过般留下无法弥补的印记。在民间，有男长 18 女长 20 的说法，不只关乎身高，也预示身体已经具备传宗接代，生儿育女的条件，但并未涉及衰老。美容界认为，女子自 25 岁起，便需要对自己的皮肤进行全面的保养，因为这时候，体内制造胶原蛋白能力降低，皮肤渐渐失去弹性，皱纹随之出现。25 岁是皮肤开始衰老的年岁。医学界也认为，一个女人最佳的生育年龄是 23 到 30 岁，随着年龄增大，卵细胞会出现衰老，卵子染色体也会衰退，带来的严重后果是会增加新生儿的突发性遗传疾病。这也同样暗示，30 岁是一个女人的卵巢要衰老的年岁。但这些来自专家的发布，并不会影响到我们的生活和心情，也不会迫使我们正视衰老正以怎样的方式，缓慢而决绝地逼近我们的器官和身体。甲骨文中，"老"这个字，更像一个蓬头散发，手拄拐杖的人。这样的形象，也与我们的现实大相径庭。

小时候，我的家人曾为我妹妹的身高绞尽脑汁，似乎大人们具有某种预测功能，她们分明早已看到一个小孩停止生长后的样子。于是在妹妹很小的时候，就开始了一些看似有效其实无用的举动，诸如每天早晚帮她搓脖子，或者拉胳膊、拉腿。而到后来，这事成了我们家每天上演的闹剧，带着些嬉闹和看不见的虔诚。但这种帮助似乎对她微乎其微，她生长极其缓慢，乃至勉强长到一米五多一点。以我的经验，并不会等到 20 岁，我在 15 岁就停止了生长。那的确是件既令人惶遽又令人庆幸的事。我 10 岁时，个头已经赶上我妈了，到了 15 岁，我比我妈高出一头。许多人说，按照这样的生长速度，我是要长到无法估量的高度的，这样的话从邻居和亲戚口中不断在各种场合传出，让我惶然无措。想象中，我会像门口的杨树那样，每年以令人咋舌的速度生长。但我知道，自己的生长速度远没有杨树快，我在它身上每年刻一条杠，但第二年，永远找不到头一年刻下的那条杠。于是，在我仔细寻找那条杠的时候，联想到祖母越来越矮的身高，生出树是向上长的，而人是向下长的疑惑。15 岁，有半年时间，我的身高停在了 1.68 米这个高度。那时，我喜欢用尺子一尺一尺地量自己，因为大人们说，用尺子量过的身体，就不会再长了。虽然我妈极其郑重地提醒我，不准用尺子量妹妹，但她并没有阻止我量自己的举动，乃至有时，她也会放下手中的活计，帮我一尺一尺地量，然后，拿铅笔在纸上将尺换算成米。一米等于三尺，这点常识，大约来自我对自己身高测量经验，而非书本。

时间不长，随着我参加工作，步入社会，有一种奇怪的感觉充溢着我，我变得很安静，笑也无声。但那时，我无法用语言准确地描述这种感觉。按照大人们的说法是：她日渐长大，开始懂事了。许多年后，我读杜拉斯的《情人》中"我从十八岁那年就开始衰老"这句时，倏然一惊。原来我那时的感觉，就是衰老，苍老，是一个年纪虽然很轻，但因为外力不断侵袭，而导致的内力衰竭。比如，我很早就不再相信别人，对自己的所见所闻充满怀疑，这对于一个踏入社会不久，急需被世俗力量同化或被熏染的年轻人来说，其实是件悲哀的事。在别人的城市，她们通过施舍饭票或粮票，来彰显自己作为城市人的优越。事实上，她们原本就是优越的，根本不需要在我面前做出一些貌似高大上的行止，让我一个乡下人戳穿。有一次，其中一个把我带到她家里，让我参观她弟弟的房间。据说她弟弟是一个极其有名的舞蹈演员，我从她有些简陋的房间走到她弟弟房间门口，她将门推开，我无比准确地感觉到一个叫作天壤之别的成语。在这个人的房间里，我看到了钢琴，德加的《系鞋带的芭蕾舞女》，日本套娃，斗笠，还有他的一幅彩色全身大照片，西装革履，而非剧照。我并没有进去，她用28岁沧桑而苍老的声音，说着她弟弟的一些事，去日本演出，被某专家夸赞，获得过什么奖。我扭头时，看到角落里一个乌迹斑斑的痰盂。

　　一些异于我年龄的敏锐和灰心，使我不断地产生挫败感，我尝试过用眼泪、碰壁、失败和轻生来阻止衰老，其实，现在想来，所有这些，不过是在循着衰老的轨迹慢慢走过而已。

　　一直走到如今，走到我急切盼望为孩子送行或迎接他归来的日子，且像许多年前我的父母那样，陶醉于这样表象热闹的相聚。而我身边的朋友，随着年龄增长，孩子们一个个长大，也渐渐融入了如我般迎来送往的队伍当中，我们之间的话题，都是关于孩子的，我们有太多共鸣，太多相似。我们常常会在火车站遇见，那时顾不上回答对方的任何一句问话，而将注意力全部集中到面前即将出现或者就要告别的孩子身上，仿佛他是太阳、亮光、珍宝，照亮我们全部的生活，同时也带走我们全部的希冀。有朋友就说过，孩子是样好东西，给你莫大的欢欣。但他忘了，孩子这个好东西是要长大的，有一天他要离开你，让你的生活重回灰暗。这时，我们需要染发剂、除皱霜、香水、塑性内衣、艳色的衣裙、高跟鞋来装扮，没有追究这是为什么。

　　我们都一样，早上不会起很早，因为不用给上学的孩子做早饭，而晚上也不用早回家，因为没有孩子在门口等你。我们有大把的时间逛街、美容院、健身房、跳广场舞，或者到处游山玩水，搔首弄姿地拍照、美颜、发微信，看起来轻松而幸福。我们尚有力气，可承担社会及家庭重任，并可能极其出色地完成。

九月，我的朋友如愿将孩子送到了大学，当别人羡慕的表情渐渐散去，她才发觉，一切并不像想象的那般好受。我们去参加一个老人的葬礼，看见了死者的遗像，那是她的五十岁或者六十岁吧，反正离我们的年龄并不是很远，脸上还带有微微自得的笑。在被这张照片定格的那刻，她是否真切地想象过衰老要带来死亡时的真实样子？她或许像我一样，知道死亡是必然的过程，但并不会时刻准备死亡的到来，依旧用力地生活，争抢一些不属于自己的东西，伤痕累累，头破血流。那时，她像寻常日下那样，很随意地照下一张相片，她并无察觉，衰老就像黄土，被时间的风吹着，正堆积在生命的门口。大雨瓢泼，她的亲人在哭泣，留在尘世空荡荡的充满皱褶的皮囊，会感知到这些吗？没有人知道。或者，我们的衰老，是需要一个极其宽敞、极其安稳的地方来容纳的吧。

告别那个葬礼，在归程的车上，我们说起葬礼上老人有四个之多的孩子的幸运，便对自己的老年生活充满担忧。"事实上，作为只拥有一个孩子的我们，已经进入了空巢期。"那时，窗外的雨很大，马路上到处是积水，有辆车从左侧疾驰而过，我们的车窗上溅起一串水流，她看着那些流淌的仿佛小河般的水流，略微忧伤地说。沉默像外面渐渐暗下来的黄昏，只有刮雨刷吱吱扭扭地刮着不断落到车窗上的大雨，仿佛，在擦拭一张布满的皱纹的脸。

　　衰老，不仅仅是身体的事，也是生活的事。因为一个人的离开，房子显得空荡荡的。因为一个人的离开，生活的意义突然可有可无。因为有了大把的时间，便去跟老去的父母相处，在他们眼里，我们是年轻的、活力的，有的是力气和精力，可以取高处的东西，也可以跑着追赶他们。我们依旧可以熬夜看喜欢的电影和书籍，也可以在下午喝一杯咖啡而晚上并不会失眠。有一次，在超市，我居然还被人喊姑娘，那一刻，感觉潮气自心底升起，眼里差一点就要暴露感动和欣喜。脚下显然变得异常轻盈，仿佛时间在后退，我看到了之前每一个年龄段的自己，也看见许多年前怕再长高的 15 岁的时光，那时，我有茂密的头发，清洁的皮肤，羞涩的嗓音，细细的腰肢，一切都是最好的样子。

　　也有人从出生就老了。我的女友在 20 年前生下一个男孩，那个男孩像《童梦奇缘》里的光仔一样，以每天十年的速度快速变老，仅仅过了八年，他就离世了。在元宵节，她怀里抱着他，在人群外面，那时，他被包裹得严严实实，像一个快要痊愈的人。并不会有人知道，他的老，是以分秒来计算的，当你吃一顿饭，或者去拿一个东西，不，并没有这么长，有时一眨眼，他的皱纹就多了几条，皮肤又松弛了几分，人就又老了好几岁。衰老，就像一条噬食他的虫子，从他的脚尖开始，一直沿着他的血管，吃到他的脑袋，再附着骨髓，又吃回他的脚尖，这样来来回回，直到将他整个人都吃掉。

在医院，一个妈妈问大夫，她的孩子刚刚周岁，头顶上竟然有了白头发。医生显然说不出个所以然来，只是建议她到北京检查。她担心，她的孩子是少白头，但也可能更严重，成为白毛怪。

"白毛怪"是所有人给他的诨号，起因当然是因为他满头白发，但他并未苍老，不过是20岁出头的小伙子。因为头发雪白，他的脸色便比常人红润许多，再加上眉毛基本没有，使他看起来像个怪人。起初，他很小的时候，他对世界充满了恐惧，只要出现在人前，他总会成为别人目光的聚焦点，那些炙热的、带着鄙夷、讥笑和可怜火焰的目光，让他难以承受。他在很小的时候，就懂得了沉默，独自一个人玩耍，帮助家人做事，在人前恭敬，或者奉承他人，因为只有这样，他才不会被厌弃。他很早就幻想过死亡的到来，那种解脱的轻松，成为他活下去的动力，他比常人更敏锐地察觉到衰老是如何袭上身体的，那是别人目光中放出来的蛊虫，一点点地靠近他，附着他，最终，通过伤口进入他的身体。

他不知道自己能活多少岁，或许25岁？或许30岁？也或许更短或者更久，但对于他来说，衰老来得如此飞快，死亡就不会来得太晚。

我亲戚家的媳妇长得小小瘦瘦的，23岁怀孕，生下孩子后，人突然变得高大强壮，令人匪夷所思。老一点的人说，这是又长个呢。她张着嘴大笑，我看着她，难不成这也是衰老的一种侵入方式？

同事为了使身体强壮，开始杜绝一切肉食，她吃素，少食多餐。聚会时，她基本不动面前的食物，饮料也不沾。"可是，即便不吃，怎么人越来越胖了呢"，她幽幽地说，阳光照着她臃肿的身体，也照着她虚胖的黑脸。但没有人将那句"那是被衰老缠上了"的话说给她听，她站起来的时候，依旧不自觉地在玻璃里照着自己，像年轻时那样。

在行进的过程中，我一直保持着匀速的姿态，但在大约两公里后，随着酸痛从小腿上升到腰部，整个身体之中，仿佛突然被穿过一根木棒，感觉我就像一个纸糊人，随着衣服被支棱起来，嶙峋细弱的骨头就要裸露人前。心里有些担心，怕这一程我无法顺利完成。身边的同事看起来笑嘻嘻的，跟我般装出满不在乎，游刃有余的样子，但我知道，对于一个平日以车代步的人来说，这次健步走，的确是一种考验。五公里，虽不至于垮下，但确实有些吃力。

这是一场聚集 600 余人的健步活动，人们来自全县各机关单位。大家差不多都是同一个模子里刻出来的样子：四五十的年岁，略微臃肿的身体，两鬓微霜，神态之中有种优越而疲惫的倦怠，因为睡眠不足，差不多每个人的眼下就挂着一个微微发胀的眼袋。大部分人，都是运动装束，似乎只有通过行头，才能准确地表达自己对这场活动的态度，而响应只不过是附着的一种行动。

这样大场面的活动，生活当中，极其少有。事实上，我们一直在盼望这天的到来，它意味着，有一下午时间，再不用被杂兀之事缠绕，也不用在会议室苦熬，而是可以冠冕堂皇地将自己呈现在天地和人前。

天有些阴。立秋以来，雨水变少，似乎老天疏忽大意，将原本要落在秋季的雨水，都倾泻到那些夏日的傍晚。秋天的燥气，令人格外不适。许多人的嘴角都起了小泡，有人鼻子红红的，那些被精心护理过的脸上，同样也起了一层薄薄的白皮。在食堂里，女同事们不停地交流哪种牌子的面膜补水作用更好些。而那些暗藏在口腔之中的溃疡，被她们很好地藏在渐渐减少的话语之中。此刻的阴天，给人湿润和天要下雨的假象，当然，即便如此，还是能听到许多的咳嗽声，仿佛冒着烟和火，我们听不到的撕裂和坏死，正在各自的胸腔里发生。

起初，600余人都保持匀速，大家似乎也默认这种排序，不像会议座签，有职位高低之分。大约走了不大两公里的时候，前面的人开始掉队，于是，我遇见了站在路旁用手机拍照的人，他显然平时缺乏锻炼，或者是身体藏有暗疾，总之，脸色极其苍白，而汗水已经湿透了他的后背，为了掩饰他的窘迫，他高声对认识或者不认识的人说，这活动好，我多拍几张照片带回去做纪念。仿佛他是先驱。那些气喘吁吁，面色同样苍白的人，便开始效仿他，慢走几步，到边上，停下，拿出手机。

队伍里有人在悄悄说，那是身体老了。声音之中，带着中年人无法抹去的苍凉。

倘若这是一场永无止境的行走，那么，我们每个人，最终都将成为他们的样子：因为老之将至，体能有限，疲惫到极点，不得不停下，带着尴尬和狼狈。而队伍并不停下，前面的人，依然在以之前的速度前移，后面的人，也在以之前的速度赶上。每个人的脸上，虽然挂着独属于自己的表情，但似乎完全没有庆幸和释怀，而更多的是咬牙苦熬，眼中虽有恍惚，但因为人流的移动，渐渐就多了一种无望的随波逐流。无论快慢，这条路，我们必的走完，到尽头，像一场人生。

我们超过一些人，也被更多的人超过。我的脚，开始有了不适，第一时间感觉是鞋的问题。当一个人的注意力集中到一只脚上时，你会觉得你的脚，是世上最苦难的脚，而疼痛感，也会增加几分。那时，我的眼神已经脱离了五官，变得遥远而锐利，我看见所有人的脚，随着跟鞋底的摩擦，所发生的细微却永恒的变化，那是你的细胞一点点死去的过程，它们在摩擦中，肿胀、溶解、凋亡、坏死、丢失，成为碎屑、尘沙。但我并没有跟旁边的同事提起那些正在发生的疼痛、老去和死亡。有些时候，我们需要忍耐。我想起自己几十年来，所承受过的一些身体的或精神的损伤和死亡过程，其实，那样的伤痛和死亡，都是可忍耐的，只要生命尚有一息生气，起死回生的意外随时都可发生。虽然，我很清楚，每一次的再生，并不是之前生命的延续，那是"老"，是生命注定要失去，比如，你的持守，你的信仰，你的深爱，这些，都是你在走向或者度过"老"时，延续生命需要交出的珍贵。而你所有的高贵的品质，所有的珍宝，都将在生命之中，一点点被"老"盗取或者呈献，直到生命轰然坍塌，遁向必然的死亡之所。那时，你方明白，一个人的一生，就是死亡的过程，一点一点的死，一点一点的亡，然后，铸就一个大的，显现的，明确的肉体死亡。而"老"这个字，像一个冷酷而仁慈的先知，它让你走向死亡的过程，变得极其无奈而理所当然。

我们去一个叫作马峪的自然村。前段时间，那里发生了一起偷盗贩卖古树案。雨让我们的视线略微模糊。汽车从公路拐进一条狭窄的水泥路，两旁便是起起伏伏的山峦，据说那个小村就在这条路的尽头。大约十分钟，前面的路被一些树枝拦堵，我们不得不停下。带路的人说，拐过这个弯就是了。于是我们下了车。小雨变成了雨丝、雨雾。前面有片开阔地带，玉米刚刚吐穗，雨让它们的颜色变深，路两旁全是黄色的野菊，一两株野菊不觉得有多好，事物都是，多了、稠了，便有了底气和强大的资本，就像这些野菊，气势豪壮，在雨里，极其夺目。沿着这些野菊丛，向北，上坡，隐约看到院落。走近了，面前院门上一把大黑锁，在雨中冷漠地看着我们。带路的人说，这就是侯大的家。

侯大就是作案者，他把对面山上的两株百年油松，以一株1500的价格卖给河北人。他们用了三夜时间，将松树用挖掘机从地下挖出，但他们还来不及运走，就被森林公安擒拿。侯大对自己的行为供认不讳，极其配合，乃至不用公安强行审问，便带着他们上了山，查勘现场。那几天，他也没有逃跑或者找熟人说情的迹象，而是跑到十几里外的外甥家，要他帮忙喂养他的两条狗。等拘捕那天，他早早吃了饭，又做了两盆子猫食，放到院子里。他养的猫都是野猫，来来去去不固定，似乎野猫之中也有通风报信的，那只猫告诉遇见的另一只刚被遗弃的猫说，侯大家有吃食。于是足有十多只猫不定期会来院子里吃食。一切安顿妥了，便坐在街门口等人来带他走。

森林公安的司机小王还不到20岁，每天跟自己脸上的痘痘战斗，现在他戴了个一次性口罩，也不知是痘痘们害羞还是他对它们极其厌恶。痘痘的学名叫痤疮，好发于青春期，我们叫它"青春痘"。他不知道，令他烦恼的，恰恰是跟衰老相反的东西，若果有一天，它们从他脸上消失，那么消失的还有他的年轻和清洁。那时，衰老会慢慢爬上额头和心肠。

他笑笑说，侯大有意思呢。我问为什么？他说逮捕侯大那天，他早早就收拾好行李等上了。在车上，侯大还说，今年终于不用劈柴买炭浪费功夫了，也住住有暖气的大房子过过冬。没见过还有把监狱当好地方的人。说完他又嘿嘿笑。我却愣住了。

不只他，连我都是，除去在一些文学作品和网络新闻中见过这样的事例，生活中，闻所未闻。欧·亨利的小说《警察与赞美诗》中描述过流浪汉苏比，为了能得到布莱克威尔岛监狱的庇护，不愁食宿地度过即将到来的寒冬，选择吃霸王餐、损坏他人财物、偷窃、当街调戏妇女这些情节轻微的犯罪来达到目的。那时，觉得小说情节甚是荒诞，作为深受传统文化熏染的国人，犯罪，坐牢，从来都是令人发指的错误。但现在，候大，一个闭塞小山村里的村民，一个养育过子女的父亲，一个奉养过父母的儿子，却在无意中效仿和复制了小说中的苏比，为了得到一个过冬之所，而不惜用犯罪的方法来达成，这真是件惊悚的事。

读过一篇题为"当我们老了"的文章，里面中提道：我国目前每年大约有 1800 万来自农村地区的人口进入城市，越来越多的年轻人背井离乡到城市打拼，子女不在身边的留守老人正成为日益庞大的一个特殊群体。而候大，显然正是这些人中的一个。

候大，61 岁，早年丧妻，自己拉扯大两个儿子，大儿子现在在北京打工，据说是在养老院当看护，至今未婚。二儿子在深圳打工，并找了个同工厂的湖南女子结婚。家里只剩下候大一个人，前些年，他也在外打工，下过煤矿，进过砖厂，因为文化不高，只能做力气活。但随着年龄增大，身体渐渐无法承受重力，且出现了血压血糖偏高的情况，无奈只能回村吃低保。于是，他成了马峪唯一的村民。

小王说，侯大因为孤独，曾经试图找个老伴过日子，但并没有成功，对方不是嫌弃他，就是嫌弃他的旧院旧窑洞，还有个女人，骗了他钱，总之他就是个倒霉蛋。他想到城里公家单位看大门，找个吃喝处，但人家看了他的体检表，也不予录用。人们都说，侯大老了像变了个人，以前勤勤恳恳，现在好吃懒做，乃至有了小偷小摸的毛病。他先是把马峪村有限的几家空院子趔摸了个遍，因为院子长年不住人，院门也没锁，里面值钱的东西基本没有。侯大进去也偷不了什么，有意思的是，他给主家打电话，说最近村里不太平，你回来看看家里丢东西了没。对方并不在意侯大传递的消息。游戏结束，索然无味。侯大就去外村偷，有次偷了人家的一个手机，因为太明显，被人家给发现了。但人家可怜他一个人，并没有追究。后来发生过好几次类似事情。

云层压到山顶，根本看不见苍山的样子。天愈发阴暗，湿漉漉的黑夜就要来临。归程中，雨越来越大。如果我能见到侯大，我也不会问他为什么要这样。而我显然见不到他，他所有的努力，其实就是为了应付"老"带来的窘境，而我们何尝不与他同，正加足马力，走进"老"境？

群山暗影

　　周末下午，照例去看父母。

　　自打单位宿舍拆迁，见一次父母，就不那么容易了。以前父母住在单位后面宿舍里，除去年节，平日里根本不用专门抽半天时间去探望。他们也是习惯在上班间隙或午饭时间等待我。偶尔父母出门忘带钥匙，院子里的人就会到单位楼下喊我的名字。因为同在一个院子，似乎渐渐就成了亲人，邻里之间，极其融洽。我们姐妹，差不多每天都要在父母家里碰面，跟父母说说话，再说说彼此，然后各自回家。不只父母，连我们都以为，日子就这样一成不变地过下去了，且感觉是件很安逸很可意的事。

　　这套老房子，有整整二十年房龄，对于年近八旬的父母来说，养老是不成问题的。所以前年冬天，还请了工匠，加了一层保温墙，换上密封较好的隔热断桥窗。也就是那年冬天，母亲第一次在电话里说起父亲骇人的举动。记忆里，父母之间常常会有争吵，起因结局多半不明就里，来得快，去得也快，等你知道了，风暴早已过去。但这次，父亲愤怒到将家里的暖瓶、茶杯、饭碗全部摔掉，且说了要死的话。母亲含泪将一地的玻璃碴收拾完，人吓得瑟瑟发抖，直到舌底含了一颗速效救心丸才安静下来。

我去的时候，父亲在看电视，坐在独属他的座椅上，眼睛盯着电视里生龙活虎打篮球的人，偶尔前倾着身体，恨不得迎上前去。篮球是父亲最爱的运动，家里收藏有很多父亲年轻时跟球友穿着运动服的老照片，黑白照片里，父亲裸露着壮实的臂膀，眼神之中满是朝气。但现在，在椅子上坐一会儿，站起来时，总是要适应好一阵，才能如常迈步。这时候母亲说，你们不要可怜他，他那都是装的，跟我闹，力气大着呢。父亲耳朵有点背，所以母亲故意提高声音，眼睛还狠狠地盯着父亲。父亲似乎并未听见，依旧兴致勃勃地坐回去看电视里的比赛。一时倒叫人觉得，是母亲无理取闹了。

我小时，父亲在遥远的东北工作，过年回来，家里总会大吵一次，有时是父母，有时是祖母跟我的父母。祖母加入的吵架，基本是因为我父亲带回的食物和用品分配不均，乃至联想起历年来自己遭受的罪和苦，就会哭闹一番。邻居的老婆婆来劝架，瘪着的嘴巴里，叼着一根短烟袋，跟祖母说：你儿子好不容易回来一趟，高高兴兴地过个节吧。祖母抹着泪：都说娶了媳妇忘了娘，他一年也不回来一回，回来连句好话也没有。老婆婆又说：咱自家的娃，知根知底，就那性情，做娘的要担待。说完了，拄着拐又到了父母屋子里，盘坐在炕沿边：古话说，人老不为贵，人这一老，心比针眼小，人比石头硬，瞎装呢，说几句好话，什么事也没了。于是，老婆婆便带着我父母，到祖母的屋子里认个错，全家人又喜滋滋的了。似乎祖母就是在等着我父母来做个认错的样子，乃至认错的话也不用说，一时高兴，就笑出来了。有次高兴到忘乎所以，竟将自己的一对亮灿灿的银手镯要送给我母亲，我母亲不好意思接受，但又舍不得不要，推让之间，这个手镯就成了我的。两下里欢喜。我平白得了个宝贝，也欢喜不止。但并不给我戴，小孩爱丢东西，母亲代替保管。当然，其后祖母就后悔了。下次再吵架，她就会拿这个说事，说挨刀鬼坏心眼，把我的好东西也哄去了。我虽小，但也知道她指的是什么，就说，娘娘，那不是你给我的吗。祖母眼睛一瞪，一边去，你个小挨刀鬼，跟你妈一路货色。我便泪汪汪地跑开，又到母亲跟前，央求把手镯还了。母亲不让我管大人间的事，自顾出去玩。长大后，才明白母亲当时的心思，她很早就没有了父亲，在极其贫寒的家境长大，那对银手镯，或许也是她心心念念的宝贝，现在好不容易到手，她当然不会再送还回去。

父母之间的吵架，起因极其可笑。而且差不多隔年就会上演一次。当时，我们家在村里算条件比较好的，一是家里没有男孩，粮食充裕。二是父亲每两个月都捎钱回来，供销社只要有新到的货，都会捎话给我妈，而我妈似乎也极其大方。村里人都是自己做衣服，但我小时穿衣，多是供销社买的现成衣服。这事给人错觉，就是我们家特有钱。于是，有人会来借钱。刚开始，是向我祖母借。谁敢借钱给人呀，一块、两块，最多五块，在当时也是大钱。祖母便推脱，说她现在不当家，手里没钱。对方一看，就去找当家的我母亲去借了。我母亲人年轻，面皮薄，刚巧我父亲也回来了，两个人在刮窗棂，她便也推脱说，家里有饥荒呢，无钱可借。这话说就说完了，偏偏她还想给自己换个懂情说理的好名声，又看对方嗫嗫嗫嗫欲说还休，于是就加了一句，不行你去问问妮子爹吧。妮子爹我父亲蹬着梯子在上面，前面的话什么都听不到，唯独就听到了最后一句。他便大声地跟下面那个借钱的人打招呼。那人一看，有门，便高声喊：娃，要过年了，借五块钱用用。我父亲并不看我母亲的眼色，而是豪气地说，我把钱都给妮子妈了，你快借大爷五块吧。母亲那个气呀，没办法，当着人面也不能吵架吧，于是黑着脸从竖柜里取出五块，给了来人。来人弓着身子说，我娃好人呢，救了大爷的急。

那人一走，我们家便开战了，先是母亲骂父亲，后来我祖母也加入，两个女人一起骂。直骂的我父亲放下手里的活，不管了，凉风嗖嗖地通过窗口灌到屋子里。

我母亲这一生最大的缺点，就是耽于幻想，而她最大的幻想，显然就是对我父亲的。她幻想他能说会道，极其浪漫。也幻想他能腾云驾雾，极其能耐。还幻想他会读心术，极其默契。这或许跟她的长期失眠有关。人会在梦中得到子虚乌有的东西，这也给母亲一种假象，恍惚觉得自己得到过。下一次，遇见类似的情形，她并没有吃一堑长一智的警惕，于是，这样的事一而再，再而三地发生，直到后来，如果有人来想请父亲帮忙，直接对母亲的存在视而不见。好在我父亲常年不在家，好歹给母亲留了些薄面。

我父亲的好人名号，一直延续到如今。好人就是无论别人求你做什么，是你能力范围或范围外的事，都会应承下来。父亲在其后一直这样借钱给别人，直到七十多岁，他才明白，原来借给人的钱，也有要不回来的时候。

我们家搬出来快三十年了，跟村里人很少打交道。但那天夜里十点多，村长敲开了我们家的门。这个人在门口，极其恭敬地说，叔，我现在急用5000块钱，银行也关门了，你借我救救急，明天银行一开门，就给您把钱拿来。我母亲也走过去，看他身后还跟着两个人，沉着两张黑脸，心里怀疑不是什么好事，但又不能说。想想家里也没这么多钱，就多嘴说了句，我们也没有这么多钱啊。我父亲并不理会母亲，像欠了人家似的，说你们进屋来，我给你们出去借。我母亲还是习惯怕别人笑话，心里虽窝着火，又装出贤良大道的样子，将来人让到屋子里，泼茶招待。父亲拿了个手电，高一脚低一脚地去了我姑姑住的小区，我快七十岁的姑姑在姑父去世后，一个人住，身边也没人提醒，见哥哥夜里来，知道是急事，听说是借钱，就说，"哥，我就有刚从银行里换的压岁钱，可都是对号票子啊。"父亲说，"咱就给他应应急，回头咱再去银行换。"我的父亲在昏暗的路灯底下，怀揣着五千连号票子，心情极其轻松。

第二天，没人送钱来，母亲有微词，父亲就呵道：人家就不能有点事，明天给你送也不迟。后天也没人送钱来，母亲开始叨叨，父亲摔门自己走了。一直等到一个月后我二叔从村里来，一进门就说，"村长让逮了，把卖村子的六百万全赌光了，还不知欠了多少人的钱呢。"我父亲一听，脸就白了。我二叔一走，我母亲就阴阳怪气地数落我父亲，"说老了老了，越败家了。"我父亲脖子一拧，恶狠狠地说，"不就我一个月的工资吗，我乐意给人。"噎得我母亲无话可说。

像这样陈年旧月的事，吃过的亏，受过的制，现如今都是我们父母之间吵架的由头。一个指责，一个死硬，心里明知道自己错，从不在嘴上说出。有时我会幻想，如果有个人先道个歉，另一个人会怎样呢？

我父亲木讷，少言，心眼好，爱吃亏。我母亲爱说，出口恶劣，咄咄逼人。每一次，总是要将六十多年的闲杂碎事全部倒颠出来，一一摆在父亲面前，让他哑口无言。按照我母亲的意思，她就是想听一句明白话。明白话是什么？道歉话？还是宽心话？她也不知道。我的父亲更加沉默，直到有一天，他说，你说什么？我听不见。有段我们试图给父亲找个合适的助听器，但他并不积极，无论试戴哪一个，品质好坏，价钱高低，他一律都会说，叫唤得太厉害，不要。我猜想，这里面，会不会有故意？如果这事换着母亲，可能我们也会开玩笑地问问，但父亲在日渐苍老的今天，变得越来越闷，越来越爱生气，不知道哪句话惹恼了他，一个人就躺回屋子里，你跟他道别，他身子都不动一下。我母亲就说，你就装吧。等我们一走，两人就开始你一言我一语地打仗，火药味十足，随时都有引爆的危险。

我们也习惯了这样。年老也有好处，忘心大，有时两人正在争执，我去了，因为别的话题和事件的出现，两人便把刚才的事忘得一干二净。等我出门，两个人都站在阳台上目送，院子里的人，都能看到两个人眼巴巴的样子。到了下午，雷打不动，两个人会相跟着出门，母亲在前面，父亲在后面，不远也不近，隔着一段永恒的距离。同事都会羡慕我的父母看起来是那么恩爱、和睦，乃至向往自己的老年，可以修得这样一个完美伴侣。我一直在微笑，心想，这样的假象，也不错。如果，他们只是用嘴来交战，而不是动用其他物品。

说到嘴仗，母亲最爱提起的是我父亲的舅舅和妗子，她总是问我，你记不记得？记不记得？这时候，我会苦思冥想，配合着母亲，从记忆深处打捞一些细枝末节。我记得老舅舅家门前的菜地，西红柿红艳艳的，也记得他家门外，奢侈到有两个厕所，一个大厕，一个小厕。后来才知道，老舅舅院子里还住着另外一个人，没有家口。那年月人们对粪便也很珍惜，那可是庄稼的肥料啊。所以连如厕之地都要分得一清二楚。我还记得老舅舅家的南房是大队的粮库，交公粮的时候，全村的人都要涌到这个院子里来。还记得老舅舅家住的是瓦房，很大，房子里还有两根黑黝黝的木柱子。还记得老妗子成天坐在靠窗的炕角，做针线或者搓麻。母亲就问，你不记得老舅舅跟老妗子吵架？我摇摇头。

这时候我父亲就会抛开电视里热火朝天的篮球比赛，探身过来笑着说：他们两个是离不得见不得。当年两个人都七老八十了，去趟厕所都得拄着拐，但还是习惯拌嘴。一个坐在炕头，一个坐在炕尾，除去一日三餐，全部的时间都用来拌嘴。拌嘴的原因也很好笑，比如一个说村里那个谁谁，也七十大几了。另一个就说，不止，八十多了。说七十大几的这个就有些不高兴，明明是七十大几，怎么是八十多了。另一个就说，明明是八十多了，怎么是七十大几呢？儿女们当年也四五十岁了，听到他们拌嘴的内容，抿嘴一笑就又出去了。这两个还在这里争论呢，一个说，不行你找谁谁当面对质。另一个就说，对就对，谁怕谁，明天我托人把那个人给你请来，让他说说你对还是我对。两个人老得糊涂了，不知道自己的年纪，一个说我属兔，便掐着指头子鼠丑牛寅虎卯兔地算一番，顿了顿，胸有成竹地说，我七十八了。另一个撇嘴，拉倒吧，属兔的今年七十九，你还往小里算，是想返老还童？修行够不够？腿还往紧里盘了盘。日升日落，冬夏无常地每天就这样拌嘴，如果有人来看他们，他们暂时不跟对方拌嘴了，但都抢着跟客人说话，似乎对方的存在，就是一个见证，见证着自己在客人面前还是一个极其体面的主人，而另一个的地位，显然是无法比拟的。这样的结果是，等客人走后，两个人的拌嘴会加大一个级别，不说年龄了，而是说你该说什么不该说什么，一个要训斥另一个，说话做事都要斟酌，随便说话，是要受到别人奚落和看低的。两个人，一个在炕头，一个在炕尾，每天以拌嘴为业，度过了生命的最后十年。老妗子是睡着就故去了，打发了老妗子，老舅舅坐在炕头，这下没人拌嘴了，有人就逗他说，现在你耳根清静了吧，再也没人跟你吵了。老舅舅长长地叹了口气。老妗子刚过百天，老舅舅也咽气了。

人老了多迟钝，说别人的事，总是过很久才会联想到自己，父亲说完都喝掉一杯茶了，母亲才叹了口气说，这就是夫妻。夫妻都是离不得见不得，离开了难活，见多了生恨。言下之意，父亲跟她争吵，是再正常不过的事。碍于父亲听不见，跟他说话得大声，加上女儿家跟母亲更亲近的缘故，我们常常劝母亲，对父亲不要太斤斤计较，他也这么老了，让他想干吗就干吗吧。但似乎母亲并不认同，她觉得我们是偏心眼，跟她不在同一个立场上。

父母年轻时也不是没有过爱好，父亲喜二胡和篮球，而母亲喜欢看书画画。这么多年，这样那样的事让他们抛掉了自己的爱好，为了减少他们的争执，给他们买了二胡和画笔。他们也特别高兴。午睡起来，我父亲找到一个本子，戴上老花镜，凭着记忆，写下了《东方红》的简谱，然后兴致勃勃地拉起来。我记忆中，我父亲的二胡水平远不止如此，那时他是能拉完《二泉映月》和《江河水》的。而客厅里，我妈也趴在桌子上开始画牡丹。那段时间，他们俩的下午时光，基本是这样度过的，一个在拉二胡，一个在画画。也很少听到母亲对父亲的抱怨了。每天上午，我从单位偷偷跑回家，我父亲就坐在那儿，给我拉《东方红》，吱吱呀呀地，不知是二胡不好，还是父亲耳背的缘故，反正乐声听起来干瘪得很。这时候母亲也会将她前一天画好的画拿来，那些画，只是简单坚硬的线条。但即便如此，我也说很好。父亲后来又拉会了一个《五十岁的老司机》，边拉还边唱，父亲说，那时觉得五十岁是个很老的年纪了，现在觉得五十岁真年轻啊。听得我心里五味杂陈，差一点就落泪。母亲在旁边一撇嘴，你还要成精不死呢。

但这样的时日过了不久，父亲就住院了，感冒引起胸闷、胸疼、脸色蜡黄、虚弱无力、双手颤抖，在心脑血管医院做了全面的检查，诊断为心血管疾病，冠状动脉造影血管堵塞70%，医生建议不做支架，但带了很多种药回来。在父亲住院期间，母亲焦急万分，不想吃饭，不出去活动，更莫说画画了。父亲出院后，我们第一次听说，心脏有毛病，可导致病人性情大变。于是我们嘱咐母亲，父亲现在是病人，凡事顺着他点。命运的规划极其拙劣，一年之后，我母亲将父亲的病重新生了一遍，当然也照着父亲的样子，重新经历了一遍。这一回，我们不能给父亲说，要顺着母亲这样的话了。两个人，因为每天都喝一把药，所以维持得一直还不错。但二胡和画画是彻底放下了，仗着都是病人，两人又开始每天争吵。起因有时是我父亲忘了关水龙头了，或者是烧水忘了关煤气之类，虽很危险，但并没有造成严重的后果。可能我父亲也觉得自己不对，换我们去说他，他也不会生气，但只要是我母亲一说，他一下就火冒三丈了。随即，我母亲也火冒三丈。一时，我母亲就将陈芝麻烂谷子的旧事提起了，说我父亲年轻时在东北，悄悄给我姑姑寄钱和衣服。我父亲就说，你弟弟妹妹我也接济过，你怎么不嫌？一句赶一句，句句都是火把，稍有风吹便是熊熊烈火。我父亲嘴拙，肯定说不过我母亲。我母亲就越说越起劲，越来越口无遮拦，什么话带劲狠毒就说什么。我父亲气得不知如何是好，手里正拿着个茶杯，举高就狠狠摔倒地上。啪的一声，我母亲心生胆惧，流到嘴唇边上的话，赶紧就收回去了。

有段时间，发现一个现象，就是我母亲基本不当面指责我父亲。她说，老头子越老越不为贵了（这话让我想起祖母，其实仔细想想，我父母可不是已经活到比祖母当年还老的年纪了吗），现在去超市，不止拿人家的袋子，还偷人家的生姜、蒜这些小东西，万一让人家抓到个现形，丢人不丢人。我们就说，妈，你说说他，又花不了几个钱，不要这样。我母亲说，我现在不敢说人了。问为啥，她说跟她们下午一起在操场晒太阳的老婆婆，让男人给打了。一大把年纪的人了，熬到老了，要死了，竟然开始挨打了。我说，老头不是生了痴呆症吧？我母亲说，看起来好好的。那老婆婆好几天没见着，见着了，鼻青脸肿，腿还瘸了。在操场里，见谁给谁哭。儿子嫌丢人，就把老俩分开了，一个到了大儿子家住，另一个到了二儿子家住。这样也不行，老头子只要一时兴起，就敲开儿子家门去打老伴。

我听了，愕然不已。后来想，父亲工作了一辈子，也没见他跟人红过脸，不至于动手吧。但我母亲说，她怕万一父亲真动手了，那我可是没命了。

在搬离老房子之前，我们就在到处找合适的房子。母亲那边反馈回来的信息，二手的院子是他们心中颇为理想的居所。母亲每天这样说，父亲也从未反驳过，给我们错觉，以为这是两人商量的结果，但直到看第三处房子的时候，父亲还是说不好。我们心里就觉得原来两人的想法并不一致。从我记事起，我们家就有个很奇怪的现象，每要决定一件大事之前，肯定是我母亲在前面气壮山河地表态，那时，她也极力履行和彰显着一个家长的优秀姿态。但往往事情到了后面，都会发生可笑的转变。她之前所定下的决定，总是要变成另外的样子。后来我发觉，我母亲不过是狐假虎威，被人当作傀儡而已。真正的后台，第一是我祖母，第二是我父亲。充其量，她只是个炮灰。但我们自小受的教育都是，儿不嫌母丑，狗不嫌家贫。自家的父母，再错再丑，也是父母，也得支持。所以一般大事，我们基本不闻不问，任其发展。在买房这事上，我们和母亲，都是父亲的炮灰。直到我们再也找不到合适的院子令他们满意时，我父亲通过我母亲下话了：你爸还是想住楼房。晕死人。楼房就好办多了。这次我们汲取经验，跟父亲商量，他不表态，像以往一样，问你妈吧。最终选定的地方，是父亲喜欢的，二楼，新房价钱跟旧房补偿款基本对等，离广场近，最重要的一条，是跟我们姐妹住的小区相邻。马上找工人装修。旧房子很快就拆掉了，我们的意思让父母分别住在我和妹妹家，这次父亲发话了，说你妈睡不着觉，两个人要去谁家就都去谁家吧。既说出来了，照办就是。

有时你根本分不清父母说的话哪句是真哪句是假。比如，两个人雷打不动在下午要出门遛弯，每回我母亲都要问我父亲，你出不出去？给你假象就是，如果我父亲不出门，她也不会出门。如果她想去超市，也会问，你去不去超市？再制造一回假象。我母亲说话，口吻从来都不坚定，她肯定不会说，我要去超市买东西，你陪我去吧。或者一起去遛弯、晒太阳吧这样的话。他们两个走在路上的样子，就像主人跟随从，一个在前面，另一个永远在身后一步之外。近段，广场里组织老人做操，我母亲就加入了做操队伍，她做操时，我父亲就绕着广场走路，遇见熟人，也是很快速说句话，因为他怕我母亲做完操找不到他。找不到父亲，我母亲会生气，在回家的路上，就气鼓鼓的，她一生气，不用说，回家两个人肯定是要吵架的。

中秋节第二天，我父母住到了新家里。窗明几净，新家具，新厨具，看起来舒适极了。经过几个月的忙乱，我的母

亲可能已经忘记了几个月之前自己对我父亲生出的戒备，人
一安逸，就会放松警惕，况且，我的父母已经很老了。他们
或许只是想活得自在些？不想掩藏自己的真实？有份资料上
说，人退休后，由于社会地位和交往圈子的变化，会产生很
深的自卑感，加上家庭重心的倾斜，家庭地位急剧下降，迫
使老年人开始变得自私而任性。他们用一反常态的表现，来
表达自己的需求和被关怀。显然，我的父母就很好地诠释着
这种现象，更看重自身，看重你对他的重视程度，其实，他
们忘了，这也是在践踏自身几十年来一直秉承和维持的尊
严。所有这些话，我不能说给我父母听。他们是一个极其默
契的联盟，虽然内里千疮百孔，但外在却坚不可摧，我想，
这或许就是婚姻最终要达成的效果吧。

联想我现在的家庭生活，似乎随着父母的足迹亦步亦
趋，渐渐归止于同一方位和模式，丈夫明显比以前爱生气
了，而我也明显比以前更忧郁。有次无意说起，我身边的女
伴，也开始倒苦水，说两个人在家里好像还和气，一出门就
要吵。某次跟她老公在超市里，因为购买食物两人意见不
一，她老公竟然在许多人面前出言不逊不说，还推了她一
把，胸口生疼，一时寒心不已。她满怀悲凉，又极其不甘地
反问：难道，这就是老了的样子？

敲开父母的门，一股热气扑面而来。我说："暖气真好
呀。"坐在沙发上，突然发觉气氛有点郁结，转头时，妹妹
也正在疑惑地看着我。搬进新家的这段时间，他们之间又

恢复了之前的吵吵闹闹，每次来，母亲会诉苦。但这次，我跟妹妹坐下来后，两个人都不说话。不用说，火药味并未散去。我就问母亲，身体不舒服了？母亲便哭了。边哭边说，你说新新的家，新新的锅碗，他又开始摔，吓死我了呀。我父亲这次一改沉默，接起来也诉苦，房子不是让人住，是用来摆设的吗？不能这样不能那样，都老成朽木了，还被人管制，刚说一句话，恶声恶气地骂，谁受得了。

妹妹笑笑说："爸，生气归生气，以后咱不要摔东西好不好，都是钱买的。再说这是新家，咱爱护点好不好？"

我父亲当然不吭气，估计摔东西过后，他也会后悔，但可怜的自尊让他从不言悔。

我母亲抽泣道："这日子什么时候是个头啊，吃好的喝好的，心上不舒服，还不如死了算。"

妹妹笑笑问："妈，你不是想离婚吧。"

我妈扑哧一下笑了，那边老父亲的脸上也涌出奚落的笑意。人对丢脸面的事总是充满警觉的，也习惯耻笑、无视和羡慕他人，而对自身的缺陷和丑陋不闻不问。我的父母，在年来老去的今天，渐渐形成执拗的本色，不可违逆，不可反驳。而我们必备的功课，或许就是无条件地接受他们的老、衰竭、不讲理。

要告别时，屋子里的气氛明显缓和，父母两人都有了笑面，显然心境明显好转，张罗着说晚上要摊父亲最爱的饼子吃。

出门来，夕阳彤红，群山层层叠叠，一波一波参差不齐的暗影，在天空与群山之间忽隐忽现。想起前日在微信里读到的那句话："所谓现世安稳，岁月静好，不过是父母双全，儿女健康。"十二月的寒风，放荡而狂悖，一字一句念给妹妹听。一时，两人噤声不语。

缝补术

　　第一场雪细细碎碎落下，妇人脚下仿佛踩着一条灰布条，徐徐缓缓从巷道里走来，身后尾随了一个小闺女。当然，日子远未到冰天雪地的地步，这场雪，只是提醒人们冬天即将来临。小闺女两手插在口袋里，怕冷似的缩着头，双眼却热辣辣盯着母亲手臂间那块花布，小脸上挂着恍惚的笑意。这是一个奇妙时刻，眼前零零细细的小雪渐渐变得浩大无遮，通过雪幕，她看见了一个节日，掀开的神主牌位，香烛、鞭炮、对联、油糕、炒肉……一个穿着新衣服的自己，蝴蝶发卡将耳边的碎发归轮起来，辫梢上的红头绳搭在肩上，那里有一朵或数朵来自布匹之上将开未开的小花，是粉的，也是红的，还是黄的……她的整个头，发辫和脸庞，成为花朵之上的花朵，清冷而热闹。她就要笑出声来了。突然，隐约的担忧乌云般挂到脸上，她看见肩上花正被黑铁剪刀无情地裁开，半个，小半个，或者大半个。一种残缺而疼痛的感觉让她忍不住小跑起来：妈，你要跟结香说，不要剪开那些花。

　　结香是我们村最好的裁缝，她不止能将一块平淡无奇的布匹裁剪成衣，还可以将布匹上的花朵拼接成新的花式。她喜欢将裁剪剩下的细小布条，做成各种坐垫、杯垫、各种扣绊和布花朵。村里妇人做棉袄，总会找结香找扣绊，如果她恰巧没有一块一模一样的布条，结香就会将小笸箩拿出来，让她从中选出最适合自己的扣绊。那段时间，我们为得到一个绣球沙包绞尽脑汁。在梦里，我们每个人都将拥有一个缀满小花的绣球沙包，它稳稳地朝我们怀里坠落，带着温柔而结实的喜悦。而我们的母亲只会做简单的沙包，将六块正方形布块缝起来，里面装上一捧玉米，扔起来，沉甸甸，打在胸口，闷疼闷疼的。绣球沙包，只有结香会做，母亲们架不住我们的一再央求和哭闹，不得不去求结香。我们的母亲在私下里聚集，总会说，结香的手，是一双充满魔法的手。那时，她们的声音之中充满渴羡，眼睛盯着结香家的方向。似乎结香很为她拥有一样异于村人的手艺而高兴，从不拒绝母亲们的请求，有段时间，我们七八个小闺女同时拥有了绣球沙包，这些来自结香的手艺，让我们欣喜不已，乃至像宝贝般藏匿。

　　我们常常幻想自己是结香的女儿，可惜这种幻想根本无法成立，她的女儿刚刚学会走路，在无法成为玩伴的遗憾中，我们义无反顾充当了她的陪练者，我们在结香家院子里不停地做鬼脸来逗这个名叫黑豆的小女孩，或者给她叠手绢老鼠玩，叠纸飞机让她高声叫，更多时候，我们会让她推着简陋的走步车，一些人在前面喊，一些人在后面亦步亦趋。如果她推车推烦了，我们会牵着她的手，比起来，她更喜欢被人牵着，乃至发出嘎嘎的笑声。那时，她的笑声和屋内缝纫机的咯噔声合在了一起，是世上最好听的声音。

结香当然会剪开那朵花，那时，小闺女的心里注满失望的湖水。

结香笑笑，黑豆般的酒窝忽隐忽现："只有把布匹剪开，才能成为衣衫。不过你放心，我会将裁开的花再缝回去，让它们看起来没有一点瑕疵。"

这句话，让小闺女的心安稳了许多。

像她一样，村里的小闺女们都在结香的线绳下，怕痒似的拘着身子，手也不知该是张开还是攥住。仿佛在结香充满魔法的手中，我们就要变成什么了。远不止简单的担忧，因为近距离靠近结香，她身上散发的香气——来自雪花膏、香皂、洗衣膏和其他不知名气味的混合香气——让我们眩晕、慌张、羞赧，既希望这段时间无限度地加长，教我们陶醉，又盼望这段时间快点结束，让我们疏离结香的气味和身体。当然，不久后，我们带着遗憾和庆幸离开结香的手和她的线绳，被闲置一旁，无聊地站在窗前，看外面的雪越来越密，越来越大。一只喜鹊穿雪而来，停在了对面的屋檐下，窝着身子，不再动弹。它是睡着了吧。火炉里的烙铁烤得通红，在那种热烘烘的味道中，母亲怀里的黑豆会沉沉睡去。屋子里安静得只剩剪刀跟布匹之间既清脆又迟疑的声音。这是一段凝固而庄严的时刻，无人有勇气和胆量打破它，我跟母亲，是不敢开口，怕打乱结香手中剪刀跟布匹之间的秩序。结香不开口，想来，是她在专心做事的同时，享受跟布匹、剪刀之间的对峙和交锋。一直到缝纫机开始咯噔咯噔响起，我们的母亲才会跟结香开始说话。那时，因为渐渐习惯了结香屋里的气味和氛围，我们变得自如起来，我喜欢仰着头看她墙上的相框，在那里面，有她男人穿军装的照片，还有她穿军装的照片，也有两个人的双人照，以及跟孩子的合照。我们已无数次从结香和其他村里妇人口中知道，结香第一次见到他时，他英俊的面貌和一身军装就牢牢地吸引住了结香，在他们结为夫妻不久，他转业回到了市里上班。在村里，这种夫妻长期分居的现象并不稀奇。每年过年，村里会出现一些陌生男人的脸孔，他们就是我们的父亲，这些陌生面孔中，也有结香的男人。但不同于我们一回家便开始忙碌的父亲，结香的男人并不会拿起扁担去泉子沟担水，也不会拿起扫帚，更不会去厨房，做一顿饭出来。过年那天，我们穿着新衣，都会去结香家，那时，她的男人坐在炕沿边吃烟、嗑瓜子，看着我们微笑。

父亲们都说，结香是把他供着呢。口气里充满了羡慕和渴望。

母亲们却撇撇嘴，虽然没作声，但神情里全是不屑和愤懑。

那年我父亲从遥远的东北回来，整理柴垛时，里面的锈铁丝竟然将衣服划了一个大口子。那是除夕,每家人都在忙碌。母亲拿着衣服比画了半天,不知该如何是好。祖母说,找结香,总有法子。我跟母亲便去了。

结香家新添了一对沙发,这件稀罕家具是她男人前天带回来的,此时,黑豆正在沙发上爬上爬下,她男人却正靠着被子斜躺着,估计是躺得时间长了,被子上面罩着的单子快拉下来了,单子上结香绣了一对鸳鸯,此刻竟然歪斜不整,不知什么缘故,两只鸳鸯歪斜的方向竟然是相对的,好像越来越远,加上不在同一水平线上,感觉它们之间有好宽的流水。

结香男人坐起来,喊我母亲嫂子,两个人闲闲地说几句话。

结香在笸箩里翻寻了半天,选了跟衣服相近颜色的线,靠在窗前,穿针引线,不久,来自线段的经纬,成功填补了衣服上的洞。我父亲穿在身上,不仔细观望,竟然看不出来。

母亲说,结香真是一个巧手匠人。

来年冬天,不知为何,我被母亲派到了结香家跟她做伴。

夜里我跟黑豆在结香咯噔咯噔的缝纫机声中睡去,半夜又会被这咯噔声吵醒,但小孩子嗜睡,翻个身子,又陷入梦境,明日,很轻易将昨天忘去。

有天黑豆起夜,我蒙蒙眬眬醒来,看见黑豆竟然蹲到了沙发上。缝纫机早已停止工作，结香的一只手杵在缝纫机上，看到黑豆发癔症，赶紧将黑豆从沙发上抱下来，放到尿盆上。暗淡的灯光下，结香满脸泪水的样子，吓了我一跳。

明日跟母亲说起，母亲说小孩子家，不要瞎说。我说，她是嫌黑豆呢。

奇怪的是，那年除夕，黑豆她爹并没有回来过年，我们穿着结香缝制的新衣，在结香的屋里玩扑克，她坐在一旁，原本圆乎乎的脸上，竟有微微的褐点子，像洒了芝麻。

她说，过了年，你要不去外婆家，还是跟我做伴吧。

我点点头。

春天，是结香最闲的时候，我们和妈妈们的新衣，还没下水就又放到柜子里去了。但结香的缝纫机并没有停止咯噔声，她在缝布条，一根黑的，接到一根蓝的上面，再接到花布上，再接到灰布条上……那是一根无限长的布条吧，像绳子、鞭子。她将长布条一圈一圈圈起来，用针线固定了，放在檐前当坐垫，像盘着一条彩色的长蛇。

一个外乡人，背着相机出现在村里的时候，黑豆爹回来了，我欢天喜地回家，好长时间，才适应了祖母窑洞里的湿泥气味。

黑豆爹不年不节回来，让人奇怪。结香说，是过年加班了，现在补假呢。

那个背相机的人，被在街门口坐着的黑豆爹看到，就说，给我们家拍张照吧。

一连几天，照相师都会来村里。差不多村里所有人家，都穿戴整齐，到结香家照相。

我跟妹妹穿着结香做的花衣，红着脸，牵着手，忸怩地站在镜头前时，结香屋里传来了哭喊声。我们惊愕地转头，透过窗户，看见黑豆爹正抓着结香的头，用力捶打。

隔天小伙伴们传出那个秘密，说黑豆爹前夜去邻村看戏，自行车上带了两个村里的大闺女，前梁一个，后梁一个。那时，结香刚刚从泉子沟担水回来，将黑豆爹脱下的衣服准备泡在盆里，她从他的口袋里掏出一封信，正是坐在大梁上的那个闺女写给黑豆爹的。

我想起，在我跟妹妹牵手站在镜头前的时候，对面人群里，那两个大闺女正笑嘻嘻地扭捏着，等着照相呢。

当然，村里夫妻打架也是常事，人们说劝一回，黑豆爹也对天起誓了一回。不久他又回市里上班去了。

夏天来了，结香又开始施展她的技艺。这一回，我们村所有的小闺女都穿上了一种领子和胸前带花边的短袖套头衣服。她虽然怀孕了，害喜害得厉害，但她依旧不会拒绝任何一个妇人和小孩的请求。

结香给我做的，是一件浅粉花的半袖，花边是白色的，正好在胸前微微隆起。我那时已经上四年级了吧，懂得害羞，但又喜欢新衣，所以一出门，就将胸吸回去，佝起肩，飞快地从人前走过。

她给二女儿取名二黑豆。二黑豆出生后，她爹就回来过一次。

那年冬天，第一场雪又悄咪咪地落下，那雪比以往任何一年初冬的雪都下得长，下得大，雪停了后，树上的叶子才开始纷落。妇人们带着闺女和花布，踏着泥泞的积雪出了巷道，却找不到结香了。

听说是男人单位分了房子，结香带孩子们要去过年了。

我们习惯了结香充满魔法的手艺，想到这个春节，我们的花衣，心无所托，郁闷了好久。

结香不在，我们的母亲们便硬着头皮上阵，充当缝匠。她们找来昨年结香缝制的衣服，又让我们从学校里偷一根粉笔回来，然后将衣服放在花布上，小心地画下衣服的前襟、后襟、袖片和领子的轮廓，但没有谁有勇气敢下剪。

这是一段特别纠结的时光，花布上的衣服被取下，粉笔画下的痕迹渐渐淡去，日子并未停下，甚至加快了向春节行进的脚步。

她们聚集在一起，话题永远是裁衣。

一个说，今年闺女的个子比昨年高了，是不是裁的时候要大一些？

其他人一时大悟，附和。

一个说，要不，我们下剪吧，大不了坏一块布。

大家均沉默不语。要知道，一块布不只是钱的问题，可数的几张布票限制她们对一块新布的拥有。

另一个沉吟许久，终于说，我来剪，大不了，我今年不穿新衣服了。

　　于是，妈妈们回家，重新将旧衣服放在新布上，照着它的样子，放大了一寸。那位勇敢的妈妈，终于将剪子放在了布匹上。那时，她身边围着一群妈妈和小闺女，她额头上的汗，渐渐渗出来，滑落到鼻尖，手下，微微颤抖着。所有的目光，都盯着那把黑铁剪刀，它慢慢张开嘴，就要死死咬住那块花布了。

　　魔法消失，一切变得平淡、迟缓而拙劣。那年，我们衣服上的花朵，被裁剪开后，根本无法缝合住，在前襟和后襟之间，在左襟和右襟之间，那些花朵们，擎着残躯，委屈地贴着我们的身体。即便有扣子连接，泾渭分明的襟前，它们根本无法恢复同盟，更莫说圆满气韵了。

　　我们踩着鞭炮屑出门，迎面遇见的每一个小闺女，都因无法拥有花朵的圆满和完整而满脸委屈。

　　好在，快夏天的时候，结香回来了。

　　她开始接村里男人们的中山装，这之前，即便她再被称赞，也从未结过成年男人的衣服。她总说，小男孩衣服可以，大男人的衣服口袋多，领子特别，怕做不好，毁了布匹。但现在，当村里男人在过年的时候，也穿上她做得衣服时，她解释道，自己去市里找师傅学了一段。没有人追究真假。她的院子里，从此不排斥任何人。

　　当然，随着她缝纫技艺的日臻完美，一些流言蜚语也适时在风中传播。

有人说，黑豆爹在市里有女人，结香去，就是想赶那个女人走，当时是赶走了，但结香跟孩子前脚刚出门，那女人后脚就回来了。

也有人说，结香是被伤透心了，所以回来后变了个人。

我们村突然出现一个陌生男人的面孔，许多天之后，我们才知道，他原本就是我们村的人，年轻时聪明上进的人，在县里某单位上班，因当时穷，一时起了歹意，偷了公家的财物。他入狱时，妻子跟他离了婚，两人各带一个孩子。现在，他在狱中待了整整十年，学了一门制桶好技艺。

我们已经上初中了。学校远，我们在路上奔跑、玩闹，把午饭装在饭盒里，再把饭盒挂在书包带上，饭盒随着我们的脚步，吱吱吜吜不停唱歌。饭盒是铝制的，在盒箍跟饭盒之间的链接处，总是很容易就磨断了，不是小勾断了，就是供小钩钩住的小孔断了。结香这时已经很少机会展示她的裁缝技艺了，她跟我们的妈妈们一样，每天为修补我们的饭盒发愁。有一天，她拿着饭盒去到那个拥有打桶技艺的人家里，请他帮忙修补饭盒。

枯燥暗淡的生活，一个修补匠人就像一抹亮色。只要我们的饭盒一坏，就去找他，而他沉默地接过来，叮叮当当几下，饭盒满血复活。

明年，修补匠人的闲话传出村庄，却没有结香的事。是村里另外的妇人，据说是贪着修补匠人的钱财。也是，不到两年，他成了我们村第一个万元户。

那个姿质平凡乃至略显愚笨的女人，在修补匠跟自家男人面前，从不掩饰自己的行为，乃至在村人面前也不避讳自己对修补匠的青眼相加，发展到后来，她会在晚饭后，洗漱完毕，然后从外面将大门锁上，住到不远处的修补匠家里，她男人也并不生气，两个人更未吵闹和打架。村里人都说，这女人好手段呢，能将两个男人制住。一个能将拥有手艺的匠人制服的女人，才该是拥有天下最厉害魔法的人吧？

除去老人，很少人去找结香做衣服了。大家都去买现成的，闪光的确良，呢子大衣，料子裤，皮鞋。当然，如果谁的衣服上被划了口子，这时候，结香缝匠的功用重新生效。结香做得最好的，是在料子裤上用线织的技艺，我们的妈妈们试图效仿，但做出来却极其蹩脚，无法示人。那几年，我们当初那帮小闺女们都长大了，有的去了邻村的耐火厂，有的去了城里当保姆，也有的跟随父亲们去了工厂，不久被招工转正。我去了父亲的林场，身份是农民合同工，那时最大的梦想，是把这五个字中前两个字去掉。走出村庄，才发觉外面原来还有好大一个天地，渐渐就觉得村庄越来越小，而村里发生的事，也不再关注。也就是在那时候，结香终于离婚了，这场闹腾了十多年的婚姻，终于画上句号的时候，我们才知道，结香的男人在外面的儿子，都快十岁了。那个拥有裁缝魔法的结香，那个脸颊上隐约有黑豆般酒窝的结香，在其后我偶尔回村碰到时，脸上的黄褐斑越来越重，据说那是肝淤气滞。

二叔来看我妈，那时我们家从村里搬出来已经好几年了。他说起我们村的第一个大学生去美国留学了。这才想起，当日修补匠人的儿子越发出息了。

结香结婚了。

和谁？

留学生他爹。

我和我妈愣了半天。这是两个无论如何都没有关联的人，一家住在村东，一家住在村西。关键是，修补匠跟以前那个女人一直保持这平稳而长久的情人关系。也或许事实并非我们肉眼所见，拥有技艺的人，自有他们的专用通道或者专用场，在那里，合适的人遇见合适的人。

二叔说，这事给那个女人打击太大了。在炕上病了一个多月，每天哭，每天哭，头不梳脸不洗，饭不吃水不喝，要不是她男人耐心伺候，命就要丢了。

那天下午，我在杂志上读到一篇小说，讲的是一对夫妻的故事，他们为自己的双胞胎孩子取名缝缝补补，来修婚姻中不断出现又不断愈合的裂隙。

突然想起结香的缝补术，想来她是特别想像做一件衣服，补一个窟窿那样努力拯救过自己摇摇欲坠的婚姻吧，倘若可能，她肯定也会将两个女儿的名字改为修修和补补，或者摇摇或摆摆。但在黑豆爹这位大神面前，她所有的魔法和技艺终将消失。这世界就有这么奇怪的事，就像面对诡谲多变的现生活，我们渐渐长大成熟，最终都要学会缝补术，并在千磨万击中蜕变成技艺高超的匠人，努力选用合适的补丁和针线来弥补和挽救千疮百孔的生活一样，结香最终也学会用最舒适的姿态，将自己嵌进生命布匹的经纬之中。

当我在暴雨如注的夏日，写下关于结香的故事时，老了的她正徜徉在温尼伯美丽的夕阳中，林间斑驳的光影洒在她和拥有修补术的男人头上和身上，她会抬头，看到无数美丽的小鸟，看到吃橡果的松鼠，她会笑，也会沉思。当她思绪纷纷，依旧会想起我们的村庄吧？想起那些孩童穿着通过她的手缝制出来的新衣，想起她送出去的襟扣，想起檐前盘着的那条花布蛇，想起镜框中自己无忧的青春，那时缝纫机的咯噔声依旧会在岁月深处响起，只是，蹬它的人，不在了。结香依旧拥有完美的缝补术。生活教会她的，她怎能忘记。既不会忘记，那就祝她幸福吧。

谁的眼泪在飞

据说，一个女人一生哭泣的时间大约为 47 天，男人似乎哭得少点，也有 9 天。哭泣，作为独属于人类的情绪和行为，我们常常通过它来表达感动、伤心、欢愉和悲伤等，仿佛哭泣是我们的武器，撒手锏，缓冲器，突破口，当泪水自眼眶流出，便得到了某种救赎，某种解脱。

对于我的小妹妹来说，哭泣更像是一种习惯，一种必然，从出生起，她就在身体之内豢养了这只叫作哭泣的小兽，但只睁眼，便会哦哦地哭起来，吃饱了，也吱吱地哭，最厉害的是临睡前，仿佛睡梦于她，是极其恐怖的事，大哭狂哭，好不容易哄睡了，在梦里她也会咿呀咿呀地哭几声。小妹妹是我的第二个妹妹，也就是说，她已经有两个姐姐了。她出生在农历二月。那天很冷，风也大，半夜醒来，一睁眼，我被躺在对面的人吓了一大跳，恍惚觉得是梦，就又将眼睛闭上，心里默念半日，再睁眼，眼前还是我老妗子满是皱纹的老脸。我复转身朝向身后，环顾了一下四周，确认并不在梦中，且自己也未在睡梦中被人抱走的情形下，才又转回来看着面前老妗子。老妗子已经醒了，显然她异常疲倦，她的眼半张半合，语气模糊地跟我说：你妈又生了个闺女。便又合上双目。我愣愣地看着她，琢磨着这句隐约带着谴责和遗憾味道的话语。这时候，我听到了小妹妹的哭声，从隔壁窑洞里传来，柔弱的，沉闷但绵长的哭声，于是，我兴奋地一跃而起，胡乱地穿好衣服，跳下炕，冲出门去。我妈的门板上，已经系了一方红布，我知道，这是告诉前来的人，有一个新人刚刚降临人世，她是柔软的，虚弱的，你们这些沾染着尘世乖戾和俗厌气的大人，自觉躲闪一旁，请勿入内。但我也是小孩，所以并不忌讳，直接推门就进去了。我看到妹妹趴在小妹妹面前，正在笑嘻嘻地看她哭。她一直在哭，张着嘴，哇啦哇啦地哭，没有泪水。据说，刚生下的婴儿是不能吃奶水的，只能喝水，要等她嘴里和喉咙里都干净了，大人的奶水也下来了，她才可以吃。我说她是饿了吧。母亲拿勺子沾了点水，放到她嘴边，她便不哭了，用嘴唇努力地去吸吮勺子的边缘，当她终于察觉出不过一滴水时，便放弃吸吮，又开始哇啦哇啦地哭。

在她哇啦哇啦的哭声中，老妗子在窗外说，我回呀。后来才知道，昨夜母亲临盆，祖母一个人慌张，便让邻居三哥把住在三里外南村的老妗子请来接生。小妹妹是在寅时出生的，刚出生的她并没有哭，在祖母不停地说怎么是闺女怎么是闺女的絮叨声中，老妗子拍打了她好几次，她才开始哭的。从那刻起，她像学会了哭技艺似得，哭个不停，偶尔睡着，也很快就呜呜地醒来，仿佛满含委屈。祖母在小妹妹的哭声中，从小瓦瓮里取出攒了好久的黄米，拉上我往村南头去捣面去。小妹妹的哭声送我们走出街门的时候，杨树上，一只喜鹊正在喳喳地叫，我便忍不住笑了。但显然祖母并不高兴，邻家问，生了个啥？她叹口气，说，丫头片子。到了南头，我跑到保德奶奶家舀水，她问我，是不是我妈生了？我说是啊。她就帮我将水桶提到门外的碓臼旁，看着正在拿笤帚扫刷的祖母说，婶子，恭喜了。祖母停下来说，喜什么呀，咱命不好，又给生养了个丫头片子，唉。

黄米也不多，但祖母捣了很久，她也不再休息，这样一来，我也就不用揪起沉甸甸的石杵，汗流浃背地用力捣，当然，手心里也不会起水泡了。看着祖母的汗水不停地淌下，我只能踮着脚拿手巾替她擦擦。祖母不像以前那样，跟我说这说那，她的脸面渐渐黑了，冷了。我有些害怕。天近黄昏，风开始冷起来，刮在脸上，辣辣的。我们捣好面回家，一进街门，就被小妹妹的哭声迎接，祖母皱了皱眉头，脸沉得更厉害了。

小妹妹的哭声打破了我们家的寂静，她的哭声，似乎并不代表什么。当她拉了黑色的屎屎，舒服得哼哼唧唧的时候，也会哭。而喂了她奶，将她放到炕上，她也会哭。后来母亲就将她抱在怀里，她也不过安静一小会儿，之后还会哭。我年仅三岁的二妹妹，似乎对小妹妹充满了好奇，她发现，小妹妹的喉咙里有个摆动的小球，她一哭，那个小球就会来回动弹。几天后，小妹妹的哭声变得悠长好听，就像唱歌，我和妹妹总是忍不住亲亲她的腿和脸，当然，她也会唉唉唉唉地哭，双手摇摆着，试图将我们推开。祖母除去给母亲端饭，很少进母亲的屋子来，我并不明白这是为什么。母亲总是说，这娃子性子犟呢。

小妹妹的脐带并没有如期脱落，乃至鼓起了更大的一个包，母亲慌张地告诉祖母，祖母才第一次将小妹妹抱起来，嘴里还说，这是讨债鬼上门了。很奇怪，妹妹睁着黑黑的眼睛，嘟着嘴，看着祖母，竟然不哭。后来我想，妹妹的哭声，或许是在抗议祖母于她的埋怨和嫌弃，且逼迫祖母要毫无隔隙地承认她？也或许，她是用哭声来捍卫自己作为一个小孩的尊严。祖母的怀抱，就像一副止哭药，只要张开，妹妹便不哭了。过了段时间，妹妹脐带脱落，祖母便再不去抱妹妹了，她复又跌入哭的旋涡里。

在村里，他们都说小妹妹是最能哭的小孩。据说能哭的小孩，长大会有出息。祖母听了，也不答言，烟锅敲在炕沿边上，咚咚直响，而妹妹高亢的哭声，正冲出母亲窑洞的窗户和门缝，绕到梨树新开的白花上，在那里，许多鸟雀都在叽叽喳喳地叫，似乎在说，这小孩烦死了，哭起来没完。秋天时，妹妹已经可以坐了，也咿咿呀呀地试图说些什么话。祖母在这时已彻底断了诸如将小妹妹跟别人家男孩换掉，或者将小妹妹送给人家的念想，她变得更加沉默。队里分粮食，母亲身子尚虚，跟祖母商议，要不要雇个人给我家背粮食，祖母马上瞪大双眼，怒火冲天，这也是妹妹出生后，祖母第一次叱骂母亲，她指着母亲的脸，对着街上的人，开始大声责骂。说母亲没用，连点粮食都背不回来，还雇人？你以为我儿子在外面挣钱容易？你就这样海花？败家子，真是败家子，我们家娶你，倒了八辈子的霉，连个儿子都生不出，要你何用？

街上的人嘻嘻哈哈地看我母亲站在那里，眼里含着眼泪，不知所措。我抱着小妹妹，二妹妹靠着我，我们三个坐在炕上，突然明白为什么祖母一直嫌弃小妹妹，为什么在夜里，祖母翻来覆去地叹气，为什么她总是逃避人多的地方，原来，一切都是因为我跟妹妹们都是女娃的缘故呀。那一刻，我初次生出为什么自己不是个男孩的遗憾，并运用想象，将我若是男孩的好处遐想了无数遍，但一切都是不可能的。我怀里的小妹妹，正在吸吮着指头，咿咿呀呀地乱说，我听不懂，也听不清她在说什么，我们三个抱在一起，把脸贴着她。在小妹妹震耳欲聋的哭声中，我流出了心酸、羞耻和不甘的热泪。

母亲眼里的泪水最终并没有流出，她一转身，它们就被秋天的风吹干了。粮食后来是怎么抬回家的，我早已忘记，只记得不久村西头的碰槐奶奶过世了，她们家的大院里，传出撕心裂肺的哭声。她的两个闺女从外村来奔丧，一过温河，就开始拉长声音边说边哭起来，我们一群小孩站在村口，远远地看到她们被孝子们接应着，搀扶着，从我们身边哀哭着走过去。看着她们闭着的眼帘下滚落的泪水，我们小孩的眼睛都红了。但很快，我们就热热闹闹地随着她们走到了停放死者的屋门前，她们走进去，跪下，便不哭了。好像她们只是用哭展示给别人一种孝顺和想念的意思。

整个院子，已经被装扮好，街门口糊着引魂幡和用白纸裹好的孝棒，停放逝者的屋门门板已经被卸下来，横放在窑洞里，入殓之前，死者就躺在上面。死去的碰槐奶奶穿的衣服，比村里任何人的衣服都好看，墨绿色的旗袍，上面有金色的花枝，天蓝色的裤子下面，是一双闪着光的绣鞋。她的脸上盖着一张黄纸，双手被麻绳绑好，举在胸前，好像就挺在那里，等待着别人来哭。

她的三个儿媳妇两个闺女，都跪在她面前的香案前，案上摆着两支白蜡烛，香炉里，香烛正在冒出柏叶的香味，但无论柏叶的香多么浓郁，隐约中总有一股怪味，我的小伙伴禾苗说，那是死人在烂掉的味道。我幼稚的思维里，便觉得，她的媳妇们和闺女们，用那样的号哭是在悼念她的烂掉。我们已经知道，人死后，最先烂掉的是心，只有失去了心，她才会更快地离开人世亲人。接着烂掉的是胃，之后是其他器官。皮肉是最后烂掉的，只有借助坟墓，它才会烂得更彻底。奇怪的是，她的三个儿子并不哭，出来进去，安排人们做一些事，乃至脸上还挂着寻常的微笑。偶尔也会哈哈大笑，仿佛他母亲的死和烂掉，是件无关紧要的事。

这几天，她的闺女们会好几次从她的尸体旁站起来，哭着走到温河边上，然后擦擦红肿的眼睛，脱掉孝服，跨过温河，回到她的家里取供献，这个环节，叫要供。明天，她又会跨过温河，穿上孝服，戴了孝帽，将帽子上那片纱帘放下来，用手拉着，到了村口，娘家人搀扶着她，她要再次声音高亢，前仰后合地哭到她母亲的灵前。

媳妇们也有要供的一遭，这一遭也是娘家给自家闺女长脸的事。似乎媳妇比闺女们哭得更厉害，叫得更高。我们小孩跟在后面，听她们爹呀妈呀地哭喊，心里纳闷的很。那天我问祖母，明明碰槐爷爷活得好好的，是奶奶死了，为什么二林妈哭的时候还要爹呀妈呀地哭呢？祖母说，那媳妇没亲爹了，那是在哭她自家的爹呢。我恍然大悟，看起来哭得伤心欲绝的媳妇们，其实并不是在哭当下死去的人，而是在哭自己的亲人。

这几天，村里的男人大都在碰槐奶奶家帮忙，每天吃大锅河捞，正好让婆姨们闲下，她们便也穿戴得干干净净，头发抿得油光光的，坐在五道庙做针线，说闲话。看着走远了的碰槐奶奶的媳妇，一个问，你说，她是真哭还是假哭？另一个人说，人死如灯灭，这样子她肯定是要真哭的。另一个说，也不一定，你看她平常下，骂起婆婆来那样子，你觉得她会真哭？一个说，她没经过丧父母的事，怕是也不能体会那心情的。另一个就说，那你意思，她就是瞎号？这个说，我可没这样说。说完赶快站起来，拍拍屁股上的土，走了。脸上带着一丝说漏嘴的后悔。

转眼就到了出殡这天，半村子的人头上和腰上都顶着和裹着孝，一场盛大的仪式，总是从着装开始的。院子里，花圈是白色的，对联是白色的，人们出来进去，也是白色的，只有那个棺材，是黑色的，它有泥一样的颜色，在一片白色里，微微刺目。这时候，碰槐奶奶的尸体已经入殓，院子里，搭了个小小的灵棚，说是棚，其实就是拿布扯出一块遮蔽棺材的地儿。哭了好几天，闺女媳妇们似乎没力气了，都呆呆地跪在棺材左右，脸色苍白，孝服上沾着泥和污水，疲惫不堪。三个儿子们也都胡子老长，脸色发黑，趿拉着一双脏兮兮的白鞋，啪嗒啪嗒出来进去。到现在为止，还没见他们哭过，但似乎他们比哭过的女人们还疲惫。风箱啪嗒啪嗒不停地响，拉风箱的人满头大汗，半个村的人，都端着碗等待着锅里的面。人们似乎忘记了这是一个人的葬礼，都抢先着跑到大锅前盛饭。这更像是一场饕餮盛宴，一次狂欢，在食物面前，人们总是贪婪成性的。

看好的出殡时辰，在饭后不久，那些饭碗被扔得到处都是，窗台上、炕上、凳子上、鸡窝上，或者就在院子的地上，但这些都不重要，人们开始准备正式将碰槐奶奶送出村庄，去往干草坡的坟地里。打花草的在前面，后面便是她的三个儿子。他们将棺材上的绳子挎在肩头，手里拄着孝杖，弓着腰，嗡嗡地哭着，缓慢向前走。棺材后面，便是闺女媳妇们，披着婆家和娘家送来的又宽又长的白布，在后面边哭、边跪、边走。一时，男声女声粗声细声混淆一通，那哭声变得无比壮大。旁边观看的老人会点头，似乎赞许着这样的大气势，乃至心生羡慕。因为大媳妇要撒钱，所以我们小孩更多都跑在她身边，看她一扬手，就一哄而起，为能捡到一分二分钱。在五道庙，人们将棺材停下，孝子们的号哭真正开始了。葬礼上的哭，是世界上最放肆也最声势浩大的哭，哭声中，既有对逝者的怀念，对未来岁月的恐惧，还有一些自身需发泄的委屈。似乎，这世界上，没有一种哭声是纯粹的，多是夹杂着诸多因素。哭就像混浊的水流，带着苦涩的味道。他们哭了很久。鞭炮也放很久。突然，一声高于所有哭声的号叫响起，原来是碰槐奶奶的小儿子，也就说二林的叔叔，他在捶胸顿足地大哭，黑脸向天，张着个大嘴，哇哇地哭，眼泪鼻涕一大堆，看起来，他是极其悲伤的，为母亲的过世。旁边看着的婆姨们，便开始悄悄抹泪。他哭着哭着，突然就不出声了，且身子向前，一头栽到地上。于是有人就喊，快、快，死了。一时，人们跑过去，将他的身体蜷起来，用指甲掐人中，半天，他才又哇地哭出声来。原来人是能哭死过去的，小孩都被吓得唬住了。这样闹腾了一通，鞭炮声也熄了，哭声也没了，直到棺材被再次抬起，哭声复又响起，且响得比之前更高更壮。前次好奇二林妈真哭假哭的那个媳妇，竟然悄悄走到二林妈跟前，看她前仰后合地缩在白纱布后面的哭，似乎在仔细听她在数念什么。后来，她忍不住，探身出去，轻轻掀起她的白纱，我人小，正好随在这个媳妇身后，我看见白纱下面，二林妈竟扑哧一声笑了。

这事我后来跟祖母说过，她说我花眼了。我又跟伙伴们说，她们因为没有亲见，所以也不信。时间一长，连我自己也不信了，觉得就是看花眼了。在那样悲痛的场合，哪有人能笑出来呢？等我再一次怀疑自己看花眼时，就要初中毕业了。这次，我面对的是一张照片，最要好的朋友梅在相片中泪流满面，我怀疑自己的眼睛近视了，便用手使劲地揉，可是，无论我揉了多少次，她的脸上都挂满泪水，她的眉毛微微蹙在一处，然后向上挑起，这样一来，她看起来就是个刚哭过的人。她为什么要哭？没有人知道，但我情愿相信，是因为她不舍得我们。

镇里照相馆的照相师是我们同学的兄长，这张照片不到半天，就被我同学要走了，她说，哭着的照片不吉利，自己兄长要免费再给梅照一张。她用了整整两个课间半个小时时间，才从梅的手里，如愿地将那张照片要回去，而在放学的时候，她也成功地说服梅跟她回到镇里。那天中午，食堂里照例吃面，我们打了饭，回宿舍里吃，大家都在说梅的事。一个十五岁的闺女，何故会在照相的一瞬间流下泪来呢？那时候，我们已经很少哭泣了。因为远离了家人，生活在大环境里，每个人都隐忍而自律，哭泣的机会微乎其微。梅为什么要哭？成了当时最大的谜团。

我们面临毕业，当时，能考到高中的人并不多，更多的人是要奔赴广大的农村去，这样一来，我们都会各回各村，去参加劳动，以后见面的机会微乎其微，除非去赶庙。但一般情形下，特别是女生，是不会赶庙的，十五六岁的闺女，是刚懂得羞涩的年龄，人前会脸红得不知所措。所以我们三个毕业班的同学之间开始送礼物，合影。礼物都是手绢，上面有各种图案，用圆珠笔在上面写上一句祝福的话，颇为庄重地送给对方，仿佛天长地久。而合影因为比手绢要贵，所以实行 AA 制。奇怪的是，我们多次邀请梅坐到小照相馆的长凳上照合影，她都拒绝了。那段时间，她常常请假，一个人待在宿舍里，没有人知道她在做什么。

直到有一天，一个惊人的消息传来，外班一个女生跳水库自杀未遂，随着她的事件，流言渐渐传开，这是一场三角恋爱，而梅在这段关系中，充当着一个被抛弃的角色，但奇怪的是，被抛弃的她并没有选择自杀，舍弃生命，而另一个胜利者却要用生命来惩罚那个曾经犯错的人。十五六岁的年纪，爱情于她，或者是最美好的事，当她听说他跑到宿舍去找梅的时候，她便很自以为是地以为他们又和好了。

后来，愚钝的我们才知道，那段时间梅之所以请假，一个人待在宿舍，是因为她抑制不住想哭的欲望，她无法将自己所受的委屈公之于众，她只有用眼泪，慢慢地冲刷着对方赋予的耻辱，慢慢治愈着自己的伤心。也就是在这个时候，我们开始照毕业照，可能照相的刹那，梅联想到许多这个年龄段所无法承受的苦痛和艰难，她的泪水，便在强光的照射下，一涌而出。也可能，她当时也有轻生的念头，她纠结在去与留之间。或者她想到了无望而灰暗的未来，想到此后自己的孤单，所以会落泪。但再也没有机会问起过她，十五岁的我当时觉得，她谈恋爱是错的，其次，她也爱错了人，更令人惋惜的是，她用毁灭的方式来消灭自己的才华。因为其后，她原本可以稳操胜券考取的中专学校，变成永远无法企及的梦想，不止如此，她连高中也没考上。

事实上，那个男孩无比内疚，一个十六岁的男孩，显然并没有调解事件的能力，但同时，他也不会将爱平摊给两个女孩，当他听说梅请假不上课时，却是心急如焚。梅的学习成绩一直很好，就因为如此，他才会喜欢她。而现在，在毕业的时候，她却每天沉浸在悲伤之中，无形中，会影响到她的前途。于是，在下课的时候，男孩就去找梅了。当时很多人都看见了，所以另一个女孩才会歇斯底里地追问，让他发誓，诅咒。他原本也没有做什么不对的事，现在面对这个女孩，竟然束手无策，说了许多好话，也发誓了，也诅咒了，可是那个女孩依旧不依不饶，他生了气，说要分手。女孩转身便走，跑到镇里的水库边上，毫不犹豫地跳下去。

这事当年引起过轰动，而作为肇事者的男孩，被学校开除，永远没有再深造的机会。梅和那个女孩，成了众人指指点点的笑柄。梅虽然装出满不在乎的样子，似乎在告诉人们，自己并没有受到什么伤害，或者伤害过别人。

转眼就要到中考了，学校松懈下来，梅跟人调换了宿舍。当年我们的宿舍是大通铺，一间屋子睡 12 个人，梅就睡在我的旁边，晚上，我们点着手电，在同一个被窝里偷偷看书，写日记。有一天，写日记的时候，我听见啪嗒啪嗒的声音，因为靠得近，我看到她的日记本上满是大滴大滴的泪水，我嘴拙，不会说安慰的话，唯一能做的，就是将日记本从她手里拿出来合上，然后将手电熄灭，让两个人的头，裸露到空气中。有些泪水，只能自己吞咽。有些苦难，只能自己承受。在被子外面，我第一次感受到了空气的流动，那么快，又那么轻。月光下，她裸露出来的脸上，虽然挂着盈盈泪水，但很显然，她正在慢慢地平静下来。哭泣，更多时是在示弱、屈服。如今我相册里珍藏着她当年送给我的照片，是后来补照的，照片上，虽然她依旧板着脸，没有笑意，但显然比那张哭泣的照片要坚强得多。

就在那年，我初中毕业，直接去了工厂上班。冬天夜里，第一场雪落下，早上起来，对面山被雪埋了，平日里的鸟雀全然不见。一个六十多岁的老婆婆，肩上挎着一个包，右手牵着一个男孩走进大门，他们站在院子的雪地里，因为膝盖下面被雪覆着，感觉都矮矮的，小小的，那个男孩被冻得脸颊通红，眼泪汪汪。当他们被请进厂长办公室时，来不及说话，老婆婆就弓下身子，将男孩被雪浸湿的鞋脱掉，袜子也扒掉，用手去搓男孩的冻得通红的脚，男孩羞赧不止，低着头，用眼角瞟着办公室里的人，不住地往回拉脚。老婆婆着急地嘟囔，看冻坏了，看冻坏了。厂长急忙把凳子搬到火炉边，请他们坐。直到此刻，她才停下来，似乎恍然想起自己来工厂的目的，竟然也不好意思低红了脸：让领导见笑了。说完让男孩坐到炉火前，自己坐在另一张椅子上，说自己是李某的母亲。这个李某，是我们厂的职工，六七年前，在一次施工中，不慎跌入深山。当时有政策，工伤致死的职工，厂里要负责其家属的救济，如果需要，其子女可以得到入厂照顾。现在，这个叫李小安的男孩15岁生日刚过，他奶奶就按照当初跟厂里的约定，将他送到工厂。

似乎很顺利，当下厂委就研究决定，让李小安上班，先安置到周师傅的屋子里，并喊周师傅过来，嘱咐一番，不怪乎要求对李小安生活要多照顾之类的话。周师傅带着李小安到仓库那边领了被褥，李小安和奶奶欢天喜地。因为来了新人，我们都好奇，就都去周师傅宿舍里看热闹。李奶奶是个有一双半大文明脚的老婆婆，说话声音很高，底气很足，看起来很硬朗，倒是李小安很瘦小，感觉风一吹，就能倒下。见我们好几个看起年纪也不大的小工人，李奶奶非常高兴，以后小安就有伴了。边说，边擦眼睛，声音也渐渐哽咽。宿舍里光线暗，等到食堂吃饭的路上，我们才看到，李奶奶的眼睛红得吓人。似乎是一直被眼泪浸泡着，又一直擦来擦去导致的，但也不敢问。

红着一双老眼的李奶奶吃过饭就被厂里的拖拉机送走了。李小安跟着拖拉机跑了一大截，李奶奶就在拖拉机震耳欲聋的突突声中，高声喊叫，颤颤的，听不清她喊什么。

李小安就跟我一起在食堂帮忙，不怪乎剥剥葱蒜，择择菜，或者扫扫地什么的，渐渐的就知道他的事情。当年他爹去世不久，他妈就带着妹妹改嫁了，家里就剩下了他跟奶奶。白天他上学，奶奶下地干活，晚上他要睡觉了，奶奶还在灯下缝补衣服。半夜里，他醒来，总是看到奶奶在抽泣，边哭边做针线，他便不敢动弹，假装很听话，睡得很熟。后来，奶奶就得了眼疾，眼睛通红，早上起来，眼角全是白色的分泌物，擦洗干净了，出门，一见风、见光就会流泪。村里老人明白，这眼睛是被哭坏的，就劝李奶奶说，不要再哭了，人死不能复生，再说，你还有小安呢，等他大了，你是要享清福的。小安也跟奶奶说，咱去看先生吧。奶奶说，不碍事，我寻点没根窝，洗洗就好了。于是，春天，小安跟奶奶到地里，找了许多的没根窝嫩苗，回来洗净，上火煮，煮好了，倒一碗晾着喝，再倒半盆用来熏洗。小安呢，每天晚上，总是要催促奶奶跟他一起休息，这样洗了三年，奶奶的眼睛好了很多。但只要哭，她的眼睛就会很快成为之前的样子。

有时候，干完活，我们就坐在食堂的长板凳上聊天，小安说，他担心，他不在了，奶奶一个人恓惶，一个人，会不会又哭呢。我说，那你就回去看看奶奶吧。他说也不会骑自行车。我就说，明天我教你骑自行车。他高兴的眼睛闪闪发光。

小安是那种很敏锐的人，没事的时候，他就去小料加工厂打下手，看师傅画线，做工具，如果锯板材的人缺下一个，他也会要求帮忙。手上常常磨出血泡，也不吭声，依旧将手泡到水里洗菜，我问他，不疼吗？他说疼，但想想奶奶，就不疼了。周师傅有次在吃饭时跟人闲聊，说小安小小年纪，离家上班，可怜呢，夜里做梦，悄悄哭呢。

这事我当然不好意思向小安求证。但小安很快就可以摇摇晃晃地骑着自行车满院子转圈了。他个子小，坐不到车座上，就直着身子，在大梁上叉着腿骑，常常骑到满头大汗都不肯停。不久，李奶奶又来了一次，这次，她是乘村里的拖拉机来的，她将小安和周师傅的宿舍收拾了一通，坐在井边将小安的衣服和床单洗完。小安一直给奶奶打下手，幸福得就要溢出来的感觉。吃过饭，小安拿出一个小板凳，让奶奶坐在宿舍门口说，奶奶，我学会骑车了，骑给你看看。说完，推出自行车，跨上去。兴许是太兴奋了，竟然一下就歪倒了，奶奶一急，就站起来，小安小安地喊，眼睛霎时间就红了。小安笑着说，奶奶你到一旁站着，我这回好好骑。奶奶听话地又坐回到凳子上去，看着小安轻轻松松地上了车，眼里的泪，唰的一下就下来了。我从未见过一个人的哭泣，是那样子的，堆着满脸的笑意，乃至还张着嘴，发出哈哈的声音，却泪流满面。

我们领到了工资，厂里给我们放了假。我们都急不可待地回家。小安没有自行车，他只能走着回去。再见到小安，是半个月以后了，我们在食堂里忙碌，他说，那天他走了半天才到家，一进门，就看到奶奶一个人坐在院子里，看着不知名的地方，孤零零的样子，看到小安，竟然愣了好半天，直到小安喊奶奶，她才醒过来，高兴地说，我娃回来了，我娃回来了。小安把工资从口袋里拿出来，放到奶奶手里，说奶奶，这是我的工资，你可以拿这些钱去看先生了。奶奶不说话，捧着那些钱，眼泪唰地流下来。

小安跟我说这些的时候，一直低着头，我看见什么东西，啪嗒一下，就落到洗菜的水里了。这是半年来，小安第一次落泪。但他急忙掩饰道，是被洋葱辣眼了，呀，怎么办呀，怎么办呀，边说边用袖子捂住双眼，露出一排似笑非笑的白牙。

晨光中，花朵上沾满露水，小狗在阳光下呜咽。走过的每一个日子，湿润得能挤出成千上万的泪水来。哭泣，暗藏着欢愉、悲伤、感激、灰心和挫折，我们通过它展示出自己最柔软，也最不想示人的部分。我们用长长短短的哭泣，度过这漫长而充满变数的一生，并为眼泪这种物质，撰写出无比灿烂的历史。许多年后，小安在县城买了楼房，我坐在他家的沙发上，提起那个早上时，我告诉他，其实那时我眼里也满含热泪……

消　瘦

　　电子秤面上蒙了薄薄一层灰。这个当年来自某商场的赠品，跟我现在的住房一样年纪了。当我擦干净它，漫不经心地站上去，眼眶倏忽睁得老大，一种无法确信的惊奇令我脑海里迅速做出判断，第一反应就是它坏了。想想，它快十岁了，十岁的电子秤，跟十岁的犬类一样，应该是个很老的年龄了吧，你看，我的小狗莫莫就死在八岁那年了。他们曾安慰我说，八岁的莫莫，相当于人类五十多岁，是一条很老的狗，也到了命尽之时。当然，现在不会有人跟我说电子秤的寿命，如果它要坏掉，也是没奈何的事。心下便生出惋惜、不舍和缺憾，像曾经坏掉的家具、电器，或者心爱的日用品一样，也像活蹦乱跳的莫莫只不过去后院耍了一遭就要离去一样，物种到了要走的时刻，没人能抵挡得了。

　　从电子秤上下来，蹲在地上左看右看，前看后看，鼓捣了半天，又将一个哑铃放将上去，确认它并没有坏掉后，人再次站上去。这次，我准确无误地看到了电子屏上的数字：57.50。心下一顿，瞬间感觉自己仿佛是站在一块脚掌大的礁石上，四周海水茫茫，面前的书架、躺椅、电脑和音箱，乃至相框里的自己，都一一退后，恍然就看见了十几岁的自己，一个灵巧、清新、爱笑的自己，一个消瘦的，只有55公斤的自己，一个活在过去空间里，伸手可触的自己。

那些年月，饥饿就像无法驱赶的野兽，紧紧地吸附着我的肠胃和身体。在家里，我是最能吃的那一个，每顿都是两碗饭。据说，在跑校的那几年，我一个人要吃掉全家一半的粮食。我当时无比羞愧，但却并未减少饭量。很多年后，我妈才解释所谓全家一半的粮食是这样计算的：当时我的妹妹们是三五岁的小孩，而我妈每天胃疼，吃饭不正常，家里最正常的是奶奶，她一顿饭也就是一碗。但毋庸置疑，我真的很能吃。有次，我跟邻家一位哥哥，竟然合吃了一小锅煮油糕，有十八九个之多吧。作为能吃的标志，就是我长得很高大，也强壮，力气也大。我妈曾无比肯定，我将来是种庄稼的好手。她竟然能想象到从此我家翻身得解放，再不用受人冷眼嘲讽。但我并没有成为我妈希望的那种人，虽然我对我妈预定的未来从未反驳，而命运却让你无法按部就班。于是，一划拉，我就拐到另外的轨道上。

在工厂，我不是最能吃的人，但却是最容易饥饿的人。食堂大师傅会炸半碗面疙瘩，放在灶台上，等我晚上临睡前取来吃。到了夏秋之际，我会吃到煮玉米和煮南瓜，有时是土豆。我虽然也有偷偷吃掉的想法，但或许是因为他们碍于我父亲的缘故，当面从未笑话或者指责过我的偏食，所以，渐渐地，我的加餐成为习惯。现在想想，那时他们肯定在背后是要指点乃至唾骂的。倘若时光倒溯，我一定做个贤良的人，忍住饥饿，躲在人后，察人脸色，懂得讨好和规避，不被人诟病。而一切已经发生，无力挽回。

记忆里吃得最饿的一顿饭，就发生在那时候。我的老师带我去赴宴，说是赴宴，其实在物资特别是食物单调、短缺的年月，一个宴会的标准，也就是家常饭的标准。家里有什么菜，主妇便做什么饭菜招待，有时连一星肉都没有。我们赴的是家宴，原说好男主人招待，去了后，却发现男主人临时有事出去了，于是，我们只能被女主人招待。不久，女主人就开始准备饭菜了。我们百无聊赖，特别是我，也不知道去帮忙，愣得很。我记得她没有厨房，只是在屋外，靠近墙角的地方，搭了一个矮棚，里面放个蜂窝煤炉子，锅碗瓢盆什么的都要从屋里柜子里往出拿。或许，我也试图表达过自己帮厨的愿望吧？只是做饭的条件有限，女主人便拒绝了。可以肯定的是，当时我已会做饭了，家常饭外可做一些简单的菜品。总之，我跟老师一直待在屋子里，等待着一碗饭。她家有大大的书橱，里面的书籍琳琅满目。我并没有读过几本书，看到书橱里的书，馋涎不已，揪出这本翻几页，又拿出那本翻几页，恨不得生出许多只眼睛，许多双手来，更恨自己没有一目十行的绝技。肚子里呱呱地叫着，眼睛也无限饥渴，仿佛整个人，突然就饿瘪了，剩下一张皮了。时不长，女主人就喊我们吃饭了。她家的屋子也小，一间屋子，被隔开两半，后面是书房和卧室，前面是客厅兼饭厅，一张饭桌，基本就把客厅兼饭厅全占满了。饭桌上放了三碗面，女主人说，请吃吧。接着解去围裙，优雅地坐下来。看着饭桌上的饭，我愣了半天。盛面的碗大约就我拳头大小，面也浅浅的，如果按惯常的吃法，估计这碗面顶多两口就完事了。但现在，这碗面，显然就是我们以为的大餐。女主人不停地让着，让老师和我吃，我看到老师拿起了筷子，然后，很仔细、很精心地挑起一根面条，放到嘴里。而女主人也以同样的方法，优雅而无声地将一根面放到嘴里。于是，我也效仿同样的方式，去应付面前这碗面。我感觉自己吃得优雅而自持，像电影里的人物，腰杆挺直，脖颈微倾，一根面，要经过长长的距离，才能抵达口腔。与表面这些相对的是，那种狂涌的饥饿感根本无法被按压下去，相反，随着几根面条入肚，更多的饥饿被挑起来，令人焦躁而不知所措。奇怪的是，我之后每每想到这件事，印象最深的，并不是那碗面条，而是那个一面墙大小的书橱和曾经翻看过的书皮，瘦得如同纸片一样的女孩，仰着头，肚里和眼里全是饥渴。

我现在常跟孩子说的一句话是：年轻又吃不胖，想吃什么就吃什么吧。面对身边那些被父母唤着"藏獒"的同学，还有那些渐渐长成一个标准肥胖者眉眼的女孩，我的这种经验之谈，并不能让他信服。但我年轻时真的拼命吃过，且不怕人笑话。喜欢很多东西，唱歌、写诗、绣花、拍照。有段时间买了裁剪的书籍，回来自己做衣服。如果有个知道贝多芬的人，我会缠着他讲一讲。冬天，学会一整本《楼台会》，灯下，唱给很多人听，全不懂羞涩。周师傅有本竖版的《唐诗三百首》，我连字都认不得，但却要借来抄到本子上，然后又让周师傅一个字一个字地教会。那时也不懂拒绝，似乎就那样摊着两双手，不停地要，不停地吃。在春天，我们在树上勒榆钱。夏天雨后，漫山遍野找蘑菇。冬天不能进山，眼巴巴等同事带野鸡回来吃。整个工厂记忆，如今想想，都跟吃有关，像传说里那个大张着口的饕餮。

　　有意思的是，我后来曾拼命减过肥。当然，这肯定不是发生在年轻时的事了。那时我三十多岁的样子，孩子终于上了幼儿园，婆婆去了大儿子家，家庭生活波澜不惊，父母身体健康，自己身体健康，孩子活泼可爱，除去父母孩子，身边人事，觉得根本不必珍惜，也无可珍惜，该走就走，要留且留。如果非要说不如意，大约就是钱财不足。那时刚买了房子，手里空无一分，但衣食无忧，也没有需要用大钱的地方，人猛一下就胖了。是我这辈子最胖的时候，65公斤。如果将衬衣掖到裙子里，很难看的样子。镜子里照见自己，总觉惨不忍睹。正好小区里开了一家健身房，跟邻居兼朋友一起报了名，器材不会用，就跟着老师做健身操，蹦蹦跳跳出一身汗，回家晚饭就不吃了。虽然很饿，但为了恢复苗条身，似乎一顿饥是可忍受的。

　　朋友听说有一种汤，人吃了会消瘦，于是她就千方百计寻来。原来是将圆白菜、西红柿、洋白菜切碎，放在锅里熬，吃的时候放少量盐。她并不以身试之，竟然把老公当试验品。三十多岁的人，经历了成家立业，刚刚安定，人略微胖点，是很正常的事。那时她老公也不至于胖到严重程度，180厘米的身高，当年大约85公斤。在她的一再监督下，他坚持喝菜汤半个月，而不去吃主食，这样下来，他减掉了5公斤，人一下子挺拔起来。一院子人都传，这减肥汤功效好，一时都拿来回家喝。

有次，我们两家人在一起吃饭，做的是肉丝焖面、拌黄瓜、绿豆汤，小孩大人都吃得津津有味，她老公吃了一碗，还要吃，朋友说你一直喝汤，今天刚给你开荤就忍不住了呀，小心体重回弹。她老公当下说，以后再不喝那汤了，那是这辈子吃过最难吃的东西。

我那时喜欢油炸、肥肉、麻辣，即便是每天大喊减肥的日子里，我的伙食也从未改变过。后来，也试图喝那种汤，但年幼的儿子特别反对。他说，少吃点不就有了吗。似乎这真是个大实话。我特别羡慕儿子的自控力。我的父母妹妹常常在中午过来，热汗如雨地做一桌子菜，不管多么好吃，只要吃饱了，即便还有新的菜没有上桌，儿子总是毫不留恋地要离开饭桌。初时，我会喊他回来再吃，后来就不了。在夜里，我感到饥饿的时候，会拿儿子的毅力来安慰自己。

一个月时间，基本就跟健身房的人认识了，有小区里的，但更多的是外面的人。都是女人，年龄上下也差不了几岁，似乎共同话题也很多。有几天，做操时，门口总有两个男人在偷窥，老师很不高兴。后来才知道，他们是来找我们中的某个学员的。某学员，姿色中上，三十多岁，正是女人最好的时候。去年老公下岗，开了个歌厅。据说当初老公是好不容易追她到手的，成家后待她极好，可是，一日日磨合，一日日熟悉，渐少了当初那份热情。某学员的老公，作为老板，肯定也挣钱了。眼见着光景又有了起色，却不料老公跟某小姐却纠缠不清，有次竟然领回家来，学员下班接孩子回来，正好撞到两人在床上。于是他们家就开始打仗了，开始她老公承认了错误，她也原谅了。但事情总是，有了初次，二次三次也就顺理成章了。没有谁见过真正的浪子，回头后是否还怀念浪荡日月，或偷偷回去啃草。她当然也见不到。最终两人闹得满城风雨，离婚了。现在，作为单身妇女的她，被其他男人偷窥，也是很正常的事。但这事一时就成了健身房二十多个女人议论的话题，关键是偷窥她的男人是某职业技能老师，差不多我们都认识，知道他也是已婚有子的男人，现在这样，便发挥女人的长项，无限推测假象。其实，这些都不是最主要的，而是健身房的一干女人，心思开始晃动，邪念萌生，开始盼望着被偷窥。

几天后从健身房回家，路过一个单元里的人在打架，看见某学员竟然也在其中，才想起今天班上并没看到她的身姿。我们可能将目光都投向了门外，并臆想，在那里有个男人候着，偶尔探出头，悄悄地看我们一样，让人脸红心跳。而忽略了原本带来男人炙热目光的某学员。此刻，她的衣服被撕破了，或者她原本也就没把衣服穿好，她狼狈地披散着头发，被另外一个女人用唾沫唾着。而更多的人，在对着她窃窃私语，指指点点，她像一道被观望的风景，不被人拯救，也不被人同情。

月底，健身房提醒续费时，我跟朋友同时说，不交了吧。

"几节简单的健身操，在家里也可以做的。"我跟朋友互相安慰。在我眼里，她并不胖。就像我在她眼里一样。我们不过打着个减肥的幌子，试图冲出自己枯燥的生活圈，跃跃欲试地想瞭瞭外面的世界。仅此而已。

很快就冬天了，我们说好的在家里做操的约定，再没有实现过。下班回来，正好碰到她，她说一个人做操，居然不记得所有的动作。我恍然，才发觉并不是只有我这样觉得。不知是冬天穿得多的缘故，还是我们心里那股邪气都烟消云散了，不久，我们都瘦下来了。

从此，我的体重一直控制在 62.50 公斤，按模特标准，是个胖人。但按照寻常人标准，便无比正常。这更像是被套在某个固定的模具中般，无论吃多吃少，心情好坏，无论经受重压还是狂喜，体重一成不变。偶尔我也试图让自己瘦点，不要很多，就一点点，一到两公斤就行。但这样的愿望多年来并未实现，锻炼几天，少吃一点，可能看起来会消瘦点，体重并无大的变动。我无疑很享受一个十年不见的人，见面说你怎么就一点也没变呢？也享受一个初次见面的人，问你有没有四十岁？这种虚荣的确令人欣慰，当然，只是一瞬间的满足，别人于你的礼貌和敷衍，同样也是对你的一种尊重，它起码确认你存在，且有一定的资格值得别人来敷衍。其实真正令人庆幸的，是我没有油腻成一个胖女人，庆幸依旧可以在某个刻度中，波澜不惊，津津有味。我还有良知，会在适当的时候赞扬和落泪，懂得节制和舍取。我开始注重营养的纳入，注意粗细粮搭配，注意少油少盐，你也知道，这就是我们的肠胃要步入老年的前兆。饥饿，已无法驱使指派我们去吸食更多的食物了。

这样波澜不惊的日子，有一天却被打破了，而之前我并未察觉到什么，所谓的预兆从未出现，一个梦、一句话、一个触动，或者一个异像。现在，我无比迟缓地从那个岌岌可危的礁石上迈下来，眼前的潮水退去，一切物像重新生动起来，乃至窗外响起了喜鹊的叫声，电子秤上的数字快速回复为00.00，刚才的时间仿佛假象，仿佛世上从不存在我一样，令人泄气。

我突然想起，不知从何时起，写文章时，总是要把"瘦"这个字写成"瘦"。朋友有次终于忍不住说，现在看到你文章里这个"瘦"字，就想骂人。虽然只是笑笑，但我知道他这是到了忍无可忍的地步了。起初，我解释说这跟用拼音打字法，不分卷舌平舌音有关，后来便沉默不语。每每出现这个字，总是确认再确认。这会不会是一直在不自觉地逃避和抵御着这个瘦字？一种无意的却是身体产生的自然反应?

　　刚刚度过的春天,气温忽高忽低。我频繁地更换着衣服,今天薄,明天厚,冒着风、雪、寒流和暖阳,应付和抵御着它的千变万化,反复无常。只是,你也知道,一切远不是春天的事,不是最近发生的事,也不是当下必得面对的事。事物最终的结果,被许多因素所主导,只是,我们一直未曾察觉在那些安静的表象下,正在或将要经历什么。像现在一样,当时我浑然不觉,任由它流逝,无动于衷。在春天之前的冬天,冬天之前的秋天,不,是在另一个春天里,我就已经开始嗅到一些危险气息,当时它们以另外的方式呈现在我的身体表皮。

　　我记得,第一次去看医生,在微信里跟他说,在医院。他问,怎么了。我便脸红了。我不知道作为一个中老年妇女,当她的颜面之上,重新被青春痘霸占的时候,她是该高兴还是羞愧?我很羞愧,像许多年前把家人的粮食吃掉一半一样羞愧,有种无能为力,无法主导,又深谙其错的感觉。这些代表生命勃发的东西,在我脸上此起彼伏,却不会自行消亡,我用许多的外用药,洗面奶,涂抹剂,但它们极其顽固,骄傲地霸占着我的颜面。我不无羞赧地跟他说:没什么毛病,就是脸上起了些痘痘。我想,他在那面肯定是笑了的。但他对这种女人特有的矫情充满鄙夷也不一定。我在那瞬间也纠结过这个问题,猜测别人对我的种种反应,在医院的长椅上,在等待医生下达驱赶我苦恼的指令之前。

　　某个开关一旦按下，某种的循环便会开启。但你不知道哪里是开关，也不知道你即将或正在被卷在循环旋涡中，你只能享受这样的过程，痛也罢，欣慰也罢，流血也罢，流泪也罢。而结果尚未抵达。

　　当那个医生把完脉漫不经心地说，你的胃也不好，需要调调时。我的心里还在怀疑，他如此敷衍潦草，到底对我的痘痘有没有用处。现在想，看病，对于他和我来说，只是一个媒介，他其实是被安排在那儿等待说出那句话的人，而我是去赴约的，当我们经过一些必要的程序对接之后，他就要宣布机器运转的消息，那时，我得全副武装。

　　我开始被领到了一条之前从未走过的长路，那么漫长，漫长到几个医生分别在驿站似的诊所里，以这样那样的面目和语气，通知着某个器官的消息。我跌跌绊绊，在毫无怀疑接受的同时，很忠实地喝掉这样那样的药液。直到不得不躺在胃镜室，其实心里还是很骄傲的，因为我面色红润，体重正常，精力充沛，如果非要说难受，只是对食物没有欲望而已。像我这年纪的中老年妇女，人生经过大半，理智已可以控制情绪和情感，所以这也算正常事。

　　躺下不久，我便看到了大片的草地，还有流水声，鸟雀飞过，我作为一只鸟或者什么物种，凌空俯视，这样的镜像，让人感到无上幸福。醒后，诊室里来来回回的护士，我以为她们是一些飞来飞去的鸽子。再清醒点，便生出对梦境之境的强烈渴望，乃至闭上眼想重新回去。无论生死，安放身体和灵魂最好的地方，无疑就是那样一个环境和空间。检查结果隔了三天才出来，当他打电话回来的时候，更多的是他的狂喜。这样断断续续近一年时间之中，他的煎熬要大过我的吧。我在电话这边偷偷落下了泪水。

　　最先发觉我消瘦的是我的母亲，她快八十岁了，说话有时颠三倒四的，但她身上依旧带着一股刚强之气。就像小时踢过的毽子，无论被踢多少次，踢破多少回，依旧要缝缝补补继续出现在脚与脚之间。她从不畏惧命运所施的一切困厄，同时又在哭哭啼啼中重新端起一个甘愿被踢的架势。而现在，我坐在她面前，她说："你瘦了。"盂县话里，"瘦"就念着"廋"。但我母亲不知道，"瘦"这个字，跟"廋"是不同的。"瘦"，除去特指体内脂肪少外，还有窄小、贫瘠、细削、遒劲有骨力的意思。"廋"，是藏匿，隐藏的意思。现在，她说我瘦了。然后接下来，便带着惋惜和指责的口吻说我，"年轻时太能吃，什么好吃吃什么，你看，现在把胃弄坏了吧。"我原本有些内疚又有些不甘的心，瞬间空如巢穴，委屈不已。

　　你吞噬过多少，便将吐出多少。这有点杀人偿命，欠债还钱的意思。所有的果，都有一个因。所有的今天，也有一个不堪的昨天。一个人，只有深爱过，拥有过，温暖过，才深谙失去和痛的滋味。而我的消瘦，肯定也有一个无比饱胀的曾经。瘦，其实是我一直向往的境界。廋，也是我的向往。时间的海水中，我们被摔打、磕碰、搁浅，也随浪漂

荡，而最终，被冲刷打磨得一无所有，骨瘦如柴。这才是最
真实的你，一个剔除了浮肿、虚荣、赘肉的自己，一个懂得
拒绝和割舍的自己，一个真实的，纸片般的清薄瘦小之人。
月色清亮，初夏的夜晚让人安详。我摸着自己的肋骨，一根
一根数过来，恍惚看到自己的一肝一胆，一脾一胃，被某种
光照耀，真切而残忍，像极了我眼下的生活。

告 别

告别,就像一把利刃,果断、决绝而无情,它切开事物间的关联和牵扯,让温情冷却,骨肉分离,爱远别。在这种一刀两断,各自天涯的现状中,它出现在每个路口、每次转弯,它使生命更加茫然,路途更加险恶。年幼时,告别更多地藏匿在日常生活中,比如,丢掉的手绢,落到风里的辫绳,被河水冲走的凉鞋……所有离身之物的悄然离去,现在想来,更像是一种暗示和提醒,当时虽然也有惋惜和再无法拥有的失落,但那种短暂的灰心很快被新事物的侵入而变得平淡无奇,乃至快速遗忘。一直到我十六七岁,我们家要搬离村庄,也无悲愁情绪,相反,还有某种兴奋和期待。邻居三哥以无比羡慕的口吻说,这下你们就是城里人了。这句话好像一个按钮,瞬间在我们面前展开了一幅画,在那里,我们真切地看到了未来居屋及生活样貌。他这话说了不下五次,每次,我母亲都会笑笑,而我跟妹妹就用新奇的目光看一次那幅画上的景象。但这样的时刻很短暂。很快新奇消失,一切复归平淡,我们的情绪和意念依旧回到原地。外面有换豆腐的喊声，妹妹从瓮只里挖了一木瓢玉米，出门去换，而母亲开始准备午饭。这一切都在表明，我们从未有过永远离开的意思。

17岁的禾苗在村里的砖瓦厂上班，下班后直接来我家。她的头巾和脸上残留着浅褐色的沙尘，衣服及鞋上也有，但看起来并不疲惫，目光炯炯，满面带笑。她谢绝了母亲回屋小坐的邀请，跟我站在街门口说话。那年我已经去了工厂，半个月回家一次，某种意义上，已提早脱离了原先的乡村生活。所以我们的话题不外乎村里人的一些闲话，比如谁家要起新房子了，谁要去当兵了，谁又跟谁好上了。当然，她也会羞涩地提及她隐秘的感情经历，但她是有条件的，那就是要用我的秘密来交换。当她得知我的感情经历依旧是白纸一张时，她也就很巧妙地把话题从她身上扯到旁事上去了。

天渐渐地暗下来，初夏的微风从温河吹来，掀起她肩上的红头巾。三哥家的狗从村外跑回来，摇着尾巴悄悄经过我们。她说，再过两天，村里要唱戏了，到时咱们一起去看吧。

我说好啊。

她又问，你们家要搬走了，你就不回来了吧?

我说不会啊，我们家就是锁个门，东西什么的都不动，还要回来住呢。

事实也如此，我们用很短的时间随意安顿着每一件熟悉的用具和物品，墙上的照相框、镜子前的木梳、地上的凳子、床上的被褥都纹丝未动，米面放到柜子里，灶火封好，锅扣在灶台上，醋瓶里还有醋，油还有半壶，母亲找了张牛皮纸，将碗筷盖住，拉上窗帘，锁上门，仿佛不过是出门走个亲戚而已。

一切都在表明，这里将不会改变。

所以我很肯定地跟禾苗约定，一起去看戏。

禾苗说，如果你妈不回来，你一个人回来也行，到时住到我家去。

这在我也不成问题，因为即便我妈在家，我有时也会去她家住。她一个人住在一个小屋里，有足够大的空间容纳我们的心思和秘密。有段时间，我对她哥哥的仰慕达到了无法抑制的地步，她也幻想我可能成为她的家人，但这些都是不大可能的，他哥哥其时已经订婚，而我对他的仰慕仅仅是因为他是禾苗的哥哥。这件事也成了我们之间的秘密。因为年纪渐长，所处环境不同，似乎我们的友谊不再延续小时候的性质，而全靠交换秘密来维持。有时我会很惆怅，觉得长大真是件遗憾的事，以往所拥有的东西，正在慢慢减少。有些是不需要了，而有些却是它们自动消失了。这种无感知的消逝和远别，藏在每一个日子的缝隙里，改变和支配着我们的人生轨迹。

现在，她的提议很快被我响应，乃至我仿佛能看见自己骑车回到村里，穿过整个村庄，遇见的人都会跟我打招呼，我也会大声地喊他们的名字。

我妈出来倒垃圾，听到我们说话，笑笑说：到时我也要回来的。

仿佛那就是明天的事。

隔天，我们锁了门，只拿了几件衣服就走了。出村的时候，遇见的人笑吟吟地跟我妈说话，婶子，记得回来啊。母亲也坦然然地应着。

这种太过寻常的离开，使得我们在另外的地方住得颇不安心。父亲成天忙于工作，妹妹出去上学，我又调离了单位，不回家住。家里只剩下了母亲一个人。白天母亲无所事事，晚上整夜整夜的失眠，她觉得是因为换了居屋和床铺的缘故。但看到我们一个个这么忙碌，也一直没有要回去的强烈要求。父亲像一个搬运工，或者传输带，他把过去与今天作为两个点，循环反复、缓慢持久地将它们之间的关联切断。在母亲的要求下，今天回去取件衣服，明天回去取床铺盖，后天又将毛线拿来，这样的情形差不多用了五年，该取得东西已经取完，不需要的永远留在了那里。母亲总是需要用一些旧有的物品来充塞当下的生活，而她没有将它们迁移过来的勇敢。她总是找一些理由和托词，拒绝跟父亲一起回去面对村里的旧院，她更多的是向父亲打听，然后怅然若失。后来我问过母亲为什么，她说，她没有勇气面对那样的离散和抛却。是，就像我跟禾苗有个明确的约定，或者我母亲跟她的物品与居屋也有个秘密约定？但随着时间的推移和消散，渐渐就忘光了。我们从未曾说告别，却就这样永别了。

迁徙，是物种求生的本能，也是一种惯性。像春天的燕子，秋天的大雁，气候变化和对生的渴望，促使它们不厌其烦地从南到北，又从北到南。据说有一种叫游隼的鸟，为了生存，要从西伯利亚途径中国抵达澳大利亚，在遥远的告别途中，它们的群族会无数次地减少，但对于远方的向往，使它们的飞行成为一次极其神圣的洗礼。人类在生存中遗弃旧址，跟候鸟有同样的性质。物种天生对美好生活的渴望，让人忽略和容忍着不断涌来又不断退去的告别。其后的年月里，我又经历过一次搬家，这次是我要从居住了近20年的房子搬走。旧屋子里的物品，除去书籍一律未动。还将养了好几年的小狗留着看家，每天中午回旧屋里做饭，午睡，有时晚上要看完电视，才回新屋那边。我很是享受这种拥有两套房子的满足感。但时间不长，就有人来问询，想租我们家房子住，因为是熟人，不好意思推辞，只将私己的物品锁到一个屋子，把小狗带出来，他们就住进去了。这种突发的，带有强迫性的告别，并不使人伤感。而后，这个房子在他们的软磨硬泡下，成为他的家。那个屋子里的物品四散到各处，旧玩具、旧铺盖、旧挂历，该送人的送了，该丢的丢了，剩下有用的他一并要了。我有时会想起自己好不容易选到的衣架、燃气灶、平底锅、碗筷架，还有柜子上的挂钩，床头的摆设，仔细擦洗生怕碎掉的镜子……这些带有我心血和温度的物品，从开始到离开，似乎并没有仔细地呵护和摩挲过，总觉得它们跟我是同在的，而到了最后，竟然连一点留恋感都未曾表示过，就再也无法得见了。

有一天，我回去取东西时，看见他将门锁也换了。那瞬间，突然感觉到冷漠、排斥和拒绝的气息从屋子的角角落落氤氲到空气中来，所有的东西，都归止于合适的位置上，曾经的时光消散无踪。在屋子新主人的挽留声中，我连注目礼都省略掉，转身疲惫而感伤地走出熟悉的小区。

每个人的一生，会遇见到无数人，这种遇见，我们把它叫作相逢，每一种相逢都具有特定的时效性和合理性，它不过是在解决、引导、明示此段短途的顺逆。这种神谕般的缘分，并不会永远。所以，毋庸置疑，每一场相逢都会以告别结束。有些人，刚刚享受相遇的欢喜，转眼就是不舍的告别场景。世事多错连，与君永相望。这样的告别，虽有缺憾，却该庆幸；有些人却没有相识的缘分，仿佛一生一世都是两条远隔的河流，只能听见彼此的声音，永世不得见。常常想起那个下雨的冬天，是因为我所有的青春热血都留在了那里，短暂，迅忽，再无法重现。那个冬天，我穿行在冷漠的城市中央，路过干枯的树枝和封冻的河流，抵达上班地点。近午时分，窗户里能看到灰蒙蒙的阳光终于升起来，而下午三点，整个办公室就陷入黑暗之中。感觉里，白昼变短，而黑夜无限延长。有时很早下班，不想回宿舍，就骑车在街上游荡。那个冬天一直没有雪，却有雨，冷雨。在我有限的年岁中，从未见过冬天下过那样大那样冷的雨。夜里，它敲在我的门窗上，寒冷从门缝里挤进来，扩散到小屋的每一处，墙、床头、录音机上、脸盆的水里，最终，会穿透棉被。我像躺在冰窟里般，瑟瑟发抖。而湿淋淋冰冻的早晨，又令人灰心。上班路上，会遇见一个喜欢在树上系红绳的疯女人，她不知疲倦地将整条街的每株树上都系上了红绳，每系完一次，就转一次圈，且仰起头嘻嘻地笑一阵，对着干枯的树枝说再见。寒风里，我有时会停下来看她系红绳，听她对每一株树认真地说再见，直到手脚冻僵。

后来想，上苍苦心布下这样的境况，又清寒又孤独，又绝望又无奈，其实就是为了让我去爱，只有爱的重量，才能惊醒和压榨掉我长眠的愚钝，也只有爱，能驱散无边无际的寒冷。有几次，我发觉自己在不知不觉中停在他家楼前。隔着栅栏，看着对面被冷雨浇灌过的房子，幻想那里的热气正丝丝缕缕朝我袅袅而来。他住的屋子的窗帘永远拉着，静悄悄地，仿佛凝固的冰，是在隐匿着什么吗？或者只是在等待？有次我看见他从屋子里出来，替自行车开锁，但当我欲迎上的时候，他却骑车走了。空荡荡的街上，寒冷的风把我抵住了。

当我终于有勇气按响他的门铃，那个冬天就快结束了。我知道，到了春天我就会离开这个城市，他也知道。我沉默地走进他的小屋，那个终年挂着窗帘的小屋，一张单人床、一个书桌、一个小书架、一把椅子，我们聊了会儿天，但忘了是什么内容，但肯定跟文学有关。后来，他倒了茶给我喝，然后拿起桌上的书，声音轻软而温和地掠过我的耳膜：

> ……那河畔的金柳，
>
> 是夕阳中的新娘；
>
> 波光里的艳影，
>
> 在我的心头荡漾。
>
> 软泥上的青荇，
>
> 油油的在水底招摇；
>
> 在康河的柔波里，
>
> 我甘心做一条水草！
>
> ……

是我听过的最美的诗句，最好的声音，我沉浸其中，浑然不知所以，直到很久。冬天的第一场雪，正悄悄地落在地上，很快就化成了水，而更多的雪随后轰轰烈烈地落下，整个城市一统的白，让我发生错觉。那时我并不知道，时间正在被缘分的利刃怎样切割着，一块一块，切成雪花。我们去看一场叫《W 的悲剧》的日本电影，死亡、欺骗、复仇，爱恨交织，电影里上映的情节，是如此熟悉而令人灰心。电影散场，我们约好下次见。这一约，整整三十年过去了。我们欠了彼此一个告别，或许不仅仅是彼此，还有我短暂的青春时光，我们共有的年华和热爱。

人在困苦中，会渴望友谊，一个朋友适时地走到我身边，两个又穷又苦的女孩相依为命，一起面对这突如其来的风雪。我开始留宿她家，并得到她父母的默许。那段时间，我更像她的影子，依附和牵扯着她。或者她更像我的稻草，被我紧紧抓着，才不至于害怕。有天夜里大雪，无法骑车回家，不得不留在单位，当时还有一个女孩也留下，我们三个人，挤在单位的两张沙发上，就那样恍恍惚惚地睡眠。半夜，嘈嘈切切的低语声惊醒了我，醒来，原是她们两个在说话。黑暗中，两个人声音越说越高，竟然清晰地传到我耳朵里。那是我第一次听到朋友对我的鄙视和奚落，原来所有的相依相靠都是假的，突然便感觉人情冷酷，人间无情，寒意自心底升起，一点一点地延伸到我的肢体。瑟瑟中，我默默擦去涌出来的热泪。就那样在她们对我的讥笑中又睡着了，之所以不再愤怒，一是因为我的软弱，人在他乡，不得不低头。二是因为在那一刻，有一种解脱，突然就明白这不过是我们提前告别的一种方式而已，从此，我们将慢慢走远，彼此再不回头。事实也如此，此后，我刻意地远离着她，明知她不过就事论事，但我可怜的自尊心却无法承受。而我们的告别仪式极其隆重，当我们骑着车，同时跌倒在电车旁的时候，天上的大雪顷刻铺天盖地而来，我们被大雪淹没。来年春天，桃花盛开时，我已是一个长老的人，一个从表情到走姿，从言语到笑声完全不同的人，一个跟他、跟她、跟他们和它们不曾有过任何瓜葛，彻底告别的人。

　　许多年后，在一场婚礼上，年轻的新郎捧着鲜花走向他的新娘，他目光专注，神情兴奋。恍惚看见，在他身后，无数个他，刚才，再刚才，二十岁，十八岁，十五岁，十三岁，九岁，五岁，三岁还有更小的他，正在缓慢的时间镜像中一点点地剥落和远离着他。他走到新娘面前，单膝着地，将捧花献给新娘，他们身后的他们，恋恋不舍地用眼神告别。震耳欲聋的音乐将他们淹没，他们在跟过往的每一分每一秒作别，从此他们将不再是小女儿、小男孩，他们将成人，成为别人的女婿、媳妇，不久成为别人的父母。仪式所呈现出来的庄重，无论场面大小，见证人有多少，其意义都是深远无比的，仿佛界碑，隔开刚才与当下，是新生，也是灭亡，是开始，也是结束。生命就像一节又一节的火车车厢，而或大或小的仪式，就是将它们串联在一起的挂钩，由此及彼，生命才得以延续。

最永恒无奈的告别，是死亡。

中世纪的欧洲，离世是件很隆重的事。家庭医生负责传达临终之人最后的话，并宣布临终人的死亡消息。这些躺在病床上的人，有一个比较从容的告别过程，他们会安慰活着的人，激励他们活下去，并留下遗言，将田地、房屋、财产进行公平分割。据说临死的那一刻还会举行一些美好的，带有象征性的仪式，比如在临死人的手里塞上一根点燃的蜡烛。烛光是生命的象征，也是灵魂的象征，烛光与死亡的概念紧密地联系着。生命像蜡烛一样在燃烧，珍贵却转瞬即逝。但这样的前提是，他们必须是正常老死，而非突然死亡。

　　我的祖母从昏迷到真正离开尘世，用了五天时间，她没有留下任何一句遗言，但她留下足够的时间，让家人接受她要死去的事实，并安顿丧事，做材、扯孝、安人、买粮、割肉，所有事都安排妥后，她在夜里咽气了。那时，屋外已有等候搭棚的人。按村里人的说法，我祖母活得硬气，就是活着不用人伺候，死也不拖累人的意思。在她尚有体温和呼吸的五天里，有一种假象，就是她一直在用她的气息安慰活着的我们，同时，也用她的气息作别与她亲近的事物，比如，她用过的农具，使过的锅碗，她养的鸡们，还有屋外她种的豆角们，她一一安慰过它们，又一一安慰过我们，才离开。

　　而我的亲戚显然用了更长的时间，来让家人接纳和厌恶他要告别的事实。他是个和蔼大度的人，爱家人，爱后辈，爱工作，爱生活，60岁突然就患了老年痴呆症，开始辱骂家人、外人，对每一个靠近家人的人大打出手。他絮絮叨叨地说着年轻时的遗憾，乃至说过要走回过去时光，在那里，谁在等他读书写字，谁在等他游泳，还有谁在等他援助。他将过去和今天揉搓到一起，让家人无法忍受。当他瘫痪在床，无法动弹，整天整天地睁大眼睛，他说他看到了来自墙体的镜像。在对他长达五年的照看中，他用所有的丑和恶将他一生的良善全部抹杀，所有人都盼着他离开，乃至有时生气，有人会说再不来看你，权当你早死了这样的狠话。有次我去看他，床上的他睁开眼睛，我拉住他的手，他突然就流泪了，那个上午，他的泪水仿佛长河，无法流到尽头。仿佛他是用这样一种被人厌恶的方式告别这喧闹的人世，他同时也用别人的厌恶来阻止了别人对他的怀念和爱怜。仇恨，有时也是一种爱的表现。之后的一年中，他意识全无，每天对着日出日落，对着风雨霜雪沉默地无数次再见。那样的告别，比任何一种仪式都疲惫，都真诚。

像这种可预知的告别，似乎很常见，但也有人在别人毫无预料的情形下，秘密筹备着一次至关重要无以挽回的告别。比如，自我了断。1941年8月的最后一天，写过"我想和你一起生活，在某个小镇，共享无尽的黄昏，和绵绵不绝的钟声"的俄罗斯天才女诗人茨维塔耶娃上吊自杀。她任性、为所欲为的性情和耽于幻想，惧怕孤独，渴望爱情的期盼，充斥和缠绕着她的一生。她常常陷入绝望，并无数次幻想过消失生命，告别人世，得以解脱。早在17岁时，如花的少女茨维塔耶娃爱上一个男人，"我是凤凰，只在烈火中歌唱"，可是这样的烈火却遭到对方的冷漠，为此，她痛不欲生，她买了一把手枪到上演她心爱剧目《雏鹰》的剧院开枪自杀未果。这种秘密的告别企图，或许是根植在生命中的植物，总有一天，它会从幼苗长出大树，大树之上，结满黑暗、嫉妒、仇恨的花朵。虽然茨维塔耶娃写过大量美好的关于爱的诗歌，比如"你若不爱我，我也不会在意的"这样洒脱的句子，但不能否认，这些文字中的美好，正是另一张用以掩藏自己的面具。更多的她是忧伤绝望的，"我在这里是多余的，而回到那里又不可能"，"没有知音，没有同道，没有任何护持、同情，比狗不如……"一次看起来的冲动之举，其实一直在她的内心中蛰伏着，她知道，那次的告别，不过是预演一次更决绝更盛大的告别而已。随后，她谈过两场惊天动地的恋爱，一个男人，一个女人，之后结婚，生子。她的丈夫埃夫伦曾这样描述她："一个硕大无比的火炉，要点着它需要木柴、木柴、木柴。无用的灰烬抛掉，而木柴的质量并不那么重要。只要通风好，总能燃烧起来。木柴坏，烧完得快，木柴好，烧完得慢。"当她遇到里尔克，她竟然在信里说：

> 莱纳，我想和你睡觉。
> 我的灵魂与你的灵魂是那样亲近，
> 仿佛一人身上的左手和右手。
> 我们闭上眼睛，陶醉和温存，
> 仿佛是鸟儿的左翼与右翅。
> 可一旦刮起风暴无底深渊
> 便横亘在左右两翼之间。

这更像是写给她自己的诗，写给深藏在骨头缝隙里那个悲伤的，任性的，渴望爱的自己，写给那个受着煎熬之苦，不能自抑的自己。要么爱、要么死，要么深陷、要么告别。

丈夫遭处决，女儿流放，她贫穷无依，只有告别，才能使她保持完美的纯净，于是，她返回来路，告别所有的繁华和苍凉，重新走回死亡的。茨维塔耶娃的遗书写着"不要活埋我，检查仔细点"。

当然，也有不做任何准备就要告别人世的人，这种不分年龄和性别的死亡，被人称为意外。但也有人提前接收到了告别的讯息，并提数次演练且有过豪言壮语。比如写下《再别康桥》的徐志摩，他在诗歌之中无数次地描述过死亡的来临，在梁遇春的回忆录中，徐志摩曾拿着一支纸烟向一位朋友借火时说一句话："Kissing the fire"（吻火）。"只有徐志摩肯亲自吻这团生龙活虎的烈火，火光一照，化腐朽为神奇，遍地开满了春花，难怪他天天惊异着，难怪他的眼睛跟希腊雕像的眼睛相似，希腊人的生活就像他这样吻着人生的火，歌唱人生的传奇。"脱离了这世界，缥缈得不知到了哪儿，仿佛有一朵莲花似的云拥着我到极远的地方去，我真不希望再回来人说解脱，或许那就是罢！这是他对死亡的幻觉，当他的真诚、天真、信任乃至倾任全力去爱人，所有这些都日渐破灭，他提前预知了自己的死亡，提前告别了这个纷乱丑陋的世界。1933 年 11 月，35 岁的徐志摩在烈焰中正式作别尘世，那时，他的灵魂是轻盈、逍遥、美好的，像他诗歌里表述的那样，悄悄地我走了，正如我悄悄地来，我挥一挥衣袖，不带走一片云彩。

渡边淳一的《失乐园》中，男女两人在欢愉的最高处告别尘世，这种对人生的满足感导致的毁灭，同样令人惊心。日本是一个自杀率很高的国家，这其中有他们国家所倡导的武士道精神的荼毒，同时也有现实的残酷。曾获诺贝尔文学奖川端康成一直是一个反对自杀的作家，他说："不管多么的厌恶现世，自杀是种幼稚的不觉悟的行为。"但他同时也说："再没有比死更高的艺术了，死就是生。"在这种正确于错位的纠结当中，他依旧选择了自杀这种告别姿态。在死前，他跟家人说出去散步了。而后，他的助手却在写作公寓里发现他把煤气管含在了嘴里。他诠释了自己"无言的死，就是无限的生"这句名言。

写到这里，想起我自己在二十岁时，也曾试图用某种方式告别爱人、家人、朋友和敌人。河边寒冷的小屋里，蜂窝煤炉子奄奄一息，风掀起门帘，又狠狠地摔下去。半夜里，一轮苍白的在窗户上方爬上来，像一只眼睛，冷冷地注视着我，偶尔能感觉它的嘲讽和冷笑。一个人，如果用结束生命来告别以往，似乎不外乎是对人生产生了深深的厌恶，对生活不再抱有任何希望，事实也如此，因为年纪轻，我人生的起初全是空白一色，而未来又极其渺茫，那种前后无路的感觉，像刀挤压和逼迫着你，又不懂迂回，只会死扛到底。在夜里，我写下一封写给妹妹的信，上面滴满泪水，墨水染了色，有些字迹模糊不清，信纸皱皱巴巴的，但似乎也无所谓。我把信件折起来，放到信封里，又掖到日记本里。我坐在地上，思索着用怎样的方式来结束。我想到海子的告别方式，也想到了海明威的告别方式，但每一种似乎都不是最适合我的。后来，我从抽屉里找到一把小刀，在左手腕上开始比画。可惜，我并不够勇敢。当鲜血流出，我惊恐无比。我的怕疼，想爱，阻止了我过早结束人世历程。天亮后，我的心境竟然无比平静，仿佛昨夜，是一场剥离，一场告别，此刻的我，变得很新，也很快乐。我选择了走开。之后一路平坦。倘若前后无路，何不闪到旁边去呢？多年后我读到木心那句"所谓万丈深渊，走下去，也是前程万里"时，心里顿然温暖无比，感觉到一种被理解的释怀。告别所演绎出来的别样风光，让人心安。

多重曝光是数码相机新增的一个功能，不同于之前的连拍功能，只是像电影胶卷一样一帧一个画面成像，而是通过这个特殊功能所拍出来的照片，有种迷幻味道。如果用在人像上，会出现一个人从进入画面到走出画面的每一姿态、表情、动作。看这样的照片，你能真实地感受到时间流逝的痕迹，你滞后的那只脚、来不及收回的那只手、被风掀起的衣襟、路过的某个物体，仿佛都是在对刚才做出一次无意识的、仓皇的告别。

影像凝固了时间和情景，那种转瞬即逝永别的感觉，在影像中无处不在。《神谕之夜》里的理查德在偶然的机会中，于车库的纸箱里发现一部旧的三维视镜，那是他很小的时候父亲用过的，它的具体玩法是需要一部非凡照相机拍出三维照片，制成三维相册，然后就可以用三维视镜来观看了。他带着好奇，找到一个胶卷，放到三维视镜中，于是在刹那间，他生命中的 30 年急速被全部抹去，他看到了 30 年前的父母、表兄弟、叔叔婶婶们、姐姐、姐姐的朋友们，还有他自己，栩栩如生，充满活力，鲜艳的颜色和入微的细节清楚闪耀，四周的纵深感足以乱真，他觉得自己盯得时间长一点，就能感觉到幻灯片里的人们的呼吸和体温，当他试图真的去靠近熟悉的气息和温度时，他猛然发觉画面中的人，除了自己，他们都在 30 年中先后死去。他开始意识到，自己是在跟幽灵站在草坪上，他禁不住大声痛哭，肝肠寸断。镜像像一个神灯，可以穿越时空，让我们清晰地看到每一次微细而隐秘的告别。

　　也有人，用实物来证明告别的确凿。《午夜之子》里的那张开洞的床单便是，这个布满植物纤维纹路的织物上有个直径约七英寸的洞，这个洞，不止收纳了一段爱情的告别，同时也收纳了萨里姆妹妹的歌声、舅舅的酱菜、国旗上的绿色和橘黄、萨里姆的自行车、几百个游行人员的受伤、还有他奇特的鼻子和湿婆的膝盖……那个床单，那个洞，就是记忆的出入口，而世上所有的告别，都徘徊在洞口洞外，它们时时上演，无法停止。

　　而《纯真照相馆》不厌其烦地将告别的证据一一展现

在读者面前，从一只耳环开始，到盐瓶、顶针、发卡、烟灰缸、纸牌、扇子、香水瓶、手帕……无数爱过和惜过的物品，都成为告别过去，怀念曾经的证据。那一刻，我想到世上所有的博物馆，那些陈列着的古物，布满斑驳的印记，携带着源源不断的悲情和无奈，原来它们都是一场浩大的告别场景的微缩记录仪啊。它们存在于某个时间节点上，曾见证过无数次的离散，也挽救过无数次的告别。家国破碎、骨肉分离、树木枯死、河水断裂、房屋坍塌……如果你仔细体察，或许会听见一场杀戮正以怎样残酷的方式推动着告别的发生，而脉脉温情的恋念掩盖的场景亦不过一次次告别前的序曲。

时至今日，我依旧会对无意无觉的告别心怀愧疚，倘若生命中所有的错过都能作一次最完美的告别，那样我们就会安心，并且过得踏实幸福。当然，有些告别是不舍的，就像孩子要长大，要离开，要去遥远的地方生存，这是人生法则，不容反驳。而有些告别是不经意的，就像跟朋友承诺过的相聚，因为时间的拖移，心境的变换，主要的是彼此的远离，而变得更加遥遥无期，但是很明白，我们已经或者正在走在告别之途，永无挽救的余地，也不会返回重来。我们无法像金圣叹那样在生死关头，有"花生米与豆腐干同嚼，大有火腿滋味"的从容。更无法坐庄子，对死别作欢喜态，鼓盆而歌，说"生死本有命，气形变化中。天地如巨室，歌哭作大通"的睿智彻悟。但不可否认，每个人的一生，都是在不断修正和完善的过程中慢慢长大成熟乃至老去的，而这种修正和完善，必的需要摒弃和放下一些东西，或许，这就是生活中无时无刻不在的告别吧。告别昨天，又告别此刻，而明天我们又将踏上新的告别之途。生命新旧交替，时间斗转星移，最好的运转方式，就是告别。能断、能舍、能离。时间的风拂过记忆的草原，告别就是草丛里的小石子、虫尸、鸟粪，也可能是一只耳环、一段光线、一股气味，所有的这些，组成了我们短暂而模糊的告别记忆。

春天的黄昏，空气中布满隐约的花香，橘红的夕阳，正凝重而决绝地沉陷。马路对面，他站在夕阳里的姿势令人炫目，仿佛，他是组成夕阳的一道强光，在坠落之前，释放着温暖、笃定、接纳、热爱等能量，那个他，突然就不再是单纯意义上的生命个体，而是跟遥遥相对我的所求所愿，所幸所得。在夕阳反射的光线中，我的视觉顿然失却全部的用途和意义，只有心，能感知到一种力量的召唤，一种莫名的兴奋，让我禁不住跑起来，奔向夕阳、奔向他、奔向一种无畏。那一刻，胸中涌动着大海一样的潮汐，而眼底，微微湿润。许多天后，我脑海里依旧会不间断地闪过那个黄昏的情形，这个被无数电影镜头诠释过的、被人诟病的镜头，当它真实地呈现在自己身上时，突然就摒弃了之前对影像和书籍所描述的人们在久别重逢时情不自禁冲动奔跑的陈见，而开始相信，人性生来对某物某境的向往，是无法抗拒、无法逆转也无法剔除的。但在回望的间隙，我也真切地看到了注定的告别，怎样亦步亦趋，如影随形，附着在夕阳急切的喜悦之上，附着在奔跑的影子里，还有拉住衣襟的春风里，而后，在如许日后，我们分离，执手相望，转身天涯。是的，每时每刻，每分每秒，我们都在相逢，每时每刻，每分每秒，我们都在告别，断肠蚀骨，却心甘情愿。

练习飞行

原来并非只有我有高飞的幻念，村里其他孩子们心里，都藏满想要飞的心思。像苍鹰、鸟群、蝴蝶、蜻蜓，哪怕像一只蹦极的蚂蚱，一朵可以借助风而让种子飘飞的蒲公英……

秋日天空，高远辽阔，每一片白云，都在缓慢变幻自己的形状。上一刻，它可以以一只大鸟的形状对着你，下一刻，它就会放大变形，洇成一匹大马。倘若上一刻它恰巧是一匹大马，下一刻，它的边缘处会出现缓慢的蜕变，仿佛一匹骏马在奔跑途中，要不断消解卸掉身上的重负，缩成一只羊、一只鸡、一只鸟，后来，变成一条窄窄的丝巾，再后来，它不见了。一群小孩躺在谷仓上，只看得西天彤云四起，凉风徐来，起身时，村庄上空的炊烟，像我们一样，正在努力地伸长着，向上飘飞。

有人喊："它们就要变成云彩了。"

并没有变成炊烟的机会，我们都是害怕的人，怕火，怕燃烧，连变成一只烟筒的机会都微乎其微，没有人愿意远离家人，远离热炕和热汤，一个人蹲在房顶上，当一只孤单的烟筒。但无论是炊烟、烟筒，还是房瓦、树尖……所有高处的物体都让小孩渴慕。当我们的门牙掉了，会有一个靠近烟筒的机会。近处的烟筒与远处的烟筒有明显区别，远看时，它细腻的黑釉明亮而深邃，近看，便要被它呛人的气味、褐黄的烟垢，以及深不可测的内部吓着。我们常常会迅速将自己那颗硌手的门牙扔下去，转身离开。身后，似乎还能听到牙齿飞落的声音，缓慢的、轻盈的，乃至转着圈，悠扬下坠的形态。有次我在厨房火灶的通烟口，用火柱慢慢翻寻，在那里，有一层厚厚的绒毛般细腻的灰烬，但没有我的牙齿。我猜测，我的牙齿在飞落的过程中，像云彩一样消散了，但也不能消除它飞走的可能。就像一只麻雀，你明明看到它飞到房檐上，可是定睛时，它停驻的地方空无一物。

事实上，我们意愿中的飞行远非让形体消失这么绝对，我们只是想体验一回飞行的滋味，一种腾空后身体没有重量的轻盈。

金黄色的谷秸带着沉甸甸的谷穗被收割回来，妇人们每天坐在大场里，用小镰飞快地削下谷穗，身后的谷秸渐渐堆积起来，成山。那时，小孩隐秘的喜悦，正通过一双双亮得要发光的眼睛暴露出来。

最大胆的海海站在高高的谷秸顶上。我们看见一个跟常下完全不同的海海，他有长长的四肢，衣襟鼓荡，鼻孔阔大，眼睛细长，他的嘴像一把横放的勺子。

如果你的手臂够长够直，也就标志着你的翅膀够大。张开它，感觉风一点一点鼓荡着身体。仰头，让整张脸平放在空气之中，闭眼，想象自己是一只盘子，变戏法的人手里那个可以飞动的盘子。身体微微弓下，脚下用力，向上蹦。快速将身体前倾，张开翅膀。

一个飞行的人，从我们头顶之上落下，没有人舍得眨眼，也没有人说一个字，生怕吓着海海的大鸟时刻。但即便我们小心翼翼，海海的飞落速度仍然迅忽得让人咂舌。仿佛从头而降的冰雹，洞顶上落下的花蛇，石头落到井里。飞行过程的短暂让人充满遗憾。

这遗憾，像夜色一样袭上每个人的心头，所有人都轮流站到高高的谷秸顶上，心中默念海海的飞行秘诀，并效仿海海的姿势，从天而降。之后，无比迷茫从下面的谷秸中爬起来，意兴阑珊地拍打着身上碎碎的草芥，满脸失落，或怀着不屈和倔强，再次向谷秸堆爬去，重蹈覆辙。

我们怀疑，是自己太小了，如果长成大人，是否就能驾驭飞行术。可惜没有一个大人参与到我们的飞行游戏当中，传授经验或指点迷津，乃至他们从我们身边走过，都不会仔细看一眼，更不会饶有兴味地停下脚步，似乎他们对飞行没有任何兴趣。

但二林说，在他父亲的帽子里，放着一条用报纸叠成的纸板，那条纸板，将帽檐撑起来，像一个飞行器，"难道我爹不是想借助帽子飞起来吗？"

或许，大人们也在避开我们悄悄地练习飞行，只是我们不知道吧。

那他们什么时候飞？白天没见过，莫非，黑夜才飞？

大人们做的事，如果不想让小孩知晓，小孩永远也无法察觉。到了夜里，小孩的眼睛像被糨糊糊住了般，睁也睁不开。在梦里，我站在喧腾的谷秸顶，张开翅膀，仰脸，闭眼，腾跳起来，那时脚下突然出现一双手，抓住跳起来的双脚，我狼狈地朝前扑去。

我们一直在预习飞行，并借助其他事物，来积攒可怜的飞行经验。

我们都会喂养一只从房檐不小心掉落下来的麻雀，它们刚刚出窝，正被大鸟训练飞行术。万事开头难，这句话不仅适于人类，也适于麻雀。总有一两只，无法让自己适应涡旋的气流，乃至翅膀也张不开，只能坠落在地，笨拙而努力地扑闪着无力的翅膀。有时，早上它在那里扑腾，中午我都放学了，它还在那里挣扎。但更多时候，一上午时间，足以让一只麻雀掌握飞行要领，并成功展翅高飞，越过花墙、院墙、屋顶、树梢，向着遥远的山河。一只鸟，只要学会飞行，就不会忘记。我们喂养的通常是一只笨鸟。在漫长的上午时间，阳光把它从阴影里一点一点揪出来，到中午，它通常会虚弱无比，委屈而不甘地蹲在那里，让小孩心生怜惜。我们将小米用水浸泡，盛到秸秆皮做成的窄勺子里去喂它。喂鸟并非简单的事，它小小的身体在我手心里抖动，那种恐惧和饥饿让它左右为难，也让我初次感受到来自其他物种小心翼翼的警惕和信赖，当然，对于一只不会飞的小麻雀来说，它没有选择的权利，它只有选择靠近我。我用手将它的嘴掰开，然后将膨胀的小米强行喂入它深深的口腔之中。更多时候，它会待在一个草秸编成的笼子里，那笼子通常被放到屋里的某个角落。小孩总有明显的缺陷，比如，此刻就忘了角落里窥探的老鼠。也有时，我会将它放到闲置的炉子里，让它长时间处在黑暗中。还有时，会将它绑在凳子上。只要闲暇，或者突然想起，我就会给它喂食、灌水，然后让它在地上趔趄地扑腾。很少有麻雀能在我们喂养的过程中，成功利用翅膀的优势，开启它的飞行生涯。我们喂养的麻雀，没有一只活下来，它们要么成为老鼠的食物，要么就会鼓囊囊地躺在那里，身体僵硬。大人们总说，麻雀是被小孩喂死的。

我们半信半疑。

我们无法喂养斑鸠、喜鹊、燕子，或者其他体型大一点的鸟。它们总在高处飞行，掠过树梢，向更高旷的远空。我们看见一只鸟在飞行之前，总是用力地扇动着翅膀，但到了空中，它的翅膀就紧紧贴在了身侧，像从未拥有过一对翅膀一样盘旋，或者俯冲。海海将这样的姿势，运用在下次的飞行游戏中。大场里的谷秸，已全部推到了下面的饲养处，但并不妨碍我们去练习飞行。海海胸有成竹地夹着双臂一冲而下，转瞬，谷秸里只剩两只脚在艰难挣扎。一群人从下面爬上去，拉的拉，拽的拽，好不容易将海海从谷秸深处拉出来。隔天，他的脸上全是血痕。

我们在喜鹊和斑鸠的炫耀声中醒来，又在乌鸦和猫头鹰的恐吓中睡去。遗憾和幻想交错，但没有任何聊以慰藉的机会。

据说，像蜥蜴这种爬虫，虽然没有翅膀，但它们同样拥有飞行功能。它们从来不吃来自地上的食物，它们靠吸食空气和风来生存。这是一个极其诱人的传说，但我们从未抓到过一只蜥蜴，它们在石头里，或者道路中间飞快穿梭，有石头和砂砾一样的颜色。我们用一中午又一中午的时间，蹲在通往小河口的路上，手里备着石头和弹弓，时刻等待它们的出现。但似乎它们并不怕被我们发现，因为它们对自己的逃窜速度充满自信，而我们怀疑，当危险来临，小孩的喊声和石子射向它的那刻，它的飞行技艺被运用到了极致。

禾苗哥哥用弹弓逮住一只灰鸽子，他用绳子将它的脚绑在砖头上。鸽子比麻雀健壮得多，想来它飞行的技能也会更高级、更在行，也比麻雀更适合高处和自由，所以它不停地挣扎着，腾空，或者疾走，羽毛飘飞，让人心烦。禾苗哥哥从屋子里拿出一把黑剪子，我紧紧地攥住禾苗的手。直到看到剪子将鸽子的翅膀上的羽毛剪掉一半，才明白，原来他不是要杀鸽子。

剪掉翅膀羽毛的鸽子，安静下来了。好像承认了不能飞翔的事实，从此温顺而无奈。

　　第二天，它脚上的绳子不见了，它在院子里走来走去，好像忘记了飞行。它走在鸡群中间，跟它们抢夺食物和水，并常常挑起鸡群之间的战争。那时候，院里开始飘浮着鸡们褐黄和深红的羽毛，一些鸡被迫被唤醒飞行记忆，慌张地惊叫着，挣扎着飞到院墙上，身后，留下被撞花盆的碎瓦片。这时候，我们才想起，鸡也是有翅膀且会飞的物种。在街上，男孩子们手持棍棒，赶散觅食的鸡群，让它们跌跌撞撞颠跑起来，钻到柴垛下面，石头后面，当然，总会有几只笨鸡慌不择路，叽叽咕咕地朝前跑，而前面，就是悬崖，它们不得不惊恐万分地飞下去。

　　它们身后，是打了胜仗的小孩，耀武扬威，得意扬扬。

　　我们苦练所有涉及飞行的技艺，比如踢毽子。我们不放过任何一点时间，吃饭前，放学后，在热辣辣的午后，一个人站在梨树下，将毽子扔过头顶，仰头的当儿，脚踢起，毽子落下，再踢起，一仰一落中，毽子精灵飞飞落落。但我从未踢过三十个，总是数到二十几，腿会变软，脚也不在听从身体的指挥，毽子落到土里，腾起黄尘。

　　下课时，我们在学校里踢，所有人都会替你数数，并在整齐划一的数数过程中，让头如小鸡吃米般仰仰俯俯，这种带有期待仪式的场合里，我偶尔可以踢过三十个，但更多时候，有一个魔圈会从我的身体里飘浮出来，将我套在二十几个毽子里。

当然并不是所有人如我一般笨拙，她们身体柔软，有踢毽子天赋。那个会下腰的女孩，是抓石子抓得最好的，也是踢毽子踢得最好的，她站在高高的洋灰台上，下面的人将毽子扔上去，那一刻，她就像被精灵附身般灵巧柔软，她的脚，她的腿，她的头，她的身子，都被一个毽子环绕着，她可以转身，可以朝后踢，可以朝前踢，可以用脚尖踢，脚后跟踢，膝盖踢，胳膊肘踢，头和肩膀也可以将毽子弹起，她跟毽子之间，像有某种粘连不绝的气息，她有怎样的意愿，毽子就会有怎样的角度。能听到毽子落到她鞋帮上的嘣嘣声，但没有听到她的脚落到洋灰台上的声音，对这种不可思议之事，我们无比惊讶。

那年"六一"，她在中心联校表演了踢毽子，并获得一张奖状后，开始幻想通过毽子来飞行。刚开始，她站在一块石头上练习，站在原地踢毽子，对于我们来说，几乎是天方夜谭的事，她也好不到哪里，由于脚下的限制，她无法追随着毽子左右转圈，所以，差不多每次都以失败告终。但两天后，她可以站在石头上踢二十几个了，看起来，她已经掌握了这其中的奥妙。当她可以踢到一百个的时候，她说她要在木头上踢，一群小孩从院子的角落里找来一根腐烂的木头，放在学校操场中间，来见证并希冀她的愿望成真。上课时间，我们心不在焉，被老师教训成了常事，老师的戒尺是竹子做的，打在我们手上，生疼。男生们胆大，每次看戒尺打下来，总会飞快地将手从老师手里抽出，像沾了油似的光滑，惹得老师更加气愤。一下课，我们簇拥着那个女生走出教室，站到木头周围的时候，感觉希冀的事情就要出现了。

木头的表面是圆柱体，人站到上面根本无法停顿，需要疾走或者小跑，才能在慌张中走完，想在上面边走边踢毽子，更是难上加难，但我们对她充满信心，而她更是，觉得自己身上承担着十几个人的愿望，每次都精神抖擞，但没有一次成功。

后来，有人提议，换个地方踢。哪里？矮墙上？

矮墙就是花廊墙，红砖砌成，上面摆着大小不一的花盆，主要用来分隔上下院，墙中间有十字图案，人如果坐在花廊墙下，能看到下院以及院门外发生的一切事。

我们将花盆从花廊墙上搬下来，她扎紧裤腿，踏着青苔和湿泥，上到矮墙上，将五彩的羽毛毽子扔到头顶，一、二、三、四、五……我们同时看见了另一个自己，一只在半空中轻盈地飞起又落下的脚，跟毽子纠缠，疏离，拥抱，又推开。直到她跳下来，红扑扑的脸蛋呈现在我们面前，我们无限迷茫地望着她转身，留给我们一张空荡荡的背影。

她说，毽子根本无法让人飞起来。

没有人能把握虚空中的游戏，我们对毽子的迷恋，竟然随着她的断言，很快结束。但关于获取或积攒飞行经验的想法，却并没有休止。在以后，我们也曾热衷于跳绳游戏，不是个体单一的蹦跳，而是一群人一起腾跳，飞跃。我们叫跳大绳。由两个人甩绳，一个人钻到绳子下面，随着挥舞的绳索，脚下飞腾。然后两个，三个找到最合适的角度钻进去，最多时候，绳子里有过八个人。我们整齐划一地跳起来，辫子飞起来，衣衫飞起来，脚飞起来，然后落下，用脚尖轻轻点地，助力，为跳得更高，更像飞行。

三伏天，男孩子将裤管和裤口扎起来，然后扔到水里，裤子很快就鼓囊囊的，像一个大气球。他们说，这是一个飞行器，如果幸运，它会带着人飞起来。他们扎猛子，或者猛然从水面冒出来，抓住那个大气球。但没有谁成功被气球带着飞起来过。他们说，这是因为天太热，没有风的缘故，如果风大，说不定就飞起来了。

北风一夜紧，呼啸声中，温河变成一条雪色玉带，铺陈在阔大的河床中央。这时候，家里的大人会为小孩制简易的冰车，几根不到二尺的木头钉在一起，下面再钉两个 U 形扒钉，找两根小铁棍当冰叉。男孩子们总是最早拥有冰车的人，他们戴着厚厚的棉帽子和棉手套，腋下夹着冰车，手拿着冰叉，吆三喝六地出了阁洞，到小河口。

女孩子很少有自己的冰车，常下里，我们会带一把铁锹，也蜂拥至小河口。

温河冰面有天空一样的灰蓝色，这就让我们产生错觉，以为已经在不知不觉中，进入了天空疆域。在空中，男孩子像被赐予了翅膀，滑冰的速度堪比飞行的速度。那一刻，他们都是一只只大鸟，迎着寒风，在温河的冰面上，穿云破雾。他们的冰叉成为有力的翅膀，当冰车速度加快时，他们会将翅膀收起来，像大鸟一样夹着腋下，滑行、盘旋、俯冲。

女孩子两两一对，一个蹲在铁锹上，另一个拽着铁锹往前走。但铁锹的速度，根本无法达到我们向往的速度，于是，我们就选择转圈，像推碾子一样推着铁锹转圈，因为轻松，所以被铁锹连接的两个人，同时会产生飞行的错觉。蹲在铁锹上面的那个，很快就晕头转向，看天天旋，看地地转，那种稀见的眩晕感，更像在天上飞行。而那个推着的人，随着速度加快，来自冰面的轻滑，让她会消失来自脚下的踩踏感，整个身体变轻，变快，周围一切渐渐旋转成个空旷的疆域，除了风声，耳朵里安静的，什么也听不到了。

直到，男孩子划着冰车飞过来，在我们身边喊叫起来，我们才从飞行的虚幻中渐渐回转神来。山河冰冷，面前的一切，都变得如此寻常，触手可及。

那是我们所有人飞行的起点和雏形，一种似有若无，似真若幻的体验，在表面上缓解了我们对飞行的执念。我们一夜之间变得缄默而矜持，连老师都说我们长大了。

全班同学都在《少年文艺》上读到一篇文章，在未来的某一天，人类会发明一种飞行器，那种飞行器简便易操作，将替代交通工具，分发给每个人。在文里，有跟我年纪差不多的小男孩，吃完早饭，出门时，将书包大小的飞行器背在背上，按下飞行器的开关，他就可以腾空而飞。在空中，遇见了无数小伙伴，他们打招呼，同飞，错肩，告别，各自向各自想去的地方……

　　那个上午，我们沐浴着橘色阳光，仰着红扑扑的小脸，怀着对飞行的隐秘渴望和对未来可期的肯定，陷入了无边的迷醉。

漫长的撕裂

　　我在生命中初次感到撕裂，不是小时从山上滚落下来的那次。

　　那次意气用事，是因为年少的虚荣心，还有对物的贪念。

　　我一直记得那个午后，是如何避开家人的眼目，悄悄绕过院子里的花盆和果树，低着头、缩着肩、弯着腰、快速而无声地跑出街门的。在那里，禾苗正在等我。而村口，禾苗的二哥正在等待我们。他在阁洞里百无聊赖，我们到的时候，他正在跟一只大蚂蚁逗着，看到我们跑来，便扔下手里的草棍，站起来，提了提裤子。没有多余的话，似乎也没有表情，我们三个便向着泉子沟跑。人年少的时候，最难的可能就是慢慢地，一板一眼走路，迈左腿，伸出右臂，迈右腿，伸出左臂，这种带有律动感的优雅，没有一个小孩能做到，只有跑，腾腾腾的跑，如果必须走路，就用左右脚交替蹦跶，跳着走。

　　我们沿着泉子沟的流水跑，脚下出现越来越多的草从和石子，但小孩灵敏的反应总是会避开一些危险。流水拐弯处，一座山体凸出半边，这就是我们要抵达的地方。

这次出行，是在我一再央求下达成的。起因是禾苗有大约十根新石笔，不是供销社购买的两头圆圆的，稍不留神，力气用大了，就会折掉的那种石笔。而是方形的，硬、光滑的那种。禾苗跟我炫耀，说这是她二哥用锯条锯成的，用起来耐极了。我馋羡的目光扫过她手里青白色的石笔，知道自己将又跟永远无法拥有柳笛和冰车一样，这次也将永远无法拥有石笔。但禾苗两眼朝左右一扫，神秘兮兮地靠到我耳边：我让二哥带咱们去捡石板，回来你自己锯。一霎时，惊喜从我的心头直跃到眼仁。

面前凸出的山坡，其实是一道石板坡，整条坡上，铺满碎碎的大小不一的石头和石板，禾苗二哥的意思，让我们在下面捡几块即可，可是，下面的石片经过流水的冲刷，变得坚硬没有棱角，锯起来不容易不说，估计写字的时候有擦不掉的划痕。于是他便说那往上爬吧。这时候我才想起，自己穿了一条母亲新做的夏裤，浅粉底深粉花。要知道，在当时，不是每个小孩在夏天都能拥有一件新衣的，这件新衣曾成为小学校里一道风景，多少小女孩的眼神之中，盛满羡慕和嫉妒啊。见我犹疑，禾苗像读懂我心思般：爬得时候小心点不就行了。说完，不屑地一扭身，第一个向着石坡上爬去。世上万物的表象都有某种虚假的成分，当我四蹄并用，爬上石坡，身临其境，才发觉陡峭难行。脚下的石块，没有一块是稳当的，它们在我脚下随时逃开，到下面，或者旁边。眼前的石板，明显规整了许多，我热汗淋淋却无比贪恋地挑拣着，并把它们装到夏裤的口袋里，三五块之后，口袋就满了。抬头，禾苗已经爬到比我高的地方，而她二哥，竟然就要抵达顶端，在那里，有一块横飞出来的大石头。他扭身高喊，上来呀，上来呀。争强好胜的虚荣涌上了，我竟然忘记此行目的已达成，刚才的满足感一扫而光，我循着禾苗的轨迹，快速向上。

在想象中，我会抵达那块横飞的巨石下，乃至我们会绕着爬上巨石，站在高处，去感受风和云彩的抚摩。但事实是，我感到越来越疲惫，力不从心，一直蹬展的双腿，慢慢地蜷起来，夏裤承担着身体的一部分重力，手脚之后，又加了膝盖和手肘的力量。汗水从头发中流下来，过额头，入眼眶，眼睛酸痛。我抽出右臂，去擦眼睛，脚下一滑，左手顿时失力，突然像被什么东西拽着般，四肢和身体失去了控制，我就像石坡上任何一块石头和石板一样，快速而无助地滑了下去。

听见禾苗的惊叫。我挣扎着试图抓住路过的任何一块石头，但它们纷纷推开我，当我无望，便只能任自己滑下去，像离开被热炕烫软的油布一样，那种皮肉撕离骨头的痛感，让我生出绝望。

我一直记得，如何小心逃回家里，把那条磨破的新裤子剥下来，我看见自己从胸部一直到脚都伤痕累累，一条又一条的伤痕，就像用刀划过一般，没有开口，但都洇出了血，热辣辣的。那天下午，在阴暗的窑洞里，祖母成为我的帮凶，帮我把伤口清洗掉，将一些划痕里的细石和草根扒出来。晚上，母亲疑惑地看着我，祖母抢先说，裤子我给洗了。

钻心的疼痛，是在夜里才开始的。也不敢哭，就那样直挺挺地躺着。当然，隔天母亲便知道了我所遭遇的事件，她将紫药水涂满了我的全身。作为回报，禾苗给了我五根她锯好的石笔。她的眼里，闪过一丝尴尬。小孩有惊人的痊愈能力，而那些紫药水，就像立意要从我身上离开似的，先是影影绰绰，后来便全部消失，随着它的消失，我的伤痕也在消失。那些伤痕，就像一些客人，只是来走走，而不留下。

这次幼年的危险经历，并未在我生命和身体之中留下任何印记。

二十岁的时候，我的骨折也没有让我生出丧失感。

在长达三十多年的婆媳关系中，祖母和母亲并不融洽，她们更多的在悄悄争斗，为一些物品，或者一些言语，一些眼神，一些闲话。母亲活得战战兢兢。但随着我们长大，她在村里也有了一定的声望，那种小心翼翼和胆战心惊，渐渐退去，变得泼辣而坚强。在这种情形下，年老的祖母每次便会处于下风，但她有撒手锏，一是出门找人给我父亲写信，二是将一根绳子拴在门框上，时刻准备上吊。撒手锏一出，我母亲就自动投降，甘拜下风。几天后，家里恢复平静和气，但这并不说明两个人握手言和。我小时一直觉得，世上最难处的就是婆媳关系，与其这样，莫若将米嫁个孤儿，免了这一辈子的呕心。

那个周一的早上，我的自行车被祖母用鸡毛掸掸得锃光瓦亮，阳光从窗户里射进来，打到上面，发出刺眼的光，让整个屋子比平时亮了许多。

吃完饭，我就要上班走了。

在厨房里，母亲跟祖母不知为什么就吵起来了，锅盖摔得砰啪作响，两个人的声音越来越高，祖母气哼哼地出来，也不理推着车要出门的我。母亲也没有像以往那样嘱咐我几句。孤零零地出门，门外有两个女人正缩在大门边偷听，脸上挂着猥琐而鄙夷的神情，我的脑子一热，听什么听，走开！

出门要下个陡坡，平时都是母亲在后面拉着自行车，我才能顺利下去。这次，虽然我捏着后闸，但自行车就是不听话，心里又憋着不痛快，架着自行车一起往下跑，跑得刹不住了，脚下一歪，虽然站住了，可脚热辣辣地疼了一阵。也顾不上疼痛，骑车便走了。

到了单位，整个脚已经肿了，不敢跟人说，挨到中午。碰巧吃饭的路上碰到姨夫。终于见了能说的人，还没说话就泪汪汪的了。姨夫见我一瘸一拐，问怎么了，我喉头一紧，说脚崴了一下，他低头一看说："走，带你去找王老汉去。"

也不知谁是王老汉，就上了他的摩托车。他在百货大楼称了二斤槽子糕，又买了两瓶罐头。带着我走进弯弯绕绕的巷子里，上坡下坡，到了一户人家。

脚一沾地，我呼地惊叫一声。但更疼的还在后面呢。王老汉大约六十多，满脸皱纹，一圈一圈的，一直蔓延到脖子上，他放了一辈子羊，是远近闻名的接骨匠。脱了鞋袜，王老汉伸手一摸："脚面折了。"

姨夫将烟递给坐回椅子上的王老汉，王老汉含着烟说，得亏来得早，迟点血淤了，就不好办了。

姨夫舔着脸说，王医生是神医，哪有您老人家治不了的。

诊疗费需要六块。

姨夫当年有个腰包，据说是羊皮的，不知真假，但我知道他的腰包里，成天装着很多钱，具体多少，也是谜。但六块钱对于姨夫来说，显然是小数目，他眼都不眨，就从腰包里掏出钱，搁桌上了。

王老汉说，这得要你帮忙。

姨夫便按王老汉的指派，牢牢抓住我的左膝和左腿，王老汉："一会儿要抓牢了，绝不能让腿动一下。"

王老汉布满蓝筋的左手托住我的脚后跟，右手摸肿胀的脚面："没事没事。"第三声没事还没说完，就觉得脚背被掰弯了。我疼得大叫起来，没叫完，脚面一提，两手一合。好了。

姨夫擦擦满头满脸的汗水，千恩万谢，王老汉说不用用药，不要多走路就行，过一周再来看看。

那个看不见的伤口，就这样，在我楔状骨上耀武扬威地狂笑，值得庆幸的是，外面这层薄薄的皮肤成功将它掩藏住。仿佛秋天山里的大雾，高山大海的距离，那个伤口，除去王老汉和姨夫，没人知道。对于别人不会参与的撕裂来说，撕裂本身是不成立的，就像一群人喝酒，如果他们不喝醉，你的醉毫无意义。

只是，在之后的阴雨天里，我的左脚面会有隐隐的痛意，我早忘了那个伤口的存在，所以慢慢也就习惯了那种微痛微酸。

那个春天，我真正感受到了撕裂，一种从骨头、血液、皮肉之中剥落出来的感觉，让我惶恐、无助、害怕、空落，又愧疚不已。

唯一让人肯定的是，我当了母亲。

我的孩子就在眼前，他沉睡，偶尔皱眉、咧嘴，象征性地发出哭声。

外面，阳光明亮，我跟孩子，被一个厚厚的布帘挡在了里面，布帘不止挡住了阳光，还挡住了风。但肯定的是，它根本无法抵挡风的侵入，那个刚刚出生的幼儿，动不动就打嗝，那就是风的杰作。像任何一个初当母亲的人那样，我并不被他的打嗝声所忧心。我尚沉浸在一种空茫之中，在失去和解脱之间纠结，隐隐的疼痛自腹部缓缓地散开，腰背、肠胃、双腿和双肩，我用手紧紧地捂着那个瘪下来的肚子，试图用来自内心的念力和热气，来平复它巨大的空虚，在那里，发生过怎样的撕裂，我已不想记起，但这种成全彼此生命的撕裂，在常下意义上，是必需的，也是壮大的。通过撕裂，个体成为双个体，一个人，赋予另一个人生命呈现的机会。

门推开，我闭上眼睛，装作睡去的样子。当门又被关上时，眼里滚出热泪。

这泪，不是绵延不绝的宫缩带来的痛意，而是，作为一个撕裂体，在经受苦难之后，更加敏感更加脆弱，乃至对别人的关注，产生怀疑和否定。

含着泪睡去，看见我跟母亲站在温河边上，好像要过河去哪里，但流水凶猛，漫无边际。似乎我们等了好久，眼见天都要黑了，河岸上依旧空无一人，母亲咬咬嘴唇，只有我们自己想办法过河了。说着弯腰，挽起我的裤腿，伸手拉住我，你记住，无论在水中遇到什么，千万不能松开我的手。我点点头。双脚并未步入水中，一股刺骨的冰凉却传遍了身体，湍急的流水，吐着白沫，我闭上眼睛，小心而惶恐地被母亲拉着步入河流。来自流水的阻力，让我每走一步，都异常艰难，仿佛要拼尽全身力气。而面前的水，涌动的越来越慢，也越来越高，我感觉，水淹过了胸，我不自觉地抬起手，想推开流水。突然，手下一空，扭身一看，母亲不见了。似乎母亲在流水之中挣扎，又似乎她已经被冲到了下游，眼前除去涌动的流水，我看不见其他，我焦急而狂躁地大声呐喊："妈，妈，妈。"

在巨大的悲痛中醒来，满身大汗，屋子里的一切是如此陌生，墙上的画，桌上的摆设，包括窗户和门，以及门外的静谧无声，仿佛天地无人，只剩我们栖身的孤岛。那种幽暗的孤独，一波一波涌来，真的要淹没我了。

好久才扭身，看到身边的小孩嘟着嘴，睁着他黑黑的小小的眼睛，一脸茫然。突然就怔住了，我在他脸上看到了自己。

那个下午，来自身体的痛意被心里的痛意淹没，我的眼仁，干了又湿，湿了又干。几次抽泣不止。对自我的厌恶和悔恨，同时充斥着我。我想起自己狰狞的青春期，如何抵抗和反驳母亲，跟她吵闹，赋予憎恶；想起在很久以前，我曾因对她的恨意而不再跟她说话；想起在秋夜的庄稼地里，我曾怎样地吓唬她说，有人要来抓我们这些偷玉米的人了；想起在抬粮食的时候，悄悄地将绳子往她的肩膀上抹，好使自己更轻松些；想起，在寒冷的河床，我冷冷地站在一旁，看她一个人举着石头，奋力地砸开冰面洗衣服；想起，我曾跟祖母怎样地奚落和笑话过她担水时吃力的姿势，以及喂猪时的无助；想起，她们说起的笑话，说我在很小的时候，站着就钻到母亲的怀里吃奶，明里是在夸奖我长得高大健壮，暗地里却在讽刺嘲笑母亲的矮小没力气；想起，祖母老跟人炫耀，说我一出生就有八斤之重……我幻想中的母亲是强壮而高大的，她怀揣尖刀，对着荒凉的旷野毫无惧色，她有坚实的后背，能抵御所有指向孩子的灾难，同时她有阔大的胸脯，倾长的臂膀，将孩子的身体全部捂在怀中，而不是我母亲的样子。我看见自己站在她对面，被风吹着，像田里的庄稼，急速超越，她愈显虚弱而矮小。我的愧疚来自于此，来自于对母亲的不屑和冲撞，来自自我的强大遂生出来的自以为是和虚蛮之力。

一个人，只有身临其境，才会联想他人的感受，也只有设身处地，才会明白当事人的心境。我也是自母体中撕裂出来的个体，那个体积庞大的幼儿，曾撕裂过母亲体内多少细胞啊，我看见自己残忍的双手和贪婪的小嘴，在她的身体之内狰狞而狂暴的抢夺，那时，母亲要承受多大的折磨和痛楚啊。而当我终于脱离母亲，将她成功撕裂之后，她的绝望和忧伤，应该比我更胜。我的祖母就曾经无数次用烟袋锅指着母亲的鼻子骂她上辈子造了孽，生不出男娃。我看见母亲眼里的绝望像泉水一样幽深。那一刻，一个身高已快要超过母亲的，从她身体之中剥落出来的，流淌着共同血液的孩子，为什么不能站出来，哪怕站到那根烟袋前头，替她抵挡来自一个毫无温度的物件之戳指？

三天之后，母亲终于来看我了。我的本体终于呈现。在她身上，看不出任何我的痕迹。眉眼、嘴巴、身形，都是不同的。但我知道，包括我面前的孩子，我们都是自她身体中的撕裂物，延续着她的某一部分，有相似的眼神和相近的亲缘。她带着食物和衣服，带着心满意足的神情，带着欣慰的口吻。我知道，来自一个男孩的安慰，让她的心多少不再纠结。我湿润的眼神，一遍一遍抚摩着她，那一句对不起，到底也没有说出来。

那年九月的夜里，地上的暖瓶突然崩破了。热水从暖瓶底部洇到砖地上，阴了一大片，第二天才散去。

那一刻，是我的祖母彻底走脱了人间大道的时辰。

下葬那天，我没有落一滴泪，不知道自己为什么不流泪。这导致村里人的责骂。我知道，那些哭灵的人，对自己的所哭皆有指向，并如人们想象的那般，是将眼泪赋予面前这个往生之人的。比如我的母亲，她对祖母复杂难言，毫无头绪的感情之中，更多的是憎怨和对她终于离开的某种不该拥有的欣慰，但绝非想念。如果落泪，她哭的是自己无能而无奈的半生，在另一个女人面前纤毫毕现的窘境；而我的姑姑，如果有泪，是因被亲生母亲抛弃的凄凉身世，那种生生剥离血缘的委屈和仇恨，还有从今以后的流离失所；真正有泪的，应该是我的父亲，这个延续着祖母血液和骨脉的人，带给亲生母亲撕裂痛意，心怀委屈和抱歉的人，可是，在那样的场合，他哪有时间为母亲的离世这种突如其来的撕裂场景表达一下自己的痛惜呢，他需要应付村亲，联系纸火铺，买米面，请人工，马不停蹄。

我注视着祖母的遗像，想起前段她说，一到夜里，狂风大作，有人往院子里扔石头，但隔天，并没有人听到过夜晚的风声，那些所谓的石头半砖，更是找不到一块。但祖母并不以为然，摇摇头吃一袋烟，依旧躺回炕上，去睡觉。

在忙乱而闹哄哄的场面下，我们送祖母过了温河，到了干草坡。

干草坡我有十几年没有来过了。小时，我常常随着祖母来。我被祖母安顿到避风但视线好的地方，然后她穿过一些蒿草丛和一大片田地，远远地盘腿坐在那里，风大，听不见她的声音，但能看到她捂着嘴，肩头抖动。后来，便不停地对着坟包说话。在那里，有我从未见过面的爷爷的骸骨。

现在，当我真正走近了我们家的祖坟，看到了好几个坟包。父亲说，最上面那个，是他祖爷爷祖奶奶的，他们下面，就是我的祖爷爷祖奶奶，再下面，是我的大爷爷，爷爷和三爷爷，祖母要跟爷爷合葬，所以中间那个坟包动了新土，能看到里面砖砌的拱门，里面黑洞洞的。

父亲说，将来，你爷爷奶奶下面，就只有我跟你妈一个坟包了。

我猛然一惊，第一次正视一个问题，那就是，我将来死去，埋在哪里？

一股痛意遽然袭上心头，我看见自己的心，被撕成碎片，祖母闭眼后，我第一次号啕大哭，痛彻心扉。也就说，作为女子，你只是被父母养育大的一个生命，即便你身体之中流淌着父母的精血，即便你曾给他们带来撕裂的痛意，你永远是外人，不可能永不可能作为一家人。你就是一个碎片，注定被生命的飓风吹走，到海角，到天涯，或者，被埋在你所属的夫家，跟一群陌生人共度冗长而黑暗的时间。

这才是一个女子最终最重最绝望的撕裂和失去啊。这个瞬间，我痛不欲生，我在村里长大，又离开村庄，被母体渐渐地推开，推开，直至，生死再不相见。

在回家的路上，干草坡酸枣树上结满了红色果子，阳光下，每一枚都像一颗红色的眼泪。我任自己带着满身茫刺和苍耳，机械而绝望地走着。想起小时候，祖母会一个一个地将那些苍耳从我身上摘下来，她烟色的头巾，充满我的目帘。现在，我在回家，却没有了她的烟色头巾。而我回的那个家，是不会接纳我的家。

脱下脚上的那双白鞋，鲜血跟袜子黏在了一起，我一点一点将它们剥开，撕裂。

过了好几年不穿凉鞋的夏天，我的脚指甲才恢复如初。

我已经对撕裂的痛感逐渐麻木了。不是不疼痛，实在是不能疼痛。人到中年，不得不承认，撕裂感已成为常态，它们越来越频繁地降临光顾。而撕裂带来的空洞，茫然和强烈的丧失感，也成为必得承纳的部分。

当年那个小小孩逐渐长成。

先是上幼儿园，他恋恋不舍，一步一回头跟我告别。当我含着泪出现在单位，并没有人笑话，乃至同事们一再安慰。生命大同小异，我们都是从撕裂者变成撕裂体的物质，我们同病相怜。

我常常庆幸，不用经受梅的苦，她每周五从离县城十里的婆婆家接回孩子，每周日下午再送过去，而周一上午，基本上就是她的哭泣日。哭泣日，似乎所有初为人母的同事都会来安慰她，但最终无一例外也会落下疼痛的泪，一起完成这个日子里对撕裂的祭奠仪式。

我一直记得升学前班前的那个假期完毕，我们穿戴一新，意气风发地去往幼儿园。他背着新书包，书包里有新本子和新彩笔。这时候，他已经适应了远离我的生活。在幼儿园门口，我们被拒绝入园。我曾天真地以为，学前班开学前的这段时间，幼儿园还是他的学校。但现在，我推着车，车上的他也沉默不语，一股绝望感袭上心头，眼眶一热。那一路，整条街都是灰暗的，我不知道集体于一个小孩的拒绝，来得这么彻底，这么猝不及防，这么无助。这是他记忆里的第一次撕裂感，他把它叫作拒绝。

而撕裂一直在继续，为了彻底拒绝他，在高中的时候，我们商量，选择住校。现在想想，当时的理由是，为将来大学生活做点准备，免得他到了大学因为想家而影响学业。这

个理由多么冠冕堂皇而卑鄙无耻啊，明明是在推开他，从
父子、母子的亲密关系中，撕开一条离别缝隙。放开他实现
远大抱负，何尝不是撕开亲情的表皮，让冷漠和隔阂趁机
而入？

好在，世上所有的父母子女，都是以这样的方式来成全
彼此的未来的，世俗的圭臬，是顺理成章的理由。

那天下午，我下班回来，看见丈夫正坐在沙发上，对着
儿子的照片落泪。那种痛彻心扉的想念和撕裂的痛意，因为
儿子出外求学，让一个男人在短短几个月消瘦下去。我们
一起回忆，儿子身上发生过的所有的事情，一起笑，幻以为
真。就像书里写的那样：

"我们一直生活在被放大的影像之中，产生影像的原始
事物已经被远远阻隔，或者被抛弃了，被遗忘了，当事物的
真相隐匿之后，放大了的影像就貌似成为真实的，我们就生
活在这种虚妄的真实中。"

而虚妄，虚无，事实上，是每个父母余下的生活现状。

我的同事就在他孩子上大学后，不无感慨地说，自己
步入了空巢家庭。对于只拥有一个子女的父母来说，的确
如此。

随着离开时间的拉长，对儿子的想念和担心也愈来于
绵密。但我们装出一副无比大度的样子，支持他跳槽，支持
他辞职，甘心出违约金，支持他重新考研，所有这些支持的

表象下，暗藏着恣意而无准则的溺爱。乃至，作为对他的尊重，我们没有成为微信好友。为这事，我的朋友和姊妹都笑话我。但这有什么呢，我从未因不是他的好友而失望过。我只是感受时间插在我们之间的痛意，仿佛插在指甲肉里的刺，钻心钻肺的疼啊。

不见得他不想念我。这样想的时候，正巧他让朋友来取家里存放的一个笔记本。家里他需要的物件似乎也越来越少了，但我依然喜欢保存他所有的旧物，仿佛想讨回过去的一些些时光。他朋友说了许多他的近况。明白，这是他的意思。

他传来一部叫《朝花夕誓——于离别之朝束起约定之花》的日本动画。那天晚上，隔着千里之遥，我们一起观看。

在远离尘世的地方，有一群终生织作布帛的人，他们的织物以流逝的日月为经，牵着时间的流转和天色的变换；人们的生业为纬，在大地上紧密交织，拨动众人的心弦。这群人叫"离别一族"。"离别一族"的人，容貌和身体永远停留在 15 岁，被誉为不老传奇家族。但家族中有严苛的训诫，那就是绝不能跟普通人发生感情，如果违背戒律，孤独将终身相随。只是，无论怎样的戒律，又怎能避开命运的捉弄呢。有些人最终将与另一些异族相遇、生情，发生隔阂、冰释前嫌、重归于好、最终分离。即便接下来的自己将孤独终生，如火似焚，却无悔无怨。

人类何尝不也是离别一族呢，与父母，与子女，与同事，与朋友，惊喜相遇，纠结相处，溘然离别。有美好、有伤痛、有悔恨。生命就是一个告别的过程，一个被撕裂的过程，一个不断失去的过程，一点一点，从整体变成个体。你成为撕裂的主题，也是被撕裂的主体。在撕裂中，你离开你，离开你珍爱的美好。同时，通过撕裂，创建起新的撕裂体系，成功将自己的细胞和血液，分离出来，让他日渐成熟、独立。这时候，你将远离，走向生命尽头，在那里，新的撕裂正在启幕，你将成为最新的撕裂体，重归于世。

亲爱的影子

　　长大的午儿并没有想象中那么果敢、胆大。正月她来我家，对楼上的房间充满好奇，却犹犹豫豫，思忖要不要上去。幼儿园待了两年后，五岁的她变得礼貌而自律，腼腆而安静。在大人的一再怂恿下，她才羞涩地抬脚。但不久便涨红着小脸，慌张跑下来，说上面没有阳光，怕得很。楼上几扇窗户，自去年贴上防晒隔热膜后，原本亮堂的屋子，变得有点阴凉，但也不至于光线暗淡到让人害怕的地步。午儿辩道：没有太阳的地方，就看不到影子啊。

　　她是个喜欢站在光线充足的阳光下，环顾自己影子的小孩，那时她黑豆般的小酒窝里盛满喜悦和笃定，因为影子伙伴，她作为生命个体所拥有的孤单、冷清乃至悲伤都无限度地缩小，与之相反的幸福感和对世界的信任度会无限度地放大。影子存在的意义，超越了家人和小朋友，仿佛她生命最重要的组成。她喜欢幼儿园靠窗的课桌，喜欢阳光充足的白天，喜欢灯光满屋的晚上。傍晚，街道两旁的路灯渐次亮起，她喜欢走在阴影中间，并坚信路灯晕黄的阴影里，存放

着她明天的影子。在她很小时，倘若夜里哭闹，大人会通过
台灯的光线，用手做出各种形状，吸引她的目光，那时，她
看到投射到墙上的简单图案，会安静下来，眼泪敛去之时，
笑出声来。差不多每个星期天，她画画和做手工间隙，会去
探究窗帘的褶皱——在光线精灵的布排下，那里呈现出明暗
不一小世界——朝光的这面，明亮、灿烂、闪烁着光芒、苍
白、干燥，而避光的那面，却阴暗、清凉、湿润、包纳着虫
蚁的尸体，她将鼻子嗅过去，一些潮湿的秘密会悄悄散开，
她惊惧地睁大眼睛。人天生拥有的某种好奇和害怕，让她对
这些浸在阳光里的窗帘皱褶充满既亲密又排斥的姿态。在
她的故事里，皱褶背后是黑夜，噩梦和大灰狼。她跟她的芭
比娃娃穿着粉红纱裙，在皱褶正面的阳光里，它们的影子穿
透背面暗淡的色调，投射到白色地板上。她看见自己的头跟
芭比娃娃的头靠在一起，她对她说话，唱歌。对影子伙伴所
带来的快意让自己过得充实饱满。后来，她将对窗帘的探究
最终放在了自己的太阳裙上，白色裙子的皱褶都被拉开，和
她摊在明亮的白天。她坐在背朝窗户的桌前吃饭，整个人沐
在光线里，脸部和头颈的绒毛在散出金色颗粒，粗糙而又细
嫩，像一株饱满的植物，在她的意念里，她的影子伙伴跟她
一样，穿着太阳裙咀嚼饭菜，过程美妙而奇幻。

　　每个小孩童年最好的玩伴，大约都是他的影子。在孤独
而忧郁的童年，我也曾像午儿一样，迷恋着影子伙伴。我们
站在树荫外面，跟一株榆树或杨树去比较谁的影子更长更

大，可笑的是，我永远也没有榆树的影子大，没有杨树的影子长。脚下垫了一块石头，站上去，阳光穿透身边的空气，射给我一个倾长的影子，细细的脖颈，扛着一个小小的头，硕长的双腿成为我试图炫耀的资本，可是，当我的目光触到身边的杨树影子，还是气馁了。我看见自己的影子转过了头，朝向杨树的影子，欲言又止。

人们形容一个人跑得快，会说"跑得没影儿了"。一个人和他的影子永远粘连在一起。所以小孩也喜欢玩比赛影子游戏，站在那里，背对阳光，看谁的影子更长、更大、更好看。为了使自己的影子在一群影子里凸显出来，有人会不停地跳高，摇晃手臂。奇怪的是，我明明拥有一个大个子，影子却不是最长的那一个。他们笑嘻嘻的，根本不理会我的疑问。

一群小孩在场院里玩得忘乎所以，在山一般高的谷秸下面挖出一个洞，去里面休息，过家家。很快，又爬到高高的谷秸顶端，大鸟一样飞下来。后来，炊烟漫天，大人做好了饭喊我们回家。我们意兴阑珊地走在街巷里。突然有人惊呼：我的影子怎么变小了？我们同时低下头，小小的，短短的一截影子，委屈而害怕地蜷缩在脚下。心疼地抬起脚，试图让它重新走出来，但不行，它要缩回去，再缩下去，我的影子就要没了。惊恐像洪水一样奔腾而来，我们逃命般奔跑起来，那截影子，有气无力地徘徊在脚下，我感觉自己就要快哭了。

夜里，暗淡的煤油灯将窑洞里的物件照得影影绰绰，凳子的影子，桌子的影子，粮囤的影子，一只老鼠从粮囤里蹿出来，它短小的影子，很快就随着它被赶出门外。母亲在灯下看书，每张书页的影子让桌面变得乌黑，仿佛烧红的烙铁的印子。空气中弥漫着煤油的味道，炭火的味道，和木头烧焦的味道。祖母正在往灶火里添炭，腾起的火焰，映红她的脸。我看见，祖母的影子竟然消失，屋子里只剩母亲庞大的影子。后来在墙上看到小马、小兔、小羊的影子，这些通过祖母的手掌而来的影子稍感安慰，但并没有高兴起来。在接下来的一段时间里，我每每泪汪汪地注视着灯下忙碌的祖母，过得极其煎熬。

直到我有了一个伙伴。

她从外乡搬来，借助在我家空闲的窑洞里。她怯生生坐到我旁边的草垫上，跟我一样抬头，看见满树梨果，黑脸上绽开灿烂的笑意。从那时起，我单调枯燥的童年生活发生变化，我渐渐忘了关于影子的游戏，更将所有影子的困扰都抛之脑后。有意思的是，村里其他同龄的小孩也忘了影子游戏。我们在地上用黑炭画一个棋盘对峙，或者画一个房子去跳，央求大人缝一个好看的沙包，比赛跳绳……生活突然变得色彩缤纷，似乎每个小孩，都有了一个"好得像一个人似的"人，像彼此的影子牢牢地黏住，一起到温河河边折柳枝做柳笛，一起捉鱼，一起堆沙房子，一起下河洗澡……每天早上，一睁眼，她就站在炕头，黑眼睛里全是笑意。而晚上，我们坐在院子里数星星，数到后来咯咯地笑不停，又去小菜园捉萤火虫，她将小手绢缠在一根铁丝上当网兜，那些拖着长长尾光的萤火虫们，一闪一闪地从菜地里飞起来，扑进她的网兜，她小心地把它们装进洗干净的墨水瓶里，将扎了小孔的盖子拧好，送给我。在被窝里，我看见了另外一个明亮而温暖的世界。

我妈买了两个书包，两张石板，两捆石笔，又做了两件花衣，我们手拉着手去了小学校。他们都说，我们像一对双胞胎。在村里，的确有双胞胎兄弟，他们长得一般高，一般粗，一样的眉眼、鼻梁和嘴巴，穿一样衣服，一样的鞋子，除了父母，没人分清谁是大林谁是小林。我跟她虽然穿一样的衣服，背一样的书包，可是，谁都能将我们的名字准确喊出。当我们手拉手走在前面，后面的人根据身高和身形还是能分辨出我们。这是令我们苦恼的地方。为此，她将辫子剪掉，跟我一样，顶着短短的头发，镜子里，我们似乎很相似，但不一样。有一天，我们坐在梨树下，树上的果子都被摘了，树叶正不停地掉落，阳光从稀薄树枝的缝隙间射下来，我们同时看到影子。那是两个一模一样的影子，短发、长袖，都蹲坐着，圆乎乎的……我们终于为成为一模一样的影子而高兴起来。同学嘲笑，说我们是为了长大嫁给大林小林提前做准备。但这样的想法，我们不是没有想过，过一模一样的人生，是我们当日最大的梦想。

可惜我们没有那样的缘分。小学毕业后，她就辍学了。

初中时光，在家人的不停催促和自己的虚荣心膨胀下，我努力追赶着成绩永远靠前的人，很快，就体验到成为影子的尴尬和无助。我的同桌是一个复读生，这就给我提供了脱离影子的契机。我们成为最好的朋友。在课间，如果她不想出去，我永远也不会出去。下课后，我像跟屁虫一样随着她去食堂和厕所。我将自己的油笔送给她，将新买的《现代汉语词典》借给她，所有这些，就是为了在小考的时候，能得到她悄悄传递的纸条。事实上，那是一段特别沮丧的时光，一个虚荣的女孩，作为影子存在于世的无意义，造就了她的自卑和悔恨。但当我得到一个不错的分数并受到老师表扬的时候，虽然心中忐忑，但还是沾沾自喜，仿佛所有这些都是真实存在似的。她突然就离开学校，之前并没有蛛丝马迹，在她眼里，我从来就是渺小虚荣不值一提的影子罢了，她从未把我安放在生命的某个角落，乃至从未当我存在过。影子永远在借助其他物体使自己存在，而实体已不存在。但为时已晚，无法补救，我战战兢兢从影子之中脱落出来——一个成绩突然下降的学生，令老师和同学大惊失色。我像孤独的旅人，独来独往，自卑而小心地度过那段艰难时光。

我后来最喜欢李白的《月下独酌》，"举杯邀明月，对影成三人"，有光源、有实体、有影子。虽然表达的是无尽孤独，但却形象地描画出了一个字：伴。这时候我已经在工厂上班，突如其来的社会地位，很快让我找到了朋友，但已不再是之前经验里的关系。青春时代，容易被同化，也容易激动。倘若不是青春，我想我们永远也不会成为朋友。但人生就是这样，怎样的环境造就怎样的相处方式。那年中秋，我们留下来值班，在石桌上斟满酒杯，举起来，对着明月。她说，应该是对影成五人。我说，你我是彼此的影子，对影成二人也妥当吧。她笑笑。直到很久后，我才明白她笑容里的含义，她从未将我当成朋友过。我不是她的月，不是她的酒，当然也不是她的影。她烫了头发，收拾行李，去往外地，去寻求更阔大的天地，更有潜力的男人。

其实，在陌生人身上看到自己影子的概率更高，那些瞪着双眼脸色通红口无遮拦吵架的人，表情夸张姿势怪异的跳舞人，在街上不停哭泣的疯女人，拥有长辫子的女孩，头发上正滴下汗水，你开始干呕……一个老婆婆干干净净坐在小凳子上，朝你微微笑……有次在飞机上，小孩一直在哭，她在我右侧，张着嘴，也没眼泪，玩笑似的哭。飞机不停地遇到气流，工作人员不停地过来提示她的爷爷奶奶要系好安全带，但每次系好，她就会哇哇地哭叫，等工作人员一走开，她已经从奶奶怀里站起来，踢开了安全带，这时她就会停止哭叫，小眼睛梭巡着舱内的人们。一会儿，气流又来，工作人员又来，她又哭。如此反复，突然对她的爷爷奶奶生出愧疚之心。我们都曾经年幼，也曾经这样无理取闹，让大人们难堪过。机上正在播放《一条狗的使命》，自从小犬莫莫去世，我就不敢看这类影片了。现在，我身边的男人正看得津津有味，并且不停地伸手，去擦掉眼镜下方的泪水。突然就释然，抬头，目不转睛盯着小屏幕，任泪水一波又一波涌来。在人世的任何地方，我们所遇的每个人身上，都带有我们的影子，虚弱的、温情的、乖戾的、悲伤的……你无法预料下一刻会遇见自己的哪一面，但，每一面都是你自己，每一面都提醒你生而为人所要克服和坚持的品行。

午儿最终被我牵着上了楼，每个房间都走了一遍。在小卧室，她看到一面民国老镜子，镜面锈迹斑斑，她好奇地朝里望望，说，大姑，他们说我跟你长得很像。

我笑笑，你觉得像吗？

像啊。我大概就是你的影子吧？

她开始玩盒子的机关，触摸陶瓷上暗淡的亮光，手指隐约投下一截影子，转瞬不见。随着时间的流逝，她将失去对自己影子的兴趣，那时她会被外在的因素和力量吸引，忘却此时此刻。我不能告诉她，在未来时间中，她将会经历所有我的曾经。也不能告诉她，在很久以前，我为没有长成母亲的样子苦恼过。那时我更像父亲，眉眼、骨骼。我去邻村，总有人准确说出父亲的名字。在我眼里，母亲无疑是好看的，她的眉眼、嘴巴，还有小个子，都是好的。有一次，村里的一个新媳妇见了我，问询了几句，末了说，你长得跟你妈一模一样。这种惊诧让我暗喜了好久好久。但是，我知道，自己有高大的身材、长脸、大嘴、长手长脚。在一个陌生的菜店，被人问询，你认识某某吗？见我疑惑，又说你跟某某的姐姐长得一模一样啊。我笑笑。某某，是我祖父妹妹的孙子。似乎每个家族的延续，在通过血液的同时，还显现在外在的人形和气质上。我们既是确凿存在的实体，又是物体投下的虚无幻影，既承接血缘，又抵触影子。家庭聚会上，母亲和大舅坐在上首，我跟表妹们面面相觑。两位老人，都有耷拉着的薄薄的眼皮，白得透明的脸庞，小巧的鼻子，粉红的嘴唇，他们一起抬眼，天，他们分明就是彼此的影子……有意思的是，人过四十后，在镜子里发现自己越来越像母亲了，不是眉眼身材，而是神情、目光和老态。血液最终都要汇聚成河，我也最终会成为母亲的影子。不，母亲也成为我的影子，我最终将成为那个样子的提前成象。就像母亲如今成为外婆的成象一样，我也将成为母亲的。

我不知道午儿在许多年后，是否会被人认出与我有亲缘关系。但此刻、当下，这样的相似性真令人安慰。

吃过饭，午儿在Ａ４纸上开始炫耀绘画技巧，起先，她说要画小朋友们玩游戏，追影子游戏，就是那种不停地跑，又停下来，要超过影子，却超不过的游戏。

大姑，你说，影子怎么跑得那么快呢？

后来，她还是决定画娃娃，先画一个爷爷，穿着一双大拖鞋，再画一个午儿，梳着一根马尾，又画一个妈妈，妈妈头边有个小圈，圈里画了一个光头娃娃。

她说，这是妈妈要生个弟弟，当我的影子。

在我和我们之间

　　我终于拥有了一块吸铁石。黑灰色，扁扁的圆柱形，比二分硬币略大一些，异常光滑。那一刻，我的目光被屋里屋外的铁所吸引，一切可吸之物，成为闪亮的光斑，镜架、门把手、文具盒、割纸刀、鞋油盒、扁担钩、笤箍、铁锹、火钩，还有挂在墙上的一卷生锈的铁丝，最终，我站在大门前，将门扇上的门环吸住。我站在那里，等待有人恰巧路过，他问，你站在外面干什么，那时，我就会像所有拥有吸铁石的小孩一样，将吸铁石高高举到头顶，骄傲地说，看我有一块吸铁石。乃至想象自己在学校里，被他们团团围裹，张开手，展示这块圆润好看的吸铁石。她们的目光，还有薄薄的身体，会变成一些大小不一的铁皮，被我手心里的吸铁石层层叠叠粘在一起。

　　秋天的风，挟裹着庄稼成熟的味道，香甜，隐约有腥味。循着原路一路吸回去，不舍放过任何一个物件，吸到第三遍的时候，突然发觉，并不是所有看起来像铁的东西都能被吸住的，比如祖母的烟袋锅、茶托，包括她妆奁盒上的锁片、硬币，这些东西天生对吸铁石有种排斥的力量，它们对这种强大的靠近无动于衷。

当我来到学校，更多的人通过各种渠道获取到了自己的吸铁石，他们把它吸在文具盒上，一只金鱼的脸上，一朵花上，或者流水中间。大小不一、形状各异的吸铁石，深谙主人所赋予的寓意，仿佛一只只明亮的眼睛，正在梭巡着那些没有吸铁石的人。

这一次，吸铁石又将步跳绳、筥箍、毽子、桃核和沙包们的后尘，把带着芒刺和讥讽的目光，一齐打在水红的身上。像所有笨小孩一样，这世上没有一样技艺是水红能学会的，笨拙和懒惰，成为她的标签和代名词。大人如果骂你，也会拿出水红来刺激，仿佛下一刻，你就是世上最笨、最蠢、最傻、最丑的小孩。学校里，所有人都在努力摆脱水红，哪怕太阳底下忽胖忽瘦的影子，都被我们逃避着，好像她是某种传染源，一不留神就会将笨拙、邋遢、口吃传染给我们。我们常常带着鄙夷、轻视、厌恶、得意、高高在上的表情看着她。一下课，水红带着妹妹走得远远的，低垂着目光，害怕又小心地坐在石头上。有次海海妈来学校，要求老师给海海换座位，说海海的光头上，每天都窜着水红的虱子。打那以后，水红一个人坐在了讲台下面。我们一直纳闷，虱子又没有翅膀，怎么能从水红的脑袋飞到海海的脑袋上呢？此刻，她坐在我的左前方，佝偻着背，在石板上写字，写了一行，不知是错了还是不满意，伸出舌头一遍又一遍地舔着石板上的字，仿佛要将它们吃下去再吐出来。汗水从她稻草般的头发中溢出，沿着布满黑垢的脖颈往下流，在那里，黑黄的沟渠已被盛满，刚流下的汗水只能冲出沟渠，向四面八方涌去。

炎热的夏日午后，院子里传来断断续续的啪嗒声，那时我刚刚从温河里洗澡回来，不用猜，我也知道，那是一个小闺女在练习跳绳。一遍又一遍，汗流浃背，气喘吁吁，小脸通红，却不停歇。另一个院子里，有人在不厌其烦地踢毽子，毽子不断掉在地下，她不断捡起来放到脚面，直到她的腿和脚跟毽子之间有了某种默契，才会停下。大人们觉得小孩太过贪玩，会逼迫我们午睡，等炕上的大人睡着，我们又会蹑手蹑脚爬起来，继续练习游戏技巧。晚上入睡前，在炕上不停下腰和倒立，为在人前能骄傲地将双脚搭在墙上。在我们安稳而晴朗的童年，有多少小孩曾为熟悉和掌握某项游戏技能而烦恼哭泣，却未放弃努力，因为水红。水红像一条分界线，超越她，远离她，成为我们年少时最大的愿望。我无比虔诚地守着收音机，不只是因为喜欢里面的广播剧，每周一歌，小说连播，还在等待干电池耗完最后一点电。这两节电池，就像态度和身份的符号，也像接纳和承认的暗语，将成为区别水红最有力的证据。同学们对我更加热情，男生捡来石头，将电池砸开，电池皮粉碎，黑粉涌出，那根黑色的碳棒，成为我高高在上的权杖。要玩跳房子，借你的碳棒画画吧；要玩憋死牛，借你的碳棒画画吧……来自幼小心灵的虚荣心得到满足，所谓的快乐，也不过如此。一夜之间，同学们又玩起了滚箸箍，这才是最难的事，我缠着大人，不停地教，不停地练，但总不得要领，当我气馁，打退堂鼓，准备放弃，水红就成为一种无法舍弃的动力。终于掌握滚箸箍的要领，并熟练地滚在去上学的路上，碰到石头，箸箍蹦起来，没关系，铁钩依旧能稳稳地接住它。当第一块吸铁石出现在教室，预示着新的游戏即将开启，大家不约而同开始暗自寻找得到吸铁石的途径，每个人都有每个人的方法和来源。小林拥有最大的一块吸铁石，它的力量是吓人的，居然能将课桌那头的小吸铁石通通吸过来。但有一块小吸铁石，却静静地顿在那里，一动不动，人们嘲笑说这是水红的吸铁石，那个拥有它的同学脸色通红，他无奈地摆弄着它，左边、右边、上边、下边，突然，它风一样就射向了大吸铁石。啪，那声音大的，足以让时间凝固。没有人想被孤立，成为露在外面的人。像小溪要流入大河一样，似乎我们生来便是为了融入人群，不被人指点，诟病，成为平凡普通的大众。

马戏团来村里那年，我们已经厌烦了各种游戏，老鹰抓小鸡、捉迷藏、东南西北等，夏天，老师教我们武术，刀、剑、棍、拳，老师像一个武林高手，带着我们十几个小孩，在五道庙和场院里不停地演练，我们震天的喊声和认真的神情仿佛聚光灯，吸引着全村人的目光。清晨，我们排着队跑步、踢腿，傍晚时分，汽灯燃亮，将汗水浸润在一招一式之间。没有人偷懒，拖后腿，当逃兵，除了水红。

水红分在我们练剑组。几天后，我已经拥有了一把小木剑，其他人也陆陆续续将自制的小木剑拿到了练习场地，只有水红手里还是一根玉米秸秆，老师让她找家长削一把木剑。水红缩着脖子，低着头，吱吱地吸着鼻涕，好像没听见。那段时间，水红妹妹的头上突然开始流黄水，走到哪里，总有一群苍蝇嘤嘤嗡嗡地环绕。老师说，这是疥疮，是传染病，你先在家歇段时间吧。水红身后没有了那个小尾巴，更是畏畏缩缩，连走路都要绕到河沟边上，仿佛那里的垃圾和臭气跟她很亲近似的。路过猪圈，她会停下来看，猪在稀泥里打滚，溅起一些灰点子，落在她的鞋上，她竟然缩着肩偷偷笑。我们每天盼望着她能拿着一把剑出现在五道庙或场院，没有，她从不未带惊喜来，她依旧顶着一头乱蓬蓬的头发，大大的胖脸上，留着擦也擦不完的汗水。加上她笨拙又易忘，每个招式于她来说，难如登天，老师不断大声呵斥她，乃至在不停地纠正无效后，竟然感叹"一颗老鼠屎坏了一锅粥"。从此，"老鼠屎"代替了她的名字，很多年。

马戏团是上午来的。说是马戏团，其实就是一个人赶着一辆马车，车上几个笼子里，有鸡、有蛇、有鸽子、兔子、松鼠，一只猴子竟然蹲在笼子上面，趾高气扬地随着马车颠簸，仿佛它才是这辆马车的主人。当真正的主人将马车拴在榆树上，向人群走来时，猴子主人也毫不见外地扭着通红的屁股跟在后面，我们才看清，原来它是被长长的绳子牵着的。我们很少能见到猴子这种动物，来自电影和连环画的猴子形象，显然跟眼前的猴子大相径庭，但它的神情如此熟悉，仿佛五福叔在外村喝了烧酒回来，见谁都说"好""好""好"；又像电影放映员走进我们家门，脸上带着嫌恶和厌烦，生怕家里的尘土粘到他的白球鞋上；还像下乡干部背着手站在五道庙讲话，脸仰得高高的，整张脸就剩下两个向下撇着的嘴角和一个横大的下巴。

河南人很快就被安顿到场院里，猴子先行官拖着长长的绳子，背着手在周围视察一番。有人给河南人送来两碗面，他变戏法一样从怀里取出一个白瓷碗，将面条挑了一半端给猴子。我们以为猴子会用筷子吃面，因为它在河南人的身上来回抓，后来，河南人不知说了句什么话，它才停下，返回来抓起玉米面条往嘴里塞。

很快，村里人从田间地头和炕上灶前向场院涌来，将河南人团团围住。马车上的笼子已经被抬下来了，锤子、筷子、铁棒、铁丝，摆了一堆。当间桌子上蒙了一块黑布，上面放了两个盆。猴子头上戴了顶红礼帽，提着锣，绕着场地咣咣咣地敲，黄土从蹦跶的蹄下腾起，烟尘弥漫。

河南人高喊，停。猴子手下的锣便顿住了。只见他点起一团火，手里拿了个铁圈，然后说放鸡出来，猴子便将锣放到地下，调转身子跳到鸡笼跟前，放鸡出来。马戏团的鸡竟然不叫，连叽叽咕咕的声音都没有，它像一只假鸡，在河南人的指挥下，奋力地张开翅膀跳起来，从火堆上的铁圈钻出来，又钻回去，又钻出来，又钻回去。

河南人从猴子头上摘下礼帽，戴在自己的头上，问，父老乡亲，你们想让我变个什么出现。

花、兔子、鸽子、扑克、一碗饭、鸡蛋。

只有小孩会高声将愿望说出，并希冀实现。于是，我们看到从帽子里抓出些什么，扔到桌子上的盆子里，用小棒一敲，出现了鸡蛋，再一晃，就是鸽子，鸽子翅膀扑闪着，又变成了兔子，红眼睛看着你，扣到盆子里，一抓，变回帽子里了。他把铁丝从左脸颊穿过去，又从嘴里拽出来。他脱掉上衣，露出黝黑的胸脯，然后将砖头放在凳子上，运功，一掌劈下，像刀。一块砖头开裂，两块，三块都成功劈开了。

压轴的是猴子，像大戏到了最高潮部分。先是舞红缨枪。小孩现在都是学过武术的人，看它全无章法，知道在胡耍。中间歇下不耍了，河南人给它吃了豆子，又接着乱舞了一通。后来吃了豆子蹲在地上不起来，红缨枪抱在怀里，看着众人龇牙咧嘴。河南人便拿起了鞭子，装出要打它的样子，它便起来又乱舞，又要吃，又给，又吓唬它，如此循环了几次，河南人边将拴它的绳子往手腕上缠，边将鞭子狠狠地打在它身上。烟尘中，猴子手里拿红缨枪去回刺，河南人拿起一块砖便砸向它。一时间满场子都是紧张的气息，仿佛战争即将开始，一人一猴的对峙，有硝烟的味道。

头顶突然出现而来许多的苍蝇，嘤嘤嗡嗡地也来看热闹。水红的妹妹剃了个光头站在那里，满头疥疮更是醒目，有的还在流水，有的正在结痂。那片苍蝇，在她头顶，仿佛一片灰色云，要下雨前的样子。云下，水红正呆滞地看着被呵斥和鞭打的猴子，它在黄土中逃窜的身子，它的瘦灰脸，它没有毛的红屁股。

下午炽热的日光晒着河南人的马车，那只猴子依旧蹲在铁笼子上，萎靡地低着头。它的身子下面，那些鸡、蛇、鸽子、兔子和松鼠们都静悄悄的。车子从阁洞里穿出去，除了骡子嗒嗒的蹄声，什么也听不见了。

我们终于长大，虽然胆战心惊，但都很庆幸没有长成水红的样子。不幸的是，这世上，根本不只有一个水红，在另外的地方，在另外的人群里，她正改头换面，以另外的模样出现。真是令人苦恼的事。直到十七岁，我终于明白，我们不是怕成为水红，而是怕孤独、怕寂寞、怕排挤、怕成为令人厌恶的人。

好在每个生命个体，都不是独自的，它是许多生命个体的叠加，提成，锤炼或延续，是生命副本。这种热闹的表象，无形中保护并承认了你的存在，和生而为人的充实。许多陌生人通过你的样貌，成功推测并获取你父母乃至祖先的名字和样子，他们会一眼认出你。说，你长的跟父亲（母亲）一模一样。在陌生的场合，你也遇见更多的人，不单是喜欢或反感，还有一些似曾相识的悸动。在镜子里，你试图找到脸上的父亲、母亲，乃至祖父母、外祖父母，姑姑舅舅，但收效甚微。也就是说，即便是生命副本，携带着来自家族众人的气息和形状，你也随时有被孤立和排挤，被抛弃的危险。

十七岁，我们得到警告，不要轻浮，不要傻笑，要做出端庄娴淑的样子，打毛线、绣花、钩窗帘、学裁裤子，用画粉画出裤片的形状，忐忑不安地拿起剪子。那时候，另外一些名字不叫"水红"却依旧被我们赋予"水红"称呼的女孩，穿着半袖衣服和丝袜，顶这一头电烫过的乱发，在马路上举起右手，拦下车辆，坐上去，跟人暧昧，得到一些诸如口红或丝袜这样的礼物。还有另外一个"水红"，在我要去的地方等候。住在同一间宿舍，做一样的工作，听一样的小说连播，唱一样的歌，看一样的书，唯一不同的是，她恋爱了。总是在半夜被她带回了的冷风吹醒，而早上，她在镜前描眉的时候，会问，这样好看吗？她给他洗衣服，做被子，周末，他用自行车驮着她出门，他们去爬山，看古庙，摘野花回来，插到桌上的酒瓶子里，张扬而瞩目。不久，风中开始传递各种各样的窃窃私语，是麻雀说的，也是乌鸦和喜鹊说的，但有时又是山楂树和木瓜树说的，秋天的夜里，那弯月亮好像也说过，那时她瑟瑟地回到宿舍里，一言不发钻到被窝里。传言中，她是一个轻浮至极的女子，爱世上所有男子，乃至在一些隐蔽的水沟和荒坡还有被她抛弃的死婴。

在供销社，她被两个男子爱慕，我亲眼看见她写下了情书，给其中一人的。但第二天，所有人都知道她给两个人写了情书。

在院子里散步，刚栽下的松柏满含委屈，又努力又羞愧。黑犬在远处低吼，喉咙里仿佛放了一个低音炮。作为看门犬，它能看穿别有用心的人，它对准他们，张开大口，按下低音炮的开关。但对我们，它又是温驯的，我们给它肉吃，给它水喝，它尾随在我们身后，像一个保镖。就是这样一条熟悉的犬，可以用手拍它的头，可以跟它适时伸出的右前蹄握手的犬，有一天，突然露出了狰狞的面孔，它像疯了一般朝我们扑来，身边的她吓得大声喊叫，她的喊叫让黑犬更加确定了袭击目标，绕过我，张开大嘴，朝她的小腿狠狠咬去。

在暗处，在人群消失的地方，包括树木和花朵，沟壑和坟墓，都担负着监督和发现的职责，此刻，这条黑犬，无疑是认出了她——一个与大众有异的，凸露在我们之间的人。

这种可怕的提醒让我战战兢兢，我将真实的自己缩回去，又极其大方地将虚假而随众的一面显出来。我跟她们穿一样的衣服，戴一样牌子的手表，星期天，我们骑同样的自行车各自回家。在家里，被邻居问询，一个月挣多少钱？工厂累不累？也到了谈婚论嫁的年龄，要不把邻村那个下煤窑的后生介绍给你，你们处处？

我差一点成为嫁不出去的人，那样的话，我无法不步

"水红"的后尘。25岁，终于步入婚姻。突兀感得到安慰，不怀好意的问询和靠近消失，疑惑、嘲笑、鄙夷的目光彻底摒弃。所谓的孤独或成就，变得不再重要，只要成为跟别人一样的人，便会平安而貌似快乐地度过时间。若有不甘和苦处，也要掩藏好了，在人前，微笑，做作，假装，在人后，黑夜，疲惫不堪，伤痕累累，揭开疮疤，自我舔舐。在我与我们之间晃荡，在黑夜与白天之间苟且。旅行途中，第一次遇见磕长头的人，他们千里迢迢从西藏来，袍子上布满淤泥和尘垢，头发中满是黄土和沙子，但此时此刻，他们似乎对外界的一切，山峰、河流、道路、车辆、季节、气温、人迹都忽略掉了，他们只是在他自己的信仰之中，在虔诚的叩拜之中。

夜里下雨了，淅淅沥沥，忽密忽疏，每一阵，都敲在清寒的枕边，溅起一串悸动。那些磕长头的人，亦未知走到了哪里，又到哪里歇息去了。他们不惜为"我"在，而走脱"我们"群体，如此虔诚苦修，可存私心？

但从未料到，"我"终于要成为平凡而众多的"我们"。

当我们察觉这一事实，已年过半百，尘埃落定。错过了成为"我"的任何一个机缘，最终，带着对"水红"的讥笑，汇入"我们"这个庞大而平庸的群体。我常常陶醉于身边的人不经意地说，你一点也不像一个作家，这句既褒又贬的话中，暗含许多讯息，有嘲笑，有贬低，有谴责，也有心疼，似乎在说失败，又似乎在肯定从众的优良品质。我试图从"我们"之中出列一点，不要太远，就微微歪斜一点，半步，小半步，倘若被发现，你轻咳一声，我马上就能归队的那种。就在这样的心态下，我选择两点一线的生活，做渺小，简单，被人忽略的物种，用别的名字来发表文章，就像真实的我并不存在一样。

比起来，我的朋友似乎比我又勇敢些，她离"我们"的队伍又远了些。她一个人开车进藏出川，满城都是对她的褒贬。她离婚，净身出户，辞掉公职，自己开了文化公司。她的前夫，前婆婆，她的孩子，包括她的父母和兄妹，都将指责的毒剑射向她，说她走在自我毁灭的路上，寻死的路上。

她成为男人们追逐的对象，没有真心，只是游戏的对象。因为欠债，她成为法院的常客。电话里，她偶尔会说后悔，说疲惫。那时，窗外下着雨，话筒那边，沙沙的，让我生出她在哭泣的错觉。

她终于喜欢上一个人，但她却不是他的唯一，他有家庭，有儿女，有父母。她已经四十岁，没力气再折腾，去苦恼或威胁他，获取一个群体接受和承认的家庭了。她只是需要这种他存在的安心和感觉。我想，她终于还是会失去好不容易挣扎出来的"我"身。

他们的关系维持了好多年，从她四十岁，到四十五岁。五年，她依旧独自出行，却不会通知任何人，她的公司勉强运作，一会儿赔了，一会儿挣了，她低调地出来进去，渐渐被人们忽略包容。从众，无论从心理还是身体，都是最舒适的一种生存方式。

可是，他却生病了。她混在一群朋友当中去看他，他们在向他家人介绍时，说她是顺车来的。他家人也未生疑。而他，从始至终，都没有看她一样，她仿佛空气、草芥、虫蚁，人群中的人群。而她，用目光抚摩过他的黑发，黑眼睛，高鼻梁，到他的嘴唇，后来又从他的肩一直抚摩到脚面，他的一切都像以往一样熟悉而亲切。她做得很好，从始至终礼貌的微笑，朋友们建议他去北京、上海找名医，她不插一言，她用尽力气隐藏自己。那一刻，她想起他说过，如果每个人都像孙悟空一样会变化多好啊。是啊，她想变成一只鸟，守在他的窗前，不，她要变成他床前的一盏灯，一只蛾子，不，要变成他衣服上的一枚纽扣，让他摩挲。很久前，他们曾开玩笑，说要把她变小，放到他口袋里，想她了，就拿出来放在手心里。但她无法变成任何物件，她只是渐渐走出他家门的一群人，跟他没有交集的人。

之后，她努力藏起来，等待他的召唤。可是，电话、短信、微信、微博，都没有，他像失踪了一样。直到有一天，噩耗传来。

她在电话里跟我说，早知道，我还要去看看他的。

我说，看只是一个形式而已。

他离世的消息，让她痛了好久，却没有一滴泪，直到有一天，她在电脑前做完一个方案，随意打开播放器，男生独唱的《禅院钟声》：

> 徒追忆
>
> 花月证
>
> 情人负我
>
> 变心负约太不应
>
> 相知当初枉心倾
>
> 怨句妹妹太薄幸
>
> 禅院钟声
>
> 深宵独听
>
> 夜半有恨人已泪盈……

单曲循环，一遍，两遍，三遍，不知道第几遍时，她突然泪如泉涌，如雨下，整整一天一夜。

再见，她神清气爽，神态平和，她笑笑。

我抱住了她。

死亡，是从"我们"之中走脱的另一种方式。对于死亡，我们已经司空见惯。15 岁那年，我的同桌要去国营煤矿上班去，他笑吟吟地跟我说，以后见吧。没有以后，仅仅三天，老师就带来了他死去的消息。后来，我在藏山见证了一些人的死亡过程，无痛苦悲伤，短暂的，像风来风走，一切均注定。"我们"群体之中，不断有人被死神召去，水灾、车祸、疾病……我活得战战兢兢，生怕脱离"我们"。但"我们"也不非壁垒森严，刀枪不入，这个群体总是松散的，乃至会崩塌和消失。你很难预料，自己脚下的路有多长多宽。或许我们一直就在被做这某种记号，胎记、疤痕、文身、骨裂、脑瘫、残疾……一点一点，一年一年，那些个记号，悄悄地印在你无法看见和触摸到的地方？想到这里，心下一紧。一切都是命运，当你开始珍惜"我们"这个群体，想成为永远的"我们"，并以此来逃离灾祸和死亡的时候，你才发觉，你已经又走上了从"我们"向着"我"的路途上去了。

夜里，辗转反侧，燥热，心悸，汗水淋淋，寒冷，所有来自身体的不适轮番上演了一遍，快四点的时候，终于睡着了。在梦里，感觉自己变小了，跟一群小蝌蚪在一个小水塘里，淤泥暖暖地擦着我的身体，突然，一股大水涌来，冲散了小蝌蚪我们，来不及寻找，又一股大水将我们冲到了大河里，我在水里拼命挣扎，看到隐约天空，看到树木倒影，看到水面的漩涡，正当庆幸终于要抵达水面时，一股更大的水朝涌来，我无力地随着水向前涌动，直到碰到堤坝，可是堤坝也没有挡住我，我被冲出了堤坝。在空中，我看见干裂的淤泥里，许多条蝌蚪正在气息奄奄地蠕动，我的身体徐徐落下，在那里，我跟那些标记黑色的蝌蚪，将走出"我们"。

后记

在苍茫的秋日

深秋早晨，有刺骨寒意，楼下园子里姹紫嫣红的植物们，经过一夜雨淋，神情中多了萧瑟和老态。

生命走到秋天，都有相同的茫然和惆怅。对过去时光的追忆成为梦境主题，恍然若失，又萦回不绝，仿佛昨夜敲击窗棂的雨，绵密而冷酷。但同时，生命自带的顺从，又是一种常态下的表情，笃定无羁，似乎所有曾经，都不值一提，所有风雨，皆可入怀。秋风瑟瑟，掠过山河大地，那种对生物的蔑视和忽略无处不在，但从未妨碍众生对尘世的关切，以及努力活下去的愿望。

更多的叶子落在地上，更多的花正在凋谢。红色月季经过霜雨，颜色变深。是血液凝固后的颜色，惨烈而冷寂。死亡提前出镜，好在无碍，它的枝条，依旧有无法褪去的苍绿，如果你撕开它，能嗅到浓烈的水汽，一种勃勃生机的明证。

是啊，有什么关系呢？秋天给予尘世最暖的光，最晴朗的天空，最丰硕的山野，最美好的容颜，当然也会带来最烈的风雨，最残忍的真相，消失和死亡。生命就是这样一个过程，走过，遇见，爱，别离，失去，零落成泥。只有被反复踩踏，你才学会纠正和完善，懂得失去是为了珍惜，是为了让你剔除乖戾和狰狞，明白善良、给予、感激和包容。

最后一朵木槿花从枝头落下，睡在湿漉漉的便道上，安静从容。我凭信接下来发生的一切：一只麻雀收敛翅膀，轻轻靠近，小心试探，狂喜中吞噬露水与雨水浸润的花瓣；一群蚂蚁沿着隐秘的小道逶迤而来，它们最终将木槿花变成渣子，拖入黑暗的洞穴。肯定的是，清洁工会提前到来，像一小片阳光，一股微风，他把它轻轻放回到泥土里，那时，它死去的身体被阳光照耀，它会做关于种子和重生的梦。

怀着无边的温情，怀着对人世的热爱，我写下这些幽秘的文字，在否定和重塑自我的过程中，像园子里成百上千的植物一样，从容安静地等待漫长寒冷的冬天降临。

感谢古耜老师促成了这本书出版的机会，让这些文字在苍茫的秋日，散发出明亮和开阔。

2020 年 11 月 1 日